CHARACTERS

＜登場人物紹介＞

バルディア

ライナー

立場上色々と厳しい事を言うが、
主人公の一番の理解者であり、
彼を導く良き父親。
ただし、気苦労は絶えない。
リッドを含め、家族をとても
大切にしている。

メルディ

主人公の妹でリッドとナナリーからは
愛称で『メル』と呼ばれている。
とても可愛らしく、寂しがり屋。
誰に似たのか、
活発、お転婆、悪戯好きな女の子。

リッド

本作の主人公。
ある日、前世の記憶を取り戻して自身が
断罪される運命と知り絶望する。
だが、生まれ持った才能と
前世の記憶を活かして、
自身と家族を断罪から守るために奮闘する。
たまに空回りをして、
周りを振り回すことも……。

クリス

バルディア領で『クリスティ商会』代表を
務めるエルフの女性。
感情豊かに走り回るキャリアウーマン。
リッドとの邂逅から、
バルディア家お抱えの商会となった。

ダナエ

バルディア家のメイド。
実力や人柄などを考慮され、
リッドとメルディの身の回りを
世話するメイドに認定された。
実は出来る子。

ナナリー

ライナーの妻であり、主人公の母親。
不治の病である『魔力枯渇症』を患っており、
リッドとライナーの活躍により
一命を取り留め、現在闘病生活中。
本来はお転婆、活発、
悪戯好きな女性らしい。

3
MIZUNA present
illustration by Ruki
著 MIZUNA
ill. Ruki
やり込んだ乙女ゲームの
悪役モブですが、
断罪は嫌なので
真っ当に生きます
TOブックス

Contents

illustration ◆ Ruki　　design ◆ アオキテツヤ(musicagographics)

ディアナ

バルディア騎士団の一般騎士。
実力は高く、剣術以外にも、
暗器、格闘術など様々な武術に長けており
ライナーからの評価も高い。
最近、幼馴染のルーベンスと
恋仲になった。

ルーベンス

バルディア騎士団の一般騎士。
高い剣術の持ち主だが、恋愛には奥手。
しかし、リッドの後押しで
幼馴染と付き合うことに成功する。

サンドラ

リッドの魔法教師。
少し狂気的な所があるが、
様々な学問に精通している。
リッドと協力して、
『魔力回復薬』の開発に成功。
ナナリーの危機を救う活躍を見せる。

レナルーテ

ファラ・レナルーテ

レナルーテ王国の第一王女。
生まれた時か
ら政略結婚する事が決まっていた為、
毎日過酷なスケジュールで
様々なことを学んでいる。

エリアス・レナルーテ

ダークエルフが治める
レナルーテ王国の王であり、
ファラとレイシスの父親。
帝国との政治的な関係により
苦労が絶えない。

アスナ・ランマーク

ファラの専属護衛。
二刀流の実力は折り紙付き。

レイシス・レナルーテ

レナルーテ王国の第一王子。
思い込みが激しい部分があり、
惚れっぽいらしい。

シャドウクーガー

レナルーテの魔の森に住む魔物。
昨今レナルーテでは、
シャドウクーガーとスライムの
珍しい番を見ることがあるとのこと。

スライム

レナルーテの魔の森に住む最弱の魔物。
昨今レナルーテでは、シャドウクーガーと
いつも一緒にいるスライムの存在を
見かけることがあるらしい。

同盟(密約:属国)

結婚 ファラ・レナルーテ

商流構築

レナルーテ王国(ダークエルフ)

国王	エリアス・レナルーテ
王妃	リーゼル・レナルーテ
側室	エルティア・リバートン
第一王子(第一子)	レイシス・レナルーテ
第一王女(第二子)	ファラ・レナルーテ

レナルーテ王国華族

公爵	ザック・リバートン
侯爵	ノリス・タムースカ
男爵	マレイン・コンドロイ

他多数

レナルーテ王国暗部

頭	ザック・リバートン
影	カペラ・ディドール

他多数

未開の地

魔の森

シャドウクーガー
スライム

他多数

帝国貴族

マグノリア帝国（人族：帝国人）

- 皇帝　アーウィン・マグノリア
- 皇后　マチルダ・マグノリア
- 第一皇子（第一子）　デイビッド・マグノリア
- 第二皇子（第二子）　キール・マグノリア
- 第一皇女（第三子）　アディーナ・マグノリア

マグノリア帝国貴族（人族：帝国人）

- 伯爵　ローラン・ガリアーノ

他多数

政略

リッド・バルディア

バルディア辺境伯家（人族：帝国人）

- 当主　ライナー・バルディア
- 妻　ナナリー・バルディア
- 長男（第一子）　リッド・バルディア
- 長女（第二子）　メルディ・バルディア

バルディア騎士団

- 騎士団長　ダイナス
- 副団長　クロス
- 一般騎士　ルーベンス
- 一般騎士　ディアナ
- 一般騎士　ネルス

他多数

バルディア辺境伯家関係者

- 執事　ガルン・サナトス
- 魔法教師　サンドラ・アーネスト
- メイド　ダナエ

協力関係

サフロン商会

- 代表（男爵）　マルティン・サフロン（エルフ）

他多数

クリスティ商会

- 代表　クリスティ・サフロン（エルフ）
- 護衛兼使用人　エマ（猫人族）

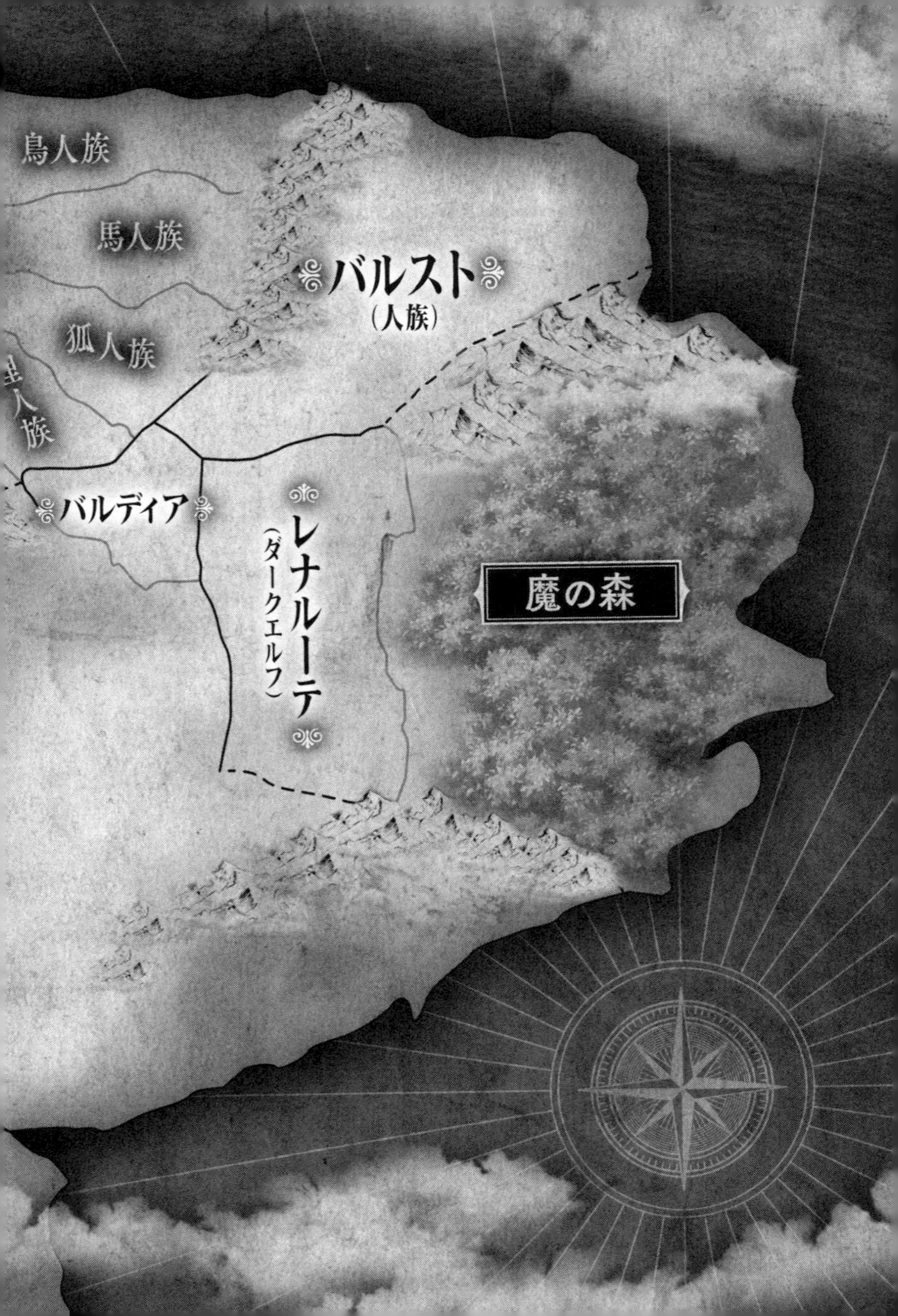
鳥人族
馬人族
バルスト
(人族)
狐人族
人族
バルディア
レナルーテ
(ダークエルフ)
魔の森

猿人族
兎人族
王都
狼人族
ズベーラ
(獣人族)
猫人族
鼠人族
熊人族
教国トーガ
(人族)
帝都
マグノリア帝国
(人族)
アストリア
(エルフ)
森林地帯
ガルドランド
(ドワーフ)

ニークとマレイン

話はリッドがレナルーテを訪れる数カ月前に遡る……。

その日、城下町から少し離れた郊外にある薬屋に、身なりの良いダークエルフと彼の護衛と思われる男達が訪れた。彼らは薬屋の戸を開けて、ズカズカと奥に入り込む。そして、奥の部屋で調剤しているダークエルフを見つけると、身なりの良いダークエルフが声を掛けた。

「ニーク君、どうかな。そろそろ、私の為に働く気になってくれたかな」

「……馬鹿言うな、マレイン。誰が好き好んでおめぇの下で働くかよ」

「はは、相変わらず君は威勢がいいな」

ニークと呼ばれたダークエルフは、この店の主人である。彼の悪態に、マレインは笑みを浮かべるが彼の護衛と思われる鉄仮面をした人物が声を荒らげた。

「貴様、ニーク。マレイン様は華族であるぞ。平民である貴様がそのような態度をして良い相手ではない」

「ふん、礼儀は尊敬できる相手にこそ尽くすもんだ。わしは、マレインを尊敬なんぞしちゃいねぇ。それに、黒い噂も絶えないからな。付き合いたいとは思わねぇんだよ」

「貴様……。」

護衛とニキークのやり取りを横で見ていたマレインは、護衛を仲裁するように声を掛けた。

「まぁ、待て。ニキーク君、私はお前に礼儀を尽くせとか、尊敬しろとか細かいこと言うつもりはない。ただ、前から言っている通り私の為にその技術を生かしてほしいと言っているだけさ」

しかし、ニキークは『フン』と鼻を鳴らして作業を続けており、話す気がないらしい。マレインは『やれやれ』とおどけた仕草をすると話を続けた。

「君も強情だな。しかし、話は聞いているぞ。長年付き合いのある商売相手達が、次々と君との取引を止めているそうじゃないか。何でも、もう取引する相手がいなくて、この店に訪れた者しか君の商品を買っていないと聞いたぞ」

「……それは貴様が仕組んだことだろう。どの口が言うか」

ニキークは作業の手を止めて、重々しく答えながら殺意が籠ったような眼差しをマレインに向けた。しかし、マレインは不敵な笑みを浮かべている。

「ふふ、ようやくこっちを向いてくれたな、ニキーク君。しかし、それは誤解だよ。私はただ君の取引先に、より良い新しい取引先を紹介しただけだ。取引先を変える判断をしたのは彼らだし、新しい取引先が君よりも商売上手だっただけさ。それに、商売とはそういうものだろう。私を恨むのはお門違いさ」

「……」

ニキークは何も言わずに、ただ彼をギロリと睨みつけていた。マレインの言う事も確かに一理あるように思える。しかし、マレインはニキークの商圏を牛耳っている人物でもあり、彼が裏から手を回してニキークとの取引をしないよう、周りに働きかけていたのである。

それに先程、護衛が言った通りマレインは華族であることに加えて、何やら強い後ろ盾がいるらしく、誰も手が出せない。言うなれば『悪代官』のような男だったのである。マレインは、ニキークの表情を見ると満足そうに話を続けた。

「だから以前から言っているだろう。私の下で研究、新薬開発をしろとな。それに、君の性格は商売向きじゃない、これは本心だ」

「うるせぇ！　わしは、この腕で、技術で食ってきたんだ。商売に向いているとか、向いてないとか余計なお世話だぜ」

悪態を吐くニキークだが、マレインは子供でも相手にするように笑みを崩さない。

「そうは言っても、いま君は日々の生活すら困窮しているじゃないか。金が無ければ、研究も生活もままならん。私は無意味なことを言っているわけじゃないぞ。私の下に来れば、研究費も生活費も気にする必要がないと言っているんだ」

「ふん、金で何でも買えると思ったら大間違いだぞ、マレイン。わしは自分の直感と好き嫌いで生きているんだよ。金じゃなびかねぇ」

彼の啖呵《たんか》に、マレインは呆れた様子でため息を吐いた。

「はぁ、ニキーク君。残念ながら、この世界に金で買えないものはごくわずかだ。命だって、治療や薬を買う『金』が無ければ助からない。愛や心も金で買えないと言うが、それは嘘だ。金があれば愛を育むことも、心を満たす行動も出来る。結局、この世のすべてに『金』は絡んでいるんだよ。

君も長く生きているんだ。お分かりだろう、ニキーク君」

「……」

ニキークは苦々しい面持ちを浮かべるが、何も言わずに作業に戻る。悔しいが、マレインには弁論で勝てないと思ったのだろう。しかし、マレインはさらに挑発するように別の話題を切り出した。

「それから、君は息子を病で亡くしてから、何やら独自に研究していることがあるそうだね。息子を奪った病が憎いんだろう。なら、その件も私が力を貸そうというんだよ、ニキーク君。悪い話じゃないはずだぞ」

「……てめぇなんぞに、話すことも力を借りることもねぇ。帰ってくれ」

さすがに逆鱗に触れたのか、ニキークの言葉と目線には先程以上の殺気が籠っている。しかし、マレインは意に介する様子もなく、おどけて答えた。

「わかった、今日は引き下がろう。しかし、私が優しくしている内に首を縦に振るべきだぞ、ニキーク君。よく考えてくれたまえ。では、またな」

彼は好きなことを言うだけ言うと、踵《きびす》を返してニキークの店を後にする。彼らが去った後、ニキークはわなわなと怒りに震え、壁を力一杯殴りつける。そして彼は、血が滲《にじ》む拳を静かに見つめながら小声で呟いた。

「テオドール……安心しろ、お前の意思を金儲け主義の奴らにだけは渡さん。絶対にな」

◇

店を出ると、マレインの護衛が彼に問い掛ける。

「マレイン様、あのままでニキークはよろしいのでしょうか？」

「うん？　良い良い、奴はいずれ『金の成る木』になってくれる逸材さ。奴が研究している『薬』が開発出来れば、より一層な。まぁ、どれだけ耐えられるか見物さ。時間はある、ゆっくり締め上げれば良い」

「はぁ、承知しました。ちなみに、ニキークが研究している薬とはなんなのでしょうか？」

護衛が懐疑的な面持ちで、マレインに尋ねると、彼はニヤリと笑った。

「それはな……秘密だよ、秘密。お前達も、今日の私とニキーク君が話した内容は忘れろ。口外すれば、命はないと思え。良いな？」

「承知しました」

その後、マレイン達は屋敷に戻っていくのであった。

回想

「やっぱり、温泉はいいなぁ……心が安らぐよ」

僕は今、レナルーテの迎賓館にある温泉に浸かっている。この後、ファラ王女の部屋に行くので、その前に身嗜みとして寝汗などをサッパリさせる為だ。あまり長く浸かる事は出来ないけど、少し浸かるだけでも昨日の疲れが癒される。

「それにしても、想像以上に色々あったなぁ」

誰に言うわけでもなく、僕はボソッと独り言を呟いた。そうなのである。今でこそ、温泉で少しのんびりしているけど、かなり大変だったのだ。

実はレナルーテの中で、僕とファラ王女の婚姻に反対する派閥がいたのである。その派閥を率いていたのがノリス・タムースカという人物だった。

彼は色んな妨害工作をして、僕とファラ王女の婚姻がまとまらないように画策してきた。でも僕はそれらを悉《ことごと》く打破してみせた。禁止されていた圧縮魔法を使った反動で、そのままその場で気絶してしまったけど。

「でも……父上があんなに取り乱すなんて思わなかったな……」

気絶から目を覚ました時、父上は僕を心配して泣いてくれた。母上が『魔力枯渇症』を患《わずら》っている以上、僕にも発症する可能性があると以前から考えていたらしい。その中で、僕が魔力切れで気絶したのだ、父上の不安と心配は想像に難くない。

その後、落ち着きを取り戻した父上は、ノリスの件について教えてくれた。曰く、レナルーテの王であるエリアスが、厳正に対処してくれるらしい。父上はノリスの話が終わると、ファラの事も教えてくれた。

彼女は僕が寝込んでいる間、ずっと傍に居てくれていたそうだ。そして、僕が目を覚ましたら、すぐに挨拶に行かせると、父上が彼女に伝えていたらしい。その為、僕は身嗜みを整えてからファラに会いに行くように言われ、いま温泉に浸かっているというわけだ。まぁ、父上に言われなくても、ファラには会いに行くつもりだったけどね。

「とりあえず、婚姻問題は無事に話がまとまったと考えていいかな。次はいよいよ、『魔力枯渇症』を治す為の『薬草』を絶対に見つけるんだ……!!」

自身を鼓舞するように僕は呟いた。そう、レナルーテに来た目的は二つある。

一つ目は、将来に備えてのパイプ作りと王女との婚姻をまとめること。

二つ目は、魔力枯渇症の治療薬になる薬草を見つけること。

レナルーテには間違いなく、魔力枯渇症を治す薬の原料となる『薬草』がある。このことを僕は、前世の記憶から確信していた。たとえ、どんなことをしても母上の為に見つけ出して見せる!!　と意気込む僕だが、実は早々にある問題が発生していた。それが、父上から言われた城外への外出禁止令だ。ダークエルフの国において人族は目立つ上に、貴族の服を着ていれば猶更なのは言うまでもない。

ノリスのような輩《やから》がまた現れる可能性もゼロではないので、わからなくもないのだけどね。何か良い方法はないだろうか？　と思ったその時、温泉の湯気の中から人影が現れる。僕はその人影をボーっと眺めていたが……それは、一切の布を纏《まと》わない美しくも、あられもない姿のディアナだった。

「リッド様、温泉が名残惜しいのは分かりますが、そろそろお時間です」

「うわぁああああ⁉　前、前を隠して‼」

僕は彼女の姿に思わず赤面して慌てるが、ディアナは僕の絶叫にきょとんと首を傾げているのであった。

リッドの多難

僕は温泉からあがった後、ファラの部屋を訪れて色々と話をしていた。その中で、僕が城下町に行きたいというが相談をしたところ、彼女の発案した内容に思わず目を丸くしていた。

「ファラ王女、仰っている意味がわかりかねるのですが……」

「実は先日、帝国文化の勉強でマグノリアのメイド服を侍女が用意してくれたのです」

ファラはそう言うと、キラキラした表情で立ち上がり衣装を取りにいく。その後ろ姿には、さすがのアスナも少々呆れ気味だ。それから間もなくファラは戻って来ると、その手に持った衣装を見せてくれる。確かに帝国のメイド服で、しかもご丁寧に子供サイズである。

「どうでしょうか？　メイド姿であれば、『リッド様』とばれる心配は低くなりますから」

「ファラ王女、ご提案は嬉しいのですが、さすがにそれはどうかと……あと私の髪の毛は目立ちますから……」

僕は先程まで城下町に行きたいと話していたけど、今は彼女が持ってきたメイド服にたじろいでいる。

「それでしたら、黒髪の長髪ウィッグがあります。それを、お使いになればどうでしょうか？」

いけない……逃げ道がどんどん塞がれている気がする。でも、さすがに貴族としてそんな恰好をしてばれてしまったら、体面上で大変なことになってしまう。さすがに断らなければならない。そう思った時、ファラの耳が下がり、しゅんとした表情を浮かべて俯いてしまう。心配して近寄ると、彼女は僕に潤んだ目を見せて、そのまま上目遣いで寂しそうに話を続ける。

「私……実はあまり城下町に出たことがありません。さきほど仰った『もしも』が起きたあとでは、リッド様とレナルーテの町を歩くことは恐らく叶いません。……リッド様は、私と出かけるのはお嫌でしょうか……？」

中々に破壊力のある仕草と言葉だ。ファラのしょんぼりした雰囲気につい「行こう」と言いたくなる。だがさすがに、メイド姿になって出歩くのは危険すぎるだろう。僕は、ちらっとディアナに視線を向けて助け船を求める。すると、ディアナはやれやれと首を横に振り呟いた。

「……メイド姿に嬉々として女装するならお止めしますが、メイド姿に変装であれば時と場合によっては有効です。いざと言う時に、私は全力でお止めしたという事実をリッド様が仰っていただければ私は目を瞑りましょう」

なんと、彼女は僕に任せて逃げてしまった。しかも、自分に責任が及ばないようにしているあたりが何とも強かだ。いや、でも彼女の立場上、他国の姫であるファラの言う事に、面と向かって反対をするのは難しいのかもしれない。そんな僕の思いとは裏腹に、ディアナは畳みかけるように話を続ける。

「それに、ファラ王女から直々のご提案です。お断り出来なくても、大義名分が無いわけではありません。その時は、ファラ王女がご意見を無理やり押し通したということにすればいかがでしょうか。それに先程、城外に出たいと仰っていたのはリッド様ご自身でございます。何かお考えがあるのではないですか？」

彼女は、僕に意見を述べながら、ファラにも丁寧に説明する。

「……ディアナ、君はどっちの味方なんだい？」

「勿論、リッド様でございます」

ディアナはニコリと微笑み、丁寧に一礼する。僕は額に手を添えて、やれやれと俯いた。その時、ファラはなにか「ピン」と来たらしく、少しおどおどした表情をしながら僕に視線を向ける。

「……!! そ、そうです。これは、王女としての『依頼』です。私は今から、城下町に行きますから、リッド様は『メイドに変装』して護衛をお願いいたします……!!」

恐らくファラなりに考えたのだろう。確かに王女からの護衛依頼で、身分を隠せるようにメイド姿に変装するのであれば、いざと言う時の大義名分には多少はなるかもしれない。それでも、ばれたら大変そうだけどなぁ。僕はすぐには答えずに、その場で俯いたまま思案顔を浮かべる。

レナルーテの城下町にいかないといけない理由は明確だ。『魔力枯渇症』の特効薬に繋がる『薬草』の情報を少しでも集めるためである。それに、ファラの案を飲めば、メイド姿でも何でも城下に出られることには違いない。この機会を逃すとレナルーテに来たのに城下に出られず、薬草の情報を得られぬままにバルディア領に帰る可能性もある。それだけは絶対に避けたい。

それに、薬草のこともあるけど、確かに彼女の言う通りレナルーテの町並みをファラと歩ける機会が、今後また訪れるかもわからない。城外に薬草の情報収集に行けることに加えて、ファラの願いを叶えることが出来るのであれば、僕がメイド姿になることを我慢すればいいだけ……なのかな？　僕はひとしきり悩んだあと、ふと顔を上げる。するとファラが、目を期待の色に染め可愛らしい顔で必死に僕を見つめていた。ファラの可愛らしい表情を見た時、この子を悲しませるようなことは言ってはいけないな、そう思った僕は、薬草の情報を得るため、彼女の願いを叶えるために覚悟を決めた。

「わかりました。メイドに変装してファラ王女の護衛をさせていただきましょう」

「……!!　リッド様、ありがとうございます!!」

僕とファラのやりとりを見ていたアスナとディアナは、二人とも口元を手で抑えて少し俯きながら肩を震わせている。二人にはいつか何か仕返しをしないといけないと思ったのは言うまでもない。

そしてこの時、僕は前世の記憶も含めて初めて女性の服に袖を通すことが決まった。

さてその後、ファラが持ってきたメイド服に着替えることになったのだが……着方がわからない。止む無く、ディアナに手伝いをお願いする羽目になった。さすがにファラとアスナには着替えを見ないように念押ししている。すると、ディアナが少し声を落として呟いた。

「……残念ながら、このメイド服は少しサイズが小さいですね」

「そうなの？　じゃあ、変装は厳しいかな」

メイド服のサイズが小さかったことに、覚悟を決めていたとは言え何となく少し安堵したような気がする。だけど、僕たちの会話を聞いたファラがすぐに反応した。

「大丈夫です!!　こんなこともあろうかと、侍女がもう一サイズ大きいメイド服を用意してくれています!!」

「あ、そうなんだね……」

ファラはすぐに別のメイド服を持ってきてディアナにいそいそと渡す。僕の手元に新しく届いたメイド服は、確かにサイズが丁度よかった。何をもって「こんなこともあろうかと」なのだろうか？

呆れ顔で僕はがっくりと項垂れる。その時、嬉しそうなファラの声が聞こえてきた。

「リッド様どうですか？　サイズ合いましたか？　実は、マグノリアのメイド服を侍女にお願いした時に、サイズが合わないかもしれないって一サイズ大きい服も、侍女が用意してくれたのです」

「うん、丁度良いみたい……だね」

僕は一サイズ大きいメイド服を用意した侍女に対して逆恨みとわかっていながらも、少し怨めしい気持ちになった。その後、ディアナの手によって、あっという間にメイド服を着せられて、「念の為……」と気持ち程度の化粧までされてしまう。そして、用意された黒髪の長髪ウィッグを被らされて、「完成しました」と言われ、すぐに鏡の前に連れていかれた。

「こ、これが私……？」

僕はお決まりの言葉を言ってみるが、直ぐに我に返って項垂れる。

「リッド様、とても可愛らしいです!!」

ファラはとても喜んでいる。アスナとディアナは口元を手で押さえて俯き、また肩を震わせていた。ちなみに鏡に映った僕は、黒髪長髪、紫の瞳をした可愛らしいメイドになっている。メイド服は黒を基調としており、ロングスカートタイプだ。

確かに、この姿なら誰も僕が、「リッド・バルディア」とは思わないだろう。再度、鏡を見るとふとあることに気付き、呟いた。

「……こうしてみると、僕ってメルと似ているね」

「はい。リッド様とメルディ様はお二人とも、よく似ておられます」

僕とメルは、父上とはそんなに似てない。どちらかといえば母上に似ていると思う。将来的にはわからないけど、改めてメルと僕はやっぱり兄妹なのだなと思って少し嬉しくなった。

「……リッド様、失礼でなければ、そのメルディ様というのは？」

ファラが、僕とディアナの会話が少し気になった様子で尋ねてきた。

「ああ、メルディは僕の妹です。普段はあんまり気になりませんでしたが、こうして見るとその妹

ぐ僕が似ていて驚きました」

「リッド様には妹もいらっしゃるのですね。いずれ、お会い出来れば良いのですが……」

彼女は少し表情が暗くなる。僕はこの婚姻が決定であることを知っているけど、ファラはまだそうじゃない。確定に近いと思いつつも、やはりどこか皇族との婚姻の可能性もゼロではないと思っているのだろう。そんな彼女を僕は見据えながら、優しく言葉を紡ぐ。

「……『必ず会える』と思います。そして、ファラ王女がバルディア家に来ていただけたら、すぐに妹のメルとも仲良くなれると思いますよ」

言い終えてからニコリと笑顔を見せた。この時、僕はあえて『必ず会える』という言葉を彼女を勇気づける意味で強調する。ファラは目を丸くしてから意図に気付いて顔を赤らめ、耳を少し上下させて小さく呟いた。

「……ありがとうございます。私もお会い出来るのを楽しみにしております」

その時、襖の向こうから兵士の声が聞こえてきた。

「レイシス王子がいらっしゃいました」

兵士の言葉が部屋に響いたその瞬間、僕達は固まってしまう。しかし、すぐにハッとして、僕は慌ててメイド服のままディアナの後ろに隠れる。すると、間もなく足音が近づいて来て、襖の向こうからレイシスの声が響く。

「ファラ、リッド殿が来られたと聞いている。私も挨拶したいのだが、開けても良いか？」

ディアナの後ろに隠れて僕は真っ青になりながら、どうこの場を切り抜けようと必死に考えていた。すると、ファラが慌てた様子でレイシスに答える。

「あ、兄上⁉　少しお待ちください」

「うん？　わかった。ここで待っているから入って良くなったら教えてくれ」

僕は今、レナルーテに来て最大の危機を迎えている。まさかファラの護衛として城下町に出る為、メイド服にまで着替えて変装をしたこの時にレイシスが部屋に来るとは思わなかった。すると、ディアナが僕に向かってそっと呟く
「……リッド様、私の後ろに隠れていてください」

「わ、わかった」

彼女は、僕を隠すように立ってくれた。ファラとアスナは目配せをして頷くと、咳払いをしてから襖の向こうにいるレイシスに答える。

「兄上どうぞお入りください」

「急にすまない。失礼する」

レイシスはファラに答えると、スーッと静かに襖を開ける。そして、部屋を見渡すと怪訝な顔を浮かべた。

「おや……リッド殿がいないようだが？」

「あ、あの、リッド様は先ほど帰られました……」

ファラは少し落ち着かない様子で答えるが、レイシスは怪訝な表情を崩さない。彼はディアナに視線をゆっくり向けると丁寧に問い掛けた。

「……ディアナ殿はリッド殿の護衛ではないのですか？」

「兄上、私が引き留めたのです。帝国の文化を伺いたくて、そしたら、リッド様は用事があるということで先に戻られました。ディアナさんにだけ残ってもらったのです」

レイシスの問い掛けにファラが答え、その言葉に訝しんだ様子の彼はさらにディアナに問い掛ける。

「ふむ……ディアナ殿が残られたということは、リッド殿はお一人で迎賓館に戻られたのですか？」

「いえ、リッド様は別の騎士ルーベンスが来て、迎賓館に先にお戻りになりました」

「そう……ですか」

ディアナの言葉を聞いたレイシスは、少し考えるように俯くと、間もなく顔を上げた。

「……わかりました。リッド殿にはまた後日、ご挨拶するようにお伝えください」

「承知いたしました。リッド様に申し伝えます」

良かった、助かった。僕はディアナの後ろに隠れて何とかなったと安堵する。しかしその時、レイシスは思いもよらぬことを言葉にした。

「……ちなみに、先程からディアナ殿の後ろにいるメイドはどなたかな？」

「え……？　兄上、そのようなメイドこの部屋にはどこにもおりませんよ？」

「……居ないも何も、そこの鏡に映っているではないか」

その言葉に僕はハッとして「しまった!!」と心の中で叫んだ。レイシスの指摘で気付き、横を見ると確かに鏡に僕のメイド姿が映っている。そう、彼の居る場所からは僕が丸見えだったのだ。僕は、思わずがっくりと項垂れる。しかし、ここでディアナが機転を利かす。

「……レイシス様、申し訳ありません。この子は『ティア』と申しまして、まだ侍女の見習いになります。本来、このような場に連れて来る者ではないのですが、ファラ王女と年齢も近いので、リッド様がお連れになったのです」

「……ふむ。マグノリアの侍女見習いか。面白い、ティアといったか。私の前に来なさい」

な、なんということだ。僕は侍女見習いとしてこの場に来たことになり、何故かレイシスの前に呼ばれてしまったではないか。僕はおどおどしながらディアナを見ると、彼女は「頑張れ!!」と言っている気がした。こうなればヤケだと僕は覚悟を決めて、もじもじと恥じらいながら彼の前に出る。

僕は内心ばれるのではないか？　とドキドキしながら、レイシスを見上げた。その仕草は、はたから見ると上目遣いをしているようにも見えたかもしれない。恐る恐る彼の顔を見ると、何やら赤くなっているような気がした。その時、ディアナが後ろから僕に優しく声をかけてくる。

「ティア、レイシス王子にご挨拶をなさい。やり方は教えたはずです」

「へ……？」

そんなこと教えてもらったことがないぞ。と、思うと同時にディアナは、僕の横に来るとカーテシーによる挨拶を行い呟いた。

「ティア、私のようにしなさい」

「は、はい」

もうどうにでもなれと、僕はディアナの挨拶を見よう見真似で行う。しかし、慣れてない動きのせいかよろめいてしまい、レイシスに向かって倒れ込んでしまった。

「あ!!」

「……!? だ、大丈夫か？」

「申し訳ありません、大丈夫……です」

彼は倒れそうになった僕をサッと受け止めてくれた。自分なりに高い声を出して普段と少し変えていたが、ばれないかドキドキである。一方のレイシスは、何やら少し恥じらうような顔をしている気がするけど、どうしたのだろうか。その時、ディアナが僕に向かって声を発する。

「ティア!! 何をしているのですか!? レイシス王子、申し訳ありません」

ディアナは僕に注意しながら、彼に向かい一礼をする。僕も、慌ててレイシスから離れると同様に一礼した。僕達の言動にレイシスは、少し戸惑ったような面持ちを見せる。

「い、いや。私も、その、すまなかったな」

彼は少しおどおどしながら、よくわからないけど何故か謝っている。その時、僕達の後ろからファラの声が聞こえた。

「兄上、そろそろ、よろしいのではないでしょうか？ 私達だけでしか出来ないお話もありますので……」

「あ、ああ、そうか。それはすまない。では、ディアナ殿、ティア、失礼する」

レイシスは僕達に声を掛けるとそのまま部屋を後にする。やがて、彼の足跡が聞こえなくなると、僕はその場でへたり込み、やれやれと大きなため息を吐いた。

「はぁー……びっくりしたぁ……まさか、レイシス王子が急に来られるとは思いませんでした」

「……兄上もリッド様を心配されていましたから、気になっていたのだと思います」

そうか。そういえば僕が気絶した時、その場所にはレイシスもいたんだっけ。今度、改めて挨拶をするべきかもしれないな。しかし、途中から見せたレイシスの反応はなんだったのだろうか？

僕が思い返しながら首を傾げていると、今まで黙って様子を見ていたアスナがため息を吐いて、呆れ顔をする。

「リッド様は、レイシス王子をどこまでも振り回すお方ですね……」

「へ……？」

言葉の意味がわからず、僕は呆気にとられる。彼を振り回すとは、どういうことだろうか？　と考えていると、ファラが空気を変えるように、咳払いをした。

「……兄上の訪問で少し驚きましたが、城下町に行きたいと思います。リッド様、良いでしょうか？」

僕は彼女の方を向き、頷いてから答える。

「はい。私が行きたいと最初に言いましたので、是非お願いいたします」

「わかりました。では、私とアスナもすぐに準備を致しますので、少しお待ちください」

ファラは、言い終えると綺麗な所作で会釈をして、部屋の奥に入っていく。それから間もなく、ファラとアスナは和洋折衷の袴に着替えてきた。彼女は僕に視線を向けると、恥じらいながら顔を赤らめる。

「……どうでしょうか？　初めて着るのですが、似合っているでしょうか？」

「は、はい。その……とてもお綺麗です」

言葉通り、ファラはとても可愛くて綺麗だった。彼女は僕の答えを聞くと恥ずかしそうに少し俯くが、耳が上下に動いているので恐らく喜んでくれているのだろう。アスナも綺麗だが、相変わらず帯刀しており、女剣士といった感じである。それから間もなく、ハッとした様子のファラが咳払いをした。

「あ、ええと……では、参りましょう」

彼女の一言で準備の整った僕達は、本丸御殿を出ていよいよ城下町に向かうのであった。

レナルーテの城下町

「うわー、馬車の中で見るよりやっぱり迫力あるね」

「リッド様、今はメイド姿ですからあまり目立たないようお願いします」

「あ、ごめん」

レナルーテの町並みを見てはしゃいでしまい、ディアナに軽く諫《いさ》められてしまう。僕は本丸御殿にファラに会いに行って色々と話をする中で、どうしても城下町に行きたいと相談をしたのだが……気付けば、何故かメイド服に着替えることになってしまったのだ。

だけどおかげで僕はいま、何とかレナルーテの城下町に来ることが出来た。レナルーテ城に向かう途中、馬車の窓から少しだけ見た景色。その町の中で見てみると、改めて明治初期のような街並みに感動する。ちなみに、僕とディアナはメイド姿だが、ファラとアスナは袴にブーツという、和洋折衷の格好だ。メイドと袴の四人組なので、結局はとても目立っている気はする。

僕はもう、深くは考えないようにした。何せ、レナルーテの城下町には母上の『魔力枯渇症の薬の原料となる薬草』に関する手がかりがあるかもしれない。僕個人の細かいことは、気にしていられないのだ。それに、今後の事も考えてレナルーテの技術者をバルディア家にこっそりと、スカウトできないか？　ということも考えていた。以前から、帝国とレナルーテの技術を合わせれば色々なことが出来るのでは？　と、思っていたからだ。そんなことを考えながら、辺りを見渡して歩いていると、ファラが不思議そうに僕に尋ねる。

「そういえば、リッド様は何故、城下町に来たかったのですか？」

「……そうですね、ファラ王女にはお話しいたします」

僕はファラとアスナに母上が魔力枯渇症という死病であること、その為に必要な薬草の情報を探していることを説明する。さらに、今後の技術発展の為にバルディア家に来てくれる技術者を探していることも正直に伝えた。彼女達は少し驚いたようだが、ファラはすぐ心配顔を浮かべる。

「……リッド様の母上がそんなことになっていたのですね。わかりました。私も出来る限りお手伝いをいたします」

ファラが僕に答える横でアスナは、何やら思案してから険しい表情を見せる。

「我が国直属の技術者の引き抜きというのは、さすがに問題になりそうですね。ただ、一か所だけ直属ではないので、問題になりにくそうな鍛冶屋を知っています」

「え⁉　本当ですか。じゃあまずそこにいきましょう‼」

僕はアスナの情報に思いっきり食いついた。直属ではないというのは少し気になるけど、今はそんなことは気にしていられない。どんな機会でも、逃すべきではないだろう。アスナは微笑みながら「承知しました」と答え、僕達を先導しながら道案内をしてくれるのであった。

◇

アスナに案内された場所は、城下町の中心地から大分外れたところにあった。ずっと歩き続けているのでファラが大丈夫かと心配になった僕は、歩きながら彼女に声をかける。

「ファラ王女、少し歩く距離が長いですが大丈夫ですか？」

「はい、普段の訓練と比べたら。これぐらいは何ともありません」

普段の訓練？　彼女は勉強以外にも体力的な訓練もしているのだろうか？　僕が不思議そうな顔をすると、それに気づいたファラが笑みを浮かべる。

「フフ、こう見えても結構、運動はしているのですよ。なので、大丈夫です。それよりも……」

「……それよりも？　なんでしょうか？」

彼女は僕の顔を見ると、少し恥ずかしそうに呟いた。

「……その言葉遣いやめてほしいです。せめて、こうして出かけている時はもっと言葉を崩してください。よ、よければ、私の事は……あの、その、ファラとお呼びください……」

そう言い終えると、顔が徐々に真っ赤に染まっていく。彼女の言動につられて、僕も顔が赤くなるのを感じるが折角の提案だ。それに、身内だけの場であれば、本人の許可があれば良いだろう。僕は深呼吸をして意を決すると、優しく微笑んだ。

「わかりました。公の場では立場上できませんが……このような身内だけの場では、そう呼ばせていただきます。良いでしょうか……ファラ」

「……!! はい、リッド様」

歩きながらではあるが、何とも気恥ずかしい雰囲気が僕とファラの間に流れる。だけど、彼女の言葉にも気になる点があったので、僕も『ある』お願いをすることにした。

「……ファラ、僕の事もリッドでお願い。僕にも『様』はいらないよ」

「は、はい。わかりました……リッド」

またもや僕とファラの二人は顔が赤くなり、彼女は加えて耳が上下に動いていた。さすがの僕も、ファラの耳の動きにどんな意味があるのか、少しずつわかってきた気がする。彼女は頬を両手で押さえて、恥ずかしそうに目を瞑り、首を小さく横に振っている。恐らく、彼女なりに落ち着こうとしているのだと思う。僕も気持ちを落ち着けようと、深呼吸をしていた。

僕達のやりとりを近くで見ていたディアナとアスナは、微笑みながら「クスクス」と小さく笑っていた気がする。その時、少し先を歩いているアスナが前方を指さしながら声を発した。

「あそこです。見えてきました」

彼女が指さした場所を見ると確かにお店がある。だけど、人の気配はあまりなく、活気はなさそうだ。穴場的なお店なのだろうか？　そして、いよいよお店の前に辿り着いた僕は、唖然として呟いた。

「……ここで、間違いないの？」

「そのはずですが……」

アスナが連れてきてくれたお店の看板に『鍛冶屋　ジェミニ販売店』とある。しかし、その出入口のドアには『閉店セール中』と書いてある小さい看板がぶら下げてあったのだ。そして、全体的にお店がボロボロな感じがする。アスナは困り顔を浮かべながら僕に振り向き、会釈する。

「……すみません。以前来た時はこんな感じではなく、良い武具を取り扱う穴場のようなお店だったのですが……」

「……そっか。でも、アスナが良い武具って言うぐらいだし、ともかく入ってみよう」

いざお店に入ろうとすると、僕はディアナに制止される。どうしたのだろうか？　僕は怪訝な面持ちを浮かべて、彼女に視線を向けた。それに対して、ディアナは少し呆れた様子でいる。

「ティア、ここは実家ではありません。こういった場合は必ず従者から中に入るものです」

「あ、そっか。ごめん」

僕は、最初に入るのをディアナに任せて一歩引いた。彼女がドアを開けると、『カランカラン』と来店を伝える鐘が鳴る。すると、奥から驚いた様子の女性の声が聞こえた。

「え……？　嘘、お客さん⁉」

その後、すぐに奥からバタバタと足音が聞こえてきて、お店のカウンターに一人の少女がやってくる。その少女の姿を見たディアナは、少し驚いた面持ちを浮かべて、僕にだけに聞こえる程度の小声で呟いた。

「……なるほど、アスナさんがお勧めした理由は、こちらのお店はドワーフの方がされていたからですね」

僕は彼女の言葉を聞いて驚きの表情を浮かべた。以前、クリスからドワーフは自国からほとんど出ないと聞いていたからだ。僕はディアナの後ろから、その少女に視線を向ける。彼女がドワーフの大人かどうかはわからない。でも、比較的小柄で、ダークエルフ程ではないにしろ少し小麦色の肌をしている。髪は赤黒くて、耳が少し尖って飛び出しており、瞳は黒くて目はパッチリとした印象だ。彼女は、僕達を見回すと表情がパッと明るくなり、元気よく声を発する。

「ようこそ、いらっしゃいました!!　ボク達のジェミニ販売店にようこそ!!」

僕達？　と不思議に思っていると、さらに店の奥から足音と声が聞こえてきた。

「姉さん、どうしたの？　お客さんなんか来るわけないよ。どうせまた、冷やかしでしょ？」

「こら!!　アレックス!!　ちゃんとしたお客さんだよ。しかも四名様も!!」

「……本当だ」

どうやら、ここはドワーフの姉弟が営業しているお店らしい。僕は、この世界で初めて見るドワーフとこれから見られるであろう彼らが作った作品を思い、目を爛々《らんらん》と輝かせた。

「感動です……ドワーフの作った作品を見るのは初めてなんです!!　お店にあるもの全部見せてもらっていいですか!?」

しかし、僕の言葉にドワーフの姉弟は怪訝な面持ちを浮かべる。何故だろう？　と思った時、自分の今の服装のことを思い出した。確かに、メイド服を着た子供が、ドワーフの作った武具を全部見たいと言うのは明らかに不自然だったと思う。僕はその後、気恥ずかしさで顔を赤らめる。

それから間もなく、少し顔を引きつらせた『アレックス』と呼ばれたドワーフが呟いた。

「……か、変わったメイドさんですね」

「でも、ドワーフの作品を見たいっていうのはセンスあるよ、君」

二人のドワーフは姉弟らしく、顔つきや背丈がとても似ている。僕はちょっと恥じらいながらも、ディアナの前に出てお店の中を見回す。それから、置いてある武具を一つずつ見ていくが、どの武具もとても丁寧かつ繊細な加工がされていることに驚いた。

やがて、気になったナイフを見つけたので手に取って良いか確認してから、直接持たせてもらう。うん……多分これはとても良い商品だ。バルディア家の屋敷においてある剣を何本か見たことがある。その剣は、どこか歪《いびつ》さや多少のバリなど粗さがどうしても目についた。もちろん、騎士団用の大量生産用武具とドワーフの一品物を比べるのは酷な話だ。それでも、このナイフは良いものだと思う。僕は手に取ったナイフを返そうとして、女性のドワーフの名前を聞いていないことに気付いた。

「これ、ありがとうございます。えーと……」

「いえいえ、お気になさらず。ボクはエレン。あっちは弟のアレックスだよ」

ナイフを僕から渡されたエレンは、後ろにいるアレックスに指をさす。姉の仕草に気付いたアレックスは、ニコリと笑顔で僕に返事をしてくれた。このやりとりだけでも、とても良いお店だと感

じる。それなのに何故、閉店セールなどしているのだろうか？　僕は、思い切って彼らに尋ねることにした。

「そういえば、外に『閉店セール中』ってあったけど、お店を閉めてしまうのですか？」

「ああ、あれはね……」

エレンは少し寂しそうな顔をしながら話し始める。彼女の様子を窺うに、誰かに聞いてほしかったのかもしれない。二人は元々、ドワーフ国のガルドランド（以降：ガルドランド）に住んでいた。しかし、様々な事情がありガルドランドからレナルーテに流れ着いたそうだ。

無一文に近い状況だったが、ドワーフという存在は希少価値が高い。そこで、エレンは自身が担保となり借金をしてお店と工房を整えたそうだ。最初は評判だったが、段々と不自然に客足が遠のいていく。評価は良いのに、客足が遠のく理由がわからない。不審に思ったエレンはある時、武器を買ってくれた冒険者に話を聞いた。すると、ジェミニの武具を買って持っていると、他の武具店で物が買えない。もしくは請求が高額になるという嫌がらせを受けるのだと言う。

そんな、馬鹿な話があるかとエレンは憤慨する。しかし、よそ者の台頭をよく思わない者達が圧力をかけているのは事実であり、残念ながらエレンやアレックスは、それに対抗できる力を持っていなかった。そして、借りた資金は返せず借金だけが残り、エレンが身売りせざるを得ない状況になってしまったらしい。そこまで話すと、エレンはおどけた様子で自虐的な笑みを浮かべる。

「ダークエルフは長寿だから、変化を嫌がるのかもしれないね。でも、返済日までまだ少し時間があるから、ボクは最後まで諦めずに頑張ろうと思っているよ」

「……そっか。大変だね。ぼ……じゃなくて、私も何か力になれれば良いのだけど」

僕はエレンの話を聞いて彼らを助けたいと思ったが、僕が借金返済の肩代わりをするのであれば父上を説得できるような『何か』が欲しい。そう思った僕は、何か決め手になる材料がないかお店の中を見回した。ちなみに、エレンの話を聞いたファラとアスナは途中からとても複雑な顔をしていたようだ。

その時、僕はある『刀』に目を引かれる。まるで漂っている魔力を吸っているような、そんな印象を感じさせる刀だった。僕は、指を指して、エレンにその刀について尋ねる。

「エレン、あの『刀』は何？」

彼女は、僕が尋ねた『刀』を見て少し驚いた表情をするが、咳払いをしてから説明を始める。

「……君は目が良いね。あれは、ボクとアレックスの二人でないと作れない逸品で『魔刀』っていうのさ」

「魔刀……ひょっとして、魔刀を持っている人の属性素質によって何か変化が起きるとか？」

エレンとアレックスの二人は、僕の答えに目を丸くして驚愕の面持ちを見せる。

「君、なんでそれを知っているの？　『魔刀』を作れるのはもうボク達だけで、現存数も少ないのに……」

「へ……？　あ、いや、魔刀って名前だから、何か特殊能力があるのかなって、あはは……」

乾いた笑い声を出してごまかしながら、僕は内心感激していた。魔刀が作れる存在に出会えるなんて運が良い!!　なお『魔刀』は乙女ゲームの「ときレラ！」にも出てくる武器の一種だ。ゲーム内における『前衛職のキャラ』に良い装備がなければとりあえず『魔刀』を装備させとけばなんとかなる。そう言われるほどに使い勝手の良い武器だった。

効果は使い手の属性魔法攻撃力アップと、物理攻撃属性をキャラの持っている属性素質に変化出来るというものだ。その為、ゲームにおいてのリッドはこの『魔刀』を持つと、物理攻撃と全属性攻撃が扱えるようになる。つまり、汎用性が抜群でとても相性の良い武器だったのだ。

ただし、考えるにこの世界はあくまでもゲームに酷似した現実だ。前世のゲームのように装備さえすれば簡単に使えるということはないだろう……それでも試す価値はある。僕はニコリと微笑むと、エレンに期待に満ちた視線を向ける。

「あの、魔刀を見せてもらっても良いでしょうか？」

「いいけど……とても高い商品だから気を付けてね」

「はい。ありがとうございます!!」

魔刀を鞘に入っている状態で彼女は、僕に丁寧に渡してくれた。持ち手を優しく握ると、魔刀が僕の魔力に反応しているような感覚がする。思い切って僕は、もう一つお願いをした。

「……これ、刀を抜いてもいいですか？」

「え……で、でもそれは、さすがに危ないからダメだよ」

魔刀の抜刀については、さすがのエレンでも怪訝な顔をして抜かせてくれない。その時、僕達のやりとりを隣で見ていたディアナが、助け船を出してくれた。

「……この子は武器の扱いに長けております。どうか、抜かせてもらえないでしょうか？」

「うーん、そこまで仰るならいいですけど……メイドで武器の扱いに長けているって、どんな教育をメイドにされているのですか？」

彼女は、僕とディアナに首を傾げながら魔刀を鞘から抜いてくれる。その刀身はとても綺麗で、波紋はうねりの出てきた波を模しているようでとても綺麗だ。僕は、試しに魔力を纏うように流してみる。すると、刀の色がみるみる変わり漆黒の色に染まっていく。

おお、凄い‼　と僕は目をキラキラさせながら見ていた。しかし、その変化を目の当たりにしたエレンとアレックスは目を丸くして叫んだ。

「えぇ⁉　なんで、どうしてこんな小さい子供が魔刀に魔力を通せるの‼」

「そうだよ、魔刀に魔力を通すなんて、初見じゃ出来ないよ⁉　どんな人だって訓練をしてようやく使いこなせるようになるはずなのに……」

ドワーフ二人の驚愕した様子を見たディアナは、呆れ顔を浮かべため息を吐いている。

「……また、常識を突き抜けたことをしましたね。ティア」

「いやいや、私が非常識みたいな言い方はやめてよ……」

僕達のやりとりに加え、事の次第を見ていたファラとアスナは呆気に取られているようだ。でも、すぐにファラは「さすが、ティアです」と呟き、僕を見て「クスクス」と笑みを浮かべるのであった。

◇

魔刀に魔力を通して色彩変化を起こしてから、ドワーフの二人に僕は色々と尋ねられていた。そしてようやく、彼らの興奮が収まりエレンが感嘆した面持ちを浮かべる。

「いやー……世の中には凄い子供がいるんだねぇ。ボク達の世界がいかにせまいか思い知ったよ……」

「本当だよ……俺も魔刀をすぐに変化させられるほど、魔力の扱いに長けた子供なんて見たことない……」

ドワーフ姉弟の二人は、僕が魔刀に魔力を通せたことにずっと驚いている。まったく知らなかったけど、魔刀に魔力を通すためには、ある程度魔力の扱いに長けていないとダメらしい。

しかし、僕が出来たということは、サンドラも恐らく出来るのではないかだろうか？　ちなみに魔刀は魔力を通すのを止めると色は徐々にもとに戻った。僕は乾いた笑いを浮かべながら、魔刀を鞘に戻しながら問い掛ける。

「あはは……ちなみに、魔刀ってこの一振りしかないのかな？」

これも予想外の質問だったのか、ドワーフの二人は目を丸くして顔を見合わせた後、エレンが残念そうに呟いた。

「……魔刀は『魔鋼』と言われる特殊な金属が必要なのですが、あまり手に入りません。その為、その一振りしか作れてないのです……」

「そっか。それは残念だな……」

もしも、もう一振りあればサンドラへの良いお土産になっただろう。でも、魔鋼ってそんなに珍しいのかな？　僕は、エレンに再度尋ねる。

「魔鋼っていうのは珍しい金属で手に入りにくいのかな」

「いえ、大体どの国でも産出されます。ただ、使い勝手が悪いということで、市場にあまり出てきません。その為、魔鋼を欲しい場合は自分で取りに行くか、人に頼まないといけないので……」

なるほど……「物がない」のではなく「流通していない」のか。でも、それなら何とかなるかも知れないな。エリアスに商流の後ろ盾の依頼もしているから、クリスと連携すればいけるはずだ。

それに、魔刀は今後のことを考えても絶対に本数がいることになるだろう。僕は俯き思案した後、ゆっくりと顔を上げて彼らにおもむろに尋ねた。

「……ものは相談なのだけど、二人って隣のマグノリア帝国、バルディア家に仕える気とかないかな？」

「……はい？」

エレンとアレックスは、僕の一言でポカンと呆気にとられたようだ。しかし、その表情は段々と怪訝なものに変わっていく。やがて、エレンが少し怒気の籠った声を出す。

「あのねぇ、いくらボク達でもそんな嘘みたいな冗談は好きじゃないよ。こっちはもうすぐ、借金の形に連れていかれるかも知れないのにさ」

どうやら、僕の言葉はあまり好意的に受け取られなかったらしい。彼女は肩をすくめ、僕を睨みながら言葉を続ける。

「それに……バルディア家っていったら帝国でも有名なところじゃないか。そこに仕えるとかどうとか、君のようなメイドの女の子じゃ決められないでしょ？」

あ、忘れていた……僕はいまメイド服を着ている子供だったのだ。そんな姿の僕が言っても、確かに説得力はないだろう。エレンは呆れ顔で、さらに言葉を畳みかける。

「はぁ……君が、バルディア家の息子とかならまだ話はわかるけど、貴族の息子がメイド姿の女の子になるわけないしね。そりゃあ、ボク達だって本当に仕えることが出来るならいきたいけどさ……」

貴族の息子がメイドの女の子になるわけがない。この言葉を聞いて、一緒に来た僕以外の三人全員が噴き出して「クスクス」と笑い始めた。さすがの僕も彼女達に少し怨めしい目線を送る。しかしその時、ディアナが咳払いをしながらまた助け船を出してくれた。

「ティア様は止むを得ない事情でこのような姿をしておりますが、バルディア家の所縁の方です。その点はご安心ください」

「え……？」

エレンとアレックスはディアナの言葉を聞いて目が丸くなった。そして、ゆっくりと僕を見ると、アレックスは呆れた様子で言った。

「……本当に？　本当に所縁のある方なのかい？」

「そうですね……初対面でこのような姿なのは甚《はなは》だ遺憾ですけどね……」

僕はエレン達に答えながら、持っていたバルディア家の紋章が入ったメダルを見せる。これは、僕の身分を示すものであり、念のために持ってきたものだ。ちなみに、貴族の紋章が入ったメダルを勝手に部外者が持ち歩き、提示するような真似をすれば下手すれば死罪になってしまうらしい。

紋章の入ったメダルを見たエレン達は、驚愕の面持ちを浮かべる。それから間もなく、エレンはハッとすると僕に深々と一礼したまま言葉を発した。

「……ごめんなさい。ボク、凄く失礼なこと言いました‼」

「いえいえ、気にしなくて大丈夫ですよ」

彼女に答えながら顔を上げてもらうと、僕は『魔刀』について問い掛ける。

「ちなみに魔刀を私が買ったら、借金返済は出来る？」

「あ、どうだったかな。アレックスわかる？」

「はぁ……姉さん、残念だけど足りないよ」

なるほど。結構な金額を借りているのか、はたまた利子が凄いのかな？　残念そうな面持ちを浮かべる二人に、僕は少し凄んだ視線を向ける。

「わかった。まず大前提だけど、二人はバルディア家に来るつもりはあるかな？　もし、来てくれるなら、魔刀の金額以上の借金は私達で肩代わりするよ。足りない分は働きながら返してもらうことにはなると思うけどね。どうかな？」

二人は少し見合ってから警戒するような険しい表情を浮かべる。そして、最初に口を開いて僕に答えたのは、緊張した面持ちのアレックスだった。

「……俺たちに何をさせるつもりなんですか？」

「そうだね。魔刀も作ってほしいけど、それだけじゃなくて色んなものを開発してほしい。日用品でも良いし、武具、食器、なんでもいいからさ。勿論、こちらからもお願いすることはあると思う。

けど、基本は好きにしてもらって良いよ」

　僕の答えは予想外の返事だったのか、二人はまた呆気にとられた様子で目を丸くしている。その時、僕はあることを閃いた。そうだ、折角だからアレを是非作ってほしい。そう思った僕は、ゆっくりと切実な気持ちで言葉を紡ぐ。

「例えば、馬車のサスペンション……地面からの振動を吸収、馬車の内部の揺れを抑える部品とか作ってほしいかな。馬車の揺れが酷くてさ……あはは……」

　僕は、言い終えると最後に苦笑する。ドワーフの二人は僕の答えを聞くと、緊張した面持ちが崩れて「クスクス」と笑い始める。やがて、面白そうにアレックスが呟いた。

「アハハ、まさか武器や防具じゃなくて日用品を作ってくれなんて初めて言われたよ」

「フフフ、本当だよ。でも、借金返済のために毎日こき使われて、何かを作らされるよりよっぽど楽しそうだね。アレックス」

　どうやら、二人の中で僕に対する警戒心が、かなり和らいだらしい。僕は、ここぞとばかりに目を輝かせながら問い掛けた。

「じゃあ、バルディア家に来てくれるかな？」

「うん、ボクはいいよ。どうせ、ここじゃ食べていけないしね」

「俺もいいよ。姉さんを借金の形に連れていかれるぐらいなら、バルディア家にいくよ」

　やった!!　これで、もっといろんな事が出来るようになる。僕は小さくガッツポーズをしながら喜んでいた。

「ありがとう‼　じゃあ早速、君たちの借金を返しに……」

その時、僕の声を遮るようにお店の外から、下卑た怒号が響き渡る。

「エレェエエン‼　アレェックスゥゥウ‼　お迎えに来たぜぇぇぇ‼」

何事かと思い僕達が店の外を見ると、そこには三人の人族の男達が立っていた。

一人は、モヒカン頭で革ジャンスタイルの背の小さい男。

一人は、意味もなく汗をかき続けている体格の良い、いやかなり太った男。

一人は、頭が太陽の光に反射しており、無駄に長身のスキンヘッドの男。

一度見たら忘れられそうにない三人組がこちらを下卑た目で睨んでいるようだ。すると、先程と同じ声が響き渡る。

「エレェエエン‼　いるんだろぉおお⁉」

お店の前で怒鳴っている異質な人族の三人組を見た僕達は、嫌悪感で険しい顔を浮かべている。

やがて、ファラとアスナが彼らに対する印象を口にした。

「……さすがにあのような下卑た姿は……」

「ふむ……刀の錆《さび》にもしたくない風貌だな」

二人とも中々に辛辣だ。ディアナは、嫌悪感というより生理的に嫌なようで、彼らから顔を背けると苦々しく呟く。

「あれは人族の恥です。レナルーテで存在してはなりませんね……」

ディアナは言い終えると同時に「ブルッ」と体を震わせ悪寒を感じたようだ。確かに、男の僕から見ても、彼らとは関わりたくない雰囲気が凄い。その時、エレンがため息を吐いて呟いた。

「はぁ……また来たのね、あいつら」

「また？　あいつら、前から来るの？」

「ええ、ここ最近ずっとなんです」

僕がエレンの言葉に反応すると、アレックスが彼らについて説明をしてくれた。彼らは、エレンとアレックスが借金をした華族『マレイン・コンドロイ』の手下だという。マレインは初老のダークエルフで様々な商会と繋がっている華族らしい。当初、レナルーテに来た二人に気持ちよくお金を貸してくれたそうだ。しかし、圧力をかけられ商売を邪魔されていることを伝えても、一切話を聞いてくれなかった。それどころか借金の返済の催促をしてくるようになったという。

そして、前回の支払いをした際に、次回の支払いが間に合わないので何とか待ってほしい、と二人はマレインに相談したらしい。だが、彼らは聞く耳を持たず、エレンの引き渡しを要求してきたそうだ。その時、二人がマレインに抱いていた疑念が確信に変わった。

エレン達はマレインに嵌められたのだ。よそ者や商売の知識などが薄い相手に、何かしらの担保を条件に金を貸す。その後、圧力をかけて商売をわざと失敗させる。そうして、残った担保と借金の両方の回収に移り、借金が回収できない場合は回収できるまで債務者をどこまでもこき使う。

マレインがそんな手法を使っていると後になり知ったが、後の祭りであったことを二人は苦々しげに教えてくれた。その時、考え込むように俯いていたアスナがハッとして顔を上げる。

「確か……マレイン・コンドロイは、反対派でノリスと繋がっていた気がします」

また、ノリスか!!　僕は思わず心の中で叫んでしまう。彼はとことん、僕のことが気に食わないらしい。絶対にろくな死に方をしないのではなかろうか。いや、あんな事をした以上、恐らくは死んだあとは丁寧に扱われないだろう。やがて、エレンが怒りの形相を浮かべ、店のドアを開けると彼らに言い放った。

「お前達、支払期日までまだ数日あるだろ!!　お前達みたいなのがいたら営業妨害だ。とっとと帰れ!!」

モヒカン男は、エレンの姿を見るとニヤリと下卑た笑みを浮かべて答える。

「ヒヒ、そういうわけにゃいかねぇんだ。マレインの旦那がお急ぎらしい。今すぐ返せないなら、屋敷に連れてこいって言われているのさ」

モヒカン男の言葉に、アレックスも反応して彼らに声を荒げた。

「な……!?　それは約束と違うだろ!!」

「そんなのは、俺達の知った事じゃねぇ。俺達は言われた通りにするだけさ。さあ、わかったらおとなしく付いて来てもらおうか。それともぉ、痛い目をみるかぁ?」

モヒカン男は、顔を凄めてエレンをジロリと睨むと、楽しげに下卑た笑みを浮かべている。

これはよくないな。僕はそう思うと、店の外に出てドワーフの二人を守るため悪漢達の前に立つ。すると、モヒカン男は顔を歪め、声を荒げ吐き捨てた。

「なんだぁ、お前みたいなメイドのチビはお呼びじゃねぇんだよ。いま、大人の話し合いの途中なんだぁ。わかったら、とっとと消えろ……このドチビ!!」

「……チビにチビって言われたくないな。あなたは大人でしょ？　なら、あなたが本当のチビじゃないですか」

僕は、売り言葉に買い言葉といった感じで、冷静に言い返す。モヒカン男は態度がデカいが、身長は低い。恐らく、ドワーフのアレックスよりも低いぐらいだ。それで人をチビと言えるのか？　という感じだが、どうやらこれは彼にとって禁句だったらしい。モヒカン男の顔がすぐに真っ赤に染まり、辺りには彼の怒号が響いた。

「んだとコラァ⁉　俺はチビじゃねぇぞ、身長も百六十cmあるんだからな‼」

絶対嘘だ。彼の見た目からしてそんなに身長が高いわけがない。僕は、傍にいるアレックスに向かって尋ねる。

「アレックスって身長どれぐらい？」

「俺？　俺は百五十一ぐらいだけど……」

その言葉が周りに響いた瞬間、その場にいる全員が失笑する。何故なら、モヒカン男よりアレックスのほうがどう見ても身長が高いからだ。そして、モヒカン男はわなわな震えるとまた声を荒げる。

「なめんじゃねぞ、ドチビが‼　おれの身長は百六十なんだよ‼」

「……なあ、モールス」

「んだよ⁉　デーブ‼」

どうやらモヒカン男はモールスというらしい。そして今、モールスに話しかけた体格の良すぎる男はデーブという名前のようだ。デーブはモールスの怒号に首を傾げながら返事をする。

「モールス、おらの身長百六十なのだけど……」

デーブの思いもよらぬ発言で、モヒカン男のモールスは固まってしまう。さらに、今まで黙っていた長身でスキンヘッドの男も、怪しげな笑みを浮かべて呟いた。

「俺の身長……二百……クックククク!!」

スキンヘッドの男は、自らの発言がツボっているのか、呟くと同時に腹を抱えて失笑している。

彼らのやりとりを見ていて、本当に関わり合いになりたくないと感じた僕は、顔を引きつらせ、思わず後ずさりをしてしまう。その時、わなわなと震えていたモールスがまた怒号を響かせる。

「てめぇら、もう黙ってろ!! チビ、全部テメェのせいだ!!」

彼は、よくわからない怒りの矛先を僕に向けてきた。それから、彼は自身の腰の後ろに手を回して、鎖鎌を取り出すと下卑た笑みを見せる。

「いひ。こうみえても俺は『かまいたちのモールス』って有名なんだぜぇぇぇ!!」

モールスは叫ぶと同時に僕に向かって鎖を勢いよく投げる。その瞬間、モールスと僕の間に人影が入り込み、飛んできた鎖を剣で跳ね返す。辺りには、剣と鎖がぶつかり合う甲高い金属音が鳴り響く。やがて、その人影はしゃがんだ状態からゆらりと立ち上がり、モールス達を鋭い目で睨みつける。

「……ティア様に手を出したあなた達の未来は……死です!!」

「ディアナ……ここはバルディア領じゃないし、国際問題になりかねないから、殺しちゃダメだよ?」

彼女は『ハッ』とすると、何とも言えない表情で僕を見つめる。それに、どちらにしてもあんなやつら、ディアナがわざわざ手を汚す必要もないだろう。それより、こんなことでディアナの立場が悪くなるようなことはあってはならない。僕が冷静に考えていると、苦々しい表情を浮かべているモールスが叫んだ。

「たった一回防いだぐらいで、いい気になってんじゃねぞぉ!! この暴力メイドがぁ!!」

『暴力メイド』その言葉を聞いた瞬間、ディアナの目の色が変わった気がする。そして、モールスが勢いよく投げてきた鎖をディアナはなんと武器を捨てて素手で受け止めた。

「はぁ⁉」

さすがに素手で受け止められると思っていなかったのだろう。モールスは驚きの声を上げ、その表情は驚愕の色に染まっている。やがて、ディアナは殺気をその身に纏い、冷淡で凍り付くような瞳で彼らを一瞥する。

「……良いでしょう。暴力メイドと言うのならば、その様を見せつけましょう。道破、バルディアに忠誠を誓う者として、仇なすものに裁きの鉄槌を!!」

彼らに吐き捨てるように言い放ったその時、ディアナは握り締めていた鎖を自分側に思い切り、力一杯に引っ張った。しかし、それは女性のものとは思えないほどものすごい力だったのだろう。なんと、彼女が鎖を引っ張ると同時にモールスは鎖鎌ごと宙を舞った。

「な、なんだとぉ!!」

彼はあり得ないという表情をしながら、ディアナに引き寄せられていく。しかし、モールスもただ引き寄せられるわけではない。鎖鎌の鎌でそのままディアナを切り裂こうとしながら叫んだ。

「死ねぇ!!　暴力メイドがぁ!!」

彼がまさに切り裂こうとした瞬間、ディアナは鎌を掻い潜る。そして、勢いそのままに彼の顔に思い切り拳をめり込ませ、殴り抜いた。完全なるカウンターである。彼の顔は、ディアナの拳によってみるみるうちに変形していく。同時にディアナは手に持っていた鎖を解放した。

「ヒでぇえええぶっぅぅううう!!」

モールスはカウンターを決められたことに加え、鎖を解放されたことであり得ないぐらいに吹っ飛んだ。ディアナが戦う姿を初めて目の当たりにした僕は、思わず目を丸くする。彼女が身体強化を使っているのは間違いないだろう。でも、その様はあまりにも怖い。

彼女は残った二人を見据えながら、先程のやりとりで頬についた血のりを服の袖で拭うとニコリと微笑んだ。

「……次はどちらでしょうか？」

残された二人は、彼女が送る視線によって蛇に睨まれた蛙のように固まってしまう。しかし、デーブと言われた男が突然怒号を上げ、ディアナに向かって走り始めた。

「よくも、おらの友達のモールスをイジメたなぁ!!」

「……頭が足りませんね。手を先に出したのはそちらでしょう」

男は両腕を広げ、ディアナを捕まえようとするが動きが遅くてディアナを捉えられない。彼女は隙をつき、男の横腹にモールスを吹き飛ばした拳を叩きこむ。しかし、デーブは動じず、ディアナを見て下卑た笑みを浮かべた。

「デヘヘ、おらにパンチは効かねぇだぁ」

彼は、脇腹に拳を入れたままのディアナを捕まえようとする。彼女はすぐに彼から距離を取り、手に付いたデーブの汗に嫌悪感丸出しの表情を浮かべて呟いた。

「……なるほど。その贅肉は伊達ではないということですか」

「グヘヘ、謝るなら今の内だべぇ」

デーブは負けるはずがないと余裕を持ち、嘲笑するように下品に笑っている。しかし、ディアナもまた不敵な笑みを浮かべ、彼を睨みつけた。

「……やりようはいくらでもあります」

「負け惜しみだぁ!!」

ディアナの言葉に反応したデーブは、勢いよく彼女に向かって走り始める。ディアナは顔を引き締め、深呼吸をすると一言、「行きます!!」と発した。そして、デーブの懐に一瞬で潜り込んだ彼女は、彼の股間……急所目掛けて足のつま先から抉《えぐ》り込むように突き蹴ったのだ。ディアナの蹴りが炸裂すると同時に、デーブの断末魔があたりに轟《とどろ》いた。

「うがぁぁあああああああ!?」

ディアナが足を引き抜くと、彼はその場に股間を押さえながら、前かがみにへたり込もうとする。しかし、彼女はそれを許さない。前かがみに倒れようとするデーブの腹に向かって、目にも止まらぬ速さで蹴りを繰り出していく。

「はぁああああああああ!!」

「ぐへぁぁあああぁああ!?」

デーブは急所の一撃による衝撃で身動きが取れず、なすすべなく蹴られ続けている。やがて、彼の腹の肉に変化が現れた。なんと、彼の贅肉がだんだんと左右に分かれ始めたのだ。その瞬間を彼女が見逃すはずもない。贅肉が無くなったデーブの腹目掛け、ディアナは鋭く手刀を抉り込んだ。

「げばぁああ!?」

恐らく彼はいま、体験のしたことの無い痛みに襲われているのだろう。しかし、ディアナはまだ手を緩めない。デーブの腹に抉り込んだ手刀を百八十度ひねると、手刀の先に魔力を込め始める。

さすがに酷いと思い「ディアナやり過……」と僕が言いかけた瞬間、時すでに遅くディアナは言葉を吐き捨て魔法を発動させた。

「弾けて爆ぜろ!!」

彼女が魔法を発動させた瞬間、デーブの腹から大爆発が起こる。同時に凄まじい轟音と煙を纏いながら、デーブはお友達のモールスと同じ方向に吹っ飛んだ。

「がぁあああぁぁぁ……!!」

デーブを吹き飛ばし満足した様子のディアナは、煙を纏いながらニコリと微笑みを浮かべる。彼女は、その場に残っている長身でスキンヘッドの男にゆっくりと視線を移す。そして、凄みのある優しい声で問いかけた。

「どうですか。まだやりますか」

「ご……ごめんなさぁぁあああい」

ディアナの問い掛けに男は泣き叫びながら答えると、そのまま吹っ飛んだお仲間の方角に向かって一目散に逃げて行った。一部始終を見ていた僕達は、彼女の変わりように驚いて呆気にとられてしまう。僕達の表情に気付いたディアナは、照れ笑いを浮かべながら身嗜みを軽く整え、姿勢を正す。そして、綺麗な所作で僕達に『カーテシー』を披露すると、凛とした声で呟いた。

「……お騒がせいたしました」

マレイン・コンドロイ

「まだ、あいつらはドワーフを連れて戻って来んのか!!」

ある屋敷の中で、初老のダークエルフの怒号が轟いた。彼の名はマレイン・コンドロイ。レナルーテにある商会の協会トップであり、下級華族でもある。

彼はいま、いち早く国外に逃げ出そうと焦っていた。理由は簡単だ、彼の後ろ盾になっていた「ノリス」が「幽明の部屋」に連れていかれたからである。あの部屋に連れていかれた人物は何者であれ、近いうちに必ず命を落とすことが決まっているのだ。

そして、それはノリスの命運を決定づけるものであり、彼の支援者や派閥に属していた者達へのみせしめであると、マレインはすぐに理解した。

様々な派閥がある中で、ノリスがあれだけの力を持っていたのは、彼が王に意見出来る立場であったからだ。

ある日、ノリスの血族が王妃となることで、派閥の流れは大きく彼に傾いた。彼はその後、王子も手中にすることに成功する。結果、彼の派閥に所属することは、政治的にみても勝ち馬に乗るようなものだったのだ。それに加えてノリスは、手中にした政治力を使い、一部の者達の後ろ盾となることで豊富な資金力を持っていた。彼は、手にした発言力と資金力を活かし、着実に派閥の中心となっていったのだ。

そして、前述の通りノリスの資金力は、彼の政治力を後ろ盾にしていた者達により支えられていた。その中の一人として名を連ねていたのがマレイン・コンドロイ……彼である。

ところが、マレイン・コンドロイの状況をわずか一日で一変、破壊する人物が突然現れたのだ。

憎らしいその人物の名前は、『リッド・バルディア』という。同盟国の帝国に領地を持つ、ライナー・バルディア辺境伯の長子であり、ファラ・レナルーテ王女の婚姻候補者であった。

リッド・バルディアは年端もいかぬ少年であるにも関わらず、年齢にそぐわない弁論を王族と華族の面前で披露。常識外れの武術と魔法も御前試合で見せ付け、ノリスが彼を婚姻候補者から外す為に仕組んだ策を悉く突破した。その結果、ノリスは「幽明の部屋」に送られ命運尽きたのである。

リッド・バルディアはノリス一派からすれば、帝国から来た「銀髪の悪魔」そのものであった。

事の次第を冷静に見ていたマレインからすれば、ノリスも愚かであった事は否めない。ノリスは王女を皇族に嫁がせることに固執しすぎたのだ。マレインから見れば、彼は半ば暴走していたようにも見えていた。下級華族であるマレインは、生き残るためにノリスを利用していたに過ぎない。派閥や彼の理想に心酔していたわけではない。だが、マレインはノリスの後ろ盾を得たあと、立場を維持する為に政治献金を黒に近いグレーなことをやって集めていた。勿論、そんなことを行えていたのはノリスという後ろ盾があったからだ。しかし、その後ろ盾が無くなった今、問題にされればマレインの立場は危険な状態であった。

　彼は同族に手を出していないが、同族以外であればあくどい事を平気で行っていたのだ。マレインの手法は、他国から来た相手を値踏みして価値のある物、才能、種族を見極めることから始まる。価値のある相手と判断できれば最初は優しく接して金を貸すが、その後は協会を通して圧力をかけて商売を失敗させていく。やがて、借金の形として物を奪い、才能をこき使う。種族次第では売り飛ばして金に換金するなど、実に恨まれることをしていた。

　特にレナルーテでは数年前に起きたバルスト事変により、マレインが行った行為は特に嫌悪される部分でもある。その為、黒に近いグレーは黒断定される恐れもあったが、それでも行えていたのはノリスという後ろ盾があったからだが、その後ろ盾はもうない。

　ノリスの失脚が決定的になると、マレインの行いを知っている者達の反応は早い。ノリスが「幽明の部屋」に入ったのは昨日だというのに、すでに取引停止の申し出などが来ている所もある。このままでは、マレインの行った数々の悪事を国から断罪される恐れもあった。現状、出来ることは、金をまとめて国外に逃げるしかないというわけだ。その時、ようやくマレインの怒号に慌てて屋敷の執事が報告に来た。

「申し訳ありません。まだのようです……」

「くそ‼　時間がないというのに‼　役に立たんやつらだ‼」

マレインの言う「あいつら」と「役に立たないやつら」とは、彼が雇った手下の三人組の男達である。マレインがしていることは、ダークエルフでは嫌悪される。その為、彼の手足となり動く、別種族の存在が必要だった。彼が雇った三人組の男達は、風貌が目立つところがあるが多少は腕が立つ。

それなのに、何故ドワーフの小娘をすぐに連れてこない？　マレインは、金になるドワーフの小娘を回収したら国を出るつもりでいたのである。だからこそ焦っていたのだ。マレインが苛立ちを隠せずにいると、先ほどの執事がおどおどした様子で報告する。

「……マレイン様、申し訳ありません。実は先程、魔の森で捕まえた『例の商品』が二匹とも脱走いたしました。いま、回収の為に雇った男達を向かわせております……」

「なんだと⁉　あれにはもう買い手がいるのだぞ‼　何としても、すぐに回収してこい‼」

マレインの怒号を聞いた執事は一礼してすぐ、その場を去った。彼は眉間に皺《しわ》を寄せて、険しい顔で呟いた。

「くそ……今日はまるで厄日だ……‼」

この時、刻一刻と因果応報の流れがまるで運命のように彼に近づいていることに、気付くものは誰もいなかった。

新たな出会い

「ディアナ殿、是非今度、手合わせ願いたい!!」

「……アスナ殿、申し訳ありませんが謹んでお断りいたします」

「アスナ、ディアナ様が困っていますから……」

僕達はまだドワーフ姉弟のお店にいる。先程、店に来た三人組の下卑た男達はディアナが吹っ飛ばした……のではなく、追い払った。彼女の戦いぶりに感動したアスナが、何故か突然に手合わせを申し込み、ディアナが断って、ファラが止める。そんな構図が、先程からずっと繰り返されていた。その様子を半ば呆れて見ていたが、エレンが僕にそっと近寄り耳打ちする。

「ティア様……だっけ？　君のメイドのお姉さんすごいね。あんなやつらでも、腕が良くてボク達は結構怖かったのに、あんなに簡単に倒しちゃうなんてさ」

「ディアナは普通のメイド兼護衛……だと思う」

暗器も使えるらしいが、今は黙っておこう。それよりも、エレン達の今後が気になった僕は、少し考え込んでから彼女に問い掛けた。

「エレン、彼らはどうして君を連れて行こうとしたのだろうね。返済期日はまだあるんでしょ」

「……そういえば、そうだね。以前も来たことあるけど、あんなことを言われたのは初めてだよ」

エレンも彼らが急いでいた理由に心当たりは無いらしい。その時、僕はモヒカン男が言っていた言葉を思い出す。確か、『マレインの旦那が急いでいる』と言っていたはずだ。

アスナが言うように、ノリスと繋がりがあったなら今回の『婚姻騒動』で立場が危うくなっているのかもしれないなぁ。どちらにしても、エレンとアレックスをバルディアに連れていくために避けては通れない道だろう。僕は小さく頷くとエレンに向かって力強く話しかけた。

「エレン、僕達をマレインの屋敷に案内してくれないかな。君たちの借金を返さないといけないしね」

「わ、わかった。じゃあ、ボクが案内するよ。アレックスは、お店の片付けと留守番お願いね」

彼女は僕に答えると、アレックスに視線を移して声を発した。

「わかった。姉さん、気を付けて」

エレン達と話がまとまると、僕はいまだ繰り返しループしている三人組に視線を向ける。

「はぁ……君達、次に行く場所が決まったよ!!」

こうして、僕達は新たな目的地のマレインの屋敷に向かうのであった。

◇

マレインの屋敷は、エレン達の店から反対方向にあり、町を経由する必要があるらしい。その為、歩いて町まで戻って来たところだ。予想以上に歩く距離が増えてしまい、僕は心配になってファラに視線を向ける。

「ファラ、大丈夫？　ごめんね。沢山、歩かせてしまって……」

「大丈夫です、リ……じゃなくてティア。これぐらいは何ともありませんから」

ファラは、少し耳を上下に動かしながら笑みを浮かべて答えてくれる。彼女の表情を見て僕が安堵したその時、何やら前方で騒ぎが起きているようで大声が聞こえてきた。

なんの騒ぎだろうと思ったその時、騒ぎの一団の中から小さな黒い影が飛び出して、一目散に僕に向かってくる。異変を察知したディアナは、すかさず僕の前に出てその影を捉えようとした。しかし、その影は彼女の動きを見切って、そのまま僕のスカートの中に入ってしまう。あまりに素早い動きに僕とディアナは思わず「なっ!!」と驚愕の表情を浮かべる。

僕達が影の動きに驚いていると、今度は影の動きを追ってきた男達が僕達の前にやってきた。彼らは、人族らしく服装もレナルーテとは違う。彼らは僕のスカートの中に影が入ったのを見ていたらしいが、何やら高圧的な物言いをしてきた。

「嬢ちゃん、そいつはここら辺では有名なマレイン様のペットなんだよ。早く返してくれねぇか？」

男達は僕に近づくと、なんといきなりスカートをめくり上げようとする。それを見たディアナは、容赦なくその男の顔に拳を叩きこんだ。

「ぐぼぁあああ!!」

男は、彼女に殴られた衝撃で勢いよく吹っ飛び、そのまま道の真ん中で気絶したようだ。ディアナは、面前に集まっている他の男達に軽蔑の目を向け一瞥すると、吐き捨てるように言い放った。

「……いきなり女性のスカートをめくり上げようとするとは何事ですか？」

僕は女性ではないけど。と内心で思いながらも彼女の言葉に同意した。いくら何でも、初対面の相手にやることが無礼すぎる。

　その時、隣にいるファラから何やら黒いオーラを感じた僕は、思わず背筋に寒気と戦慄が走る。ファラが醸し出す気配は、僕が何度かクリスやディアナを怒らせて経験しているものと、同じ気配だと瞬時に悟ったからだ。恐る恐る隣にいるファラを見ると、頬を膨らませて思いのほか可愛い顔をしながら怒っているみたいだった。しかし、彼女は黒いオーラを出しながら、アスナに指示を出す。

「アスナ!!　あの無礼者たちを成敗いたしなさい!!」

「承知いたしました!!」

　その時、僕は慌ててアスナに声を掛けた。

「後々問題になっちゃうから、殺しちゃダメだめだよ。気絶させる程度にしてね!!」

「ティア。私も行って参ります」

「へ……？」

　僕はアスナに言ったつもりだったのだが、ディアナはアスナの後を追いかけて男達に向かって行く。男達も気絶した仲間に注目が集まっていたが、アスナとディアナの動きに気付くと怒号をあげた。

「クソ、なめんじゃねぇぞぉお!!」

　飛び込んでくる二人を返り討ちにしようと男達は迎え撃った。

◇

　それから、数分後……。

「ご、ごめんなひゃい……ゆるひて、くらはい」

「はい？　何を言っているのか、全く聞こえませんね」

許しを請う、男の声には耳を貸さず、ディアナは止《とど》めの拳を彼の顔にぶち込んだ。同時に、鈍い音が響き渡る。その後、彼はしゃべらなくなった。一連の光景に僕は、首を横に振り、額に手を添えながら呆れ顔を浮かべる。

「やり過ぎだよ。問題になるから気絶程度に抑えて、殺しちゃダメだって言ったでしょ……」

「ティア様、大丈夫です。息をしておりますから、死んでおりません。間違いなく気絶しております」

ディアナはニコリと笑顔で言うが目が笑っていない。その時、別の男の悲鳴が聞こえてきた。

「も、もう勘弁してれぇぇええええ!!」

「……この程度で音を上げるとは情けない。貴様らはそれでも男か!!」

声に反応して視線を移すと、アスナが声を荒げながら男達の服だけを刀でひたすら切り裂いている。僕が、父上に受けた胆力訓練と似ているかもしれない。気付けば男達は、彼女に服だけを斬られてパンツ一枚になってしまい、その場にへたり込んで気絶してしまう。アスナはその姿を見ると、刀を鞘にしまいながら言葉を吐き捨てた。

「ふん、三下が……」

「アスナ、さすがです!!」

彼女の活躍にファラは喜んでいる。アスナとディアナの活躍を見ていたエレンは、青ざめた顔で僕にゆっくりと視線を向けた。

「……君たちは何者なの？」

「あはは、それはまだ秘密かな」

エレンの問い掛けに苦笑しながら僕はごまかした。メイド服を着た状態のままでは、流石に正体を明かしたくないからね。やがて、男達が全員気絶すると、一部始終を見ていた町人達が嬉々とした表情を浮かべて駆け寄って来た。

「あんた達、やるねぇ!! あいつら倒してくれてせいせいしたよ!!」

「そうだぜ。あいつらはことあるごとにマレインの名前を出してくるんだ、いい気味だ!!」

どうやら、マレインとその仲間達はこの町では嫌われているらしく、僕達の行動は好意的に見られていたらしい。ファラはあまり褒められたことがないのか、気恥ずかしさで赤面しているようだ。

辺りが落ち着いて来ると、騒動の原因となった存在がまだスカートの中にいたことを思い出した僕は、恐る恐るその場から動いた。すると、僕のスカートの中から二つの影が出てくる。影の姿が露わになると、この場にいる僕とディアナ以外の全員が驚いた面持ちで目を丸くした。その雰囲気に、二つの存在も驚いたのか、片方が僕に上目遣いをしながら「ンン～……」と可愛い声を鳴らす。もう片方は静かにしており動く気配は無い。僕が彼らの姿を見て最初に思ったのは、黒猫とスライムだ。その時、アスナが彼らを見ながら呆れた様子で呟いた。

「……シャドウクーガーとスライムです。これは我が国の領地にある、『魔の森』に生息している魔物ですね」

「魔物!? ダンジョンとかに出るって聞いたけど、『魔の森』にもいるの」

『魔物』という単語に、僕は思わず目を輝かせる。以前、ルーベンスから聞いたダンジョンに生息するという『魔物』と一緒なのだろうか？　僕は、興味津々でアスナに尋ねるが、彼女は首を軽く横に振った。

「いえ、ダンジョンと魔の森の魔物は呼び方が一緒ですが、内容は違います。ダンジョンの魔物はコアが生み出した魔力を源に生まれます。しかし、『魔の森の魔物は魔力を生まれながらに持った生き物』です」

「……つまり、基本は僕達と変わらない生き物ってことかな」

彼女は僕の言葉に頷いた。つまり、「魔の森」にいる魔物は僕達と変わらない魔力を持った生き物ということらしい。

僕がメイド服を着てまで城下町に来たのは、実はこの「魔の森」で取れる薬草の情報が欲しかったからでもある。魔の森とは、アスナの言う通りレナルーテ国内にある濃厚な魔力が漂う深い森林地帯だ。危険ではあるが、そこでしか取れない鉱石や様々な素材などは非常に高値で取引されることもある。魔の森の素材で作成された武具の品質はとても良く、マグノリアでもとても評価が高い。

その為、レナルーテには各国から冒険者が一攫千金を狙ってやってくることも多いそうだ。先程の下卑た三人組や、マレインの傭兵と思われる男達も当初は冒険者としてこの国に来たのだろう。

レナルーテに来る前から「魔の森」のことを僕は知っていた。屋敷の書斎にある本で調べたのもあるが、前世の記憶にもあったからだ。乙女ゲームの「ときレラ！」においても、「魔の森」は素材集めをする重要な場所であり、よく使っていた記憶がある。

ゲームの時は、キャラクターをマップ上の「魔の森」に配置して「素材回収」のボタンを押す。後は、時間経過を待つだけで素材が手に入る仕様だったはずだ。

しかし、この世界で「魔の森」について調べると、資源は豊富だが「危険な生き物」が多数存在しているそうで、人が安易に踏み込めない未開の土地である。ということが記されているだけだった。だけど、この「魔の森」に魔力枯渇症の特効薬の原料になる「ルーテ草」があると、僕は確信を持っている。何故なら、「ときレラ!」ゲーム内において魔の森の「素材回収」をすると、「ルーテ草」が手に入っていたからだ。

アスナとの話から僕が考え込んでいると、シャドウクーガーが足元に擦り寄って来る。そして、頬の部分を僕の足にこすりつけている姿は、本当に猫そっくりだ。毛色は全身黒だが、胸部分に逆三角形で白い部分がある。毛が全体的に長く、尻尾が二本あるがこれも長い。全体を見れば大型猫の長毛種みたいな感じだろうか。ふと足元に擦り寄って来たシャドウクーガーをよく見ると、首輪のようなものをしていることに僕は気が付いた。

「……これ、なんだろう」

僕はしゃがみ込んで、その首輪らしき物をよく見ると何やら頑丈な作りになっている。これで、この子を抑えつけていたのかな？　その時、感じていた疑問をエレンが答えてくれた。

「これは、魔物を飼いならしたりする時に使う魔力抑制の首輪ですね。これを付けると魔物は自分の魔力を扱うことが出来ません。高価な道具なので、恐らくマレインが用意したのではないでしょうか？」

「……なるほどね。ちなみに外せるかな」

僕の言葉にエレンはちょっと嫌そうな表情を見せる。

「出来ないことはないですけど、外した瞬間に暴れるかもしれませんよ」

「うーん。でも、このままにしておけないし、いざとなったら皆いるしね」

僕は、周りを見渡してニコリと微笑んだ。エレンは、「やれやれ」と首を軽く横にふると、ため息を吐きながらシャドウクーガーの首輪を取り外しにかかってくれた。

「はぁ……どうなっても知りませんからね……」

エレンが首輪を外している間、僕はもう片方のスライムに視線を移す。スライムは、水色で透き通っているが、特に危険な気配を感じない。スライムは、首輪を外す作業をされているシャドウクーガーを心配そうに見守っているようにも感じる。

「はい。外れましたよ」

僕がスライムを見ている間に、彼女はシャドウクーガーの首輪を外した。その瞬間、シャドウクーガーの体がみるみる大きくなっていく。興味本位で周りにいた人達は、悲鳴を上げて蜘蛛の子を散らすように逃げていき、辺りは騒然となった。

「ティア様!!　私の後ろへ」

「う、うん。でも……大丈夫だと思うよ」

ディアナは、盾となり守るように僕とシャドウクーガーの間に割って入った。アスナも盾となるようにファラを庇っている。エレンは、僕の後ろに急いで隠れて悲鳴を上げるように叫んだ。

「だからボクが言ったじゃないか。どうなっても知らないよって!!」

最初のシャドウクーガーは、可愛らしい猫みたいな感じだったけど、今はライオンぐらいの大きさになっている。だけど、僕達に対して敵意はないみたいだ。

大きくなったシャドウクーガーは嬉しそうにスライムに近付き、額をスライムに擦り付け始めた。するとスライムも嬉しそうな雰囲気を出しながら形が変化し始める。やがて、変化が終わると見た目がシャドウクーガーと瓜二つの姿となった。ただ、全身の色が白く、胸の逆三角形の部分が逆に黒い。

僕達は、目の前で起きたスライムの変化に呆気に取られ、思わず目を丸くしてしまう。スライムの変化が終わると、魔物の二匹はお互いに嬉しそうに顔を寄せ合った。人間で言うところの抱き合うような仕草をしている。二匹の仲睦まじい姿が、父上と母上の二人が出す雰囲気に似ていると感じた僕は、思わず呟いた
「このシャドウクーガーとスライムってひょっとして夫婦なのかな……」

「魔物の生態はよくわかっていませんが、彼らの様子を見る限りその可能性は高いでしょう。しかし、スライムとシャドウクーガーが夫婦だなんて聞いたこともありませんけどね」

二匹の仲睦まじい姿に、アスナが信じ難いといった表情を浮かべて僕に答え、他の皆も同様の面持ちを見せている。

その時、最初にディアナが吹っ飛ばした男が彼女に殴られた顔を押さえながら、よろよろと立ち上がった。そして、僕達を一瞥するとハッとして勢いよく怒号を発する。

「てめぇら⁉　よくもやりやがっ……た……な……」

男の怒号は、途中から意気消沈してしまう。彼は、目の前にいる解放された二匹の魔物をみると驚愕した表情を浮かべ、今度は二匹を指さしながら悲鳴のような声を上げた。

「あぁああああ⁉　テメェら、なんで魔物を解放してやがる‼」

叫んだ瞬間、黒いシャドウクーガーが男に向かって怒った様子で飛び掛かる。

「うわぁあああああ‼　悪かった‼　助けてくれぇ‼」

迫りくる魔物に恐れをなした男は、恐怖のあまり背を向けて逃げようと必死だ。しかし、逃げ切れるわけもなく、敢え無く背中から魔物に組み伏せられてしまう。

「うわぁあああああ‼　魔物に食われて死ぬなんて嫌だぁああ‼」

最初の勢いは何処にいったのか……男は必死に泣き叫んでいる。立場が逆転したシャドウクーガーは、追いかけられた怒りを晴らす様に牙をむき出しにした。その時、僕は魔物に向かって叫んだ。

「待って、殺しちゃダメ‼」

「……？」

声が届いたのか、シャドウクーガーはきょとんとした顔で振り返る。言葉が通じるかわからない。だけど僕は、ディアナの前に出て、シャドウクーガーに近寄ると優しく微笑んだ。

「彼らのことは私達に任せてほしい。それに、君がいまこの男を殺すと、もっと沢山の人達が君達を追い回すことになってしまうんだ。だから、引き渡してくれないかな。大丈夫、彼らにはそれ相応の罰を受けてもらうからさ」

「……グゥ」

言葉が通じたのか、シャドウクーガーは少し残念そうにしながら男の背中から退いてくれた。さて、ここからが僕達の出番だ。男は体の押さえが無くなったことで安堵したような表情をしている。

「た、助かった……」

「あはは、君は何を言っているのかな。安心するのは、まだ早いと思うよ？」

僕の嘲笑するような言葉に、男は間の抜けた面持ちを見せる。

「へ……？」

その時、僕の後ろからアスナが鬼の形相を浮かべて、悠然と歩きながらやって来た。彼女は腰の刀を抜き、うつ伏せに倒れたままの男に近寄ると、彼の頬に刃先を突き付けながら声を荒げる。

「何故、魔の森の魔物がこんなところにいたのか……全部説明してもらうぞ」

「ひぃいいいいい!! な、何でもしゃべります!!」

男の情けない悲鳴が、またあたりに響き渡るのであった。

◇

アスナが男から聞き出した話は、あまり良い気分のするものではなかった。魔の森では最近、シャドウクーガーの夫婦が見られるようになったそうだ。その時は、魔物の夫婦自体は時折見かけることもあるので、そんなに話題にはならなかった。しかし、ある時その夫婦の片割れがスライムの擬態であることが発覚。シャドウクーガーとスライムの夫婦など、中々あるものではない。

物珍しさに欲しがる客もいるだろう。と、マレインの指示で雇われた者達が二匹を捕えようと画策する。だが、シャドウクーガー自体がとても強い魔物なので、簡単にはいかない。そこで、男達はまず『スライム』を捕まえて人質にしたという。人質を取られたシャドウクーガーは、抵抗を止め大人しくなった。その時に、首輪をして捕まえたというのだ。

男の話を聞き終えると、ファラとエレンが軽蔑の眼差しを彼に向ける。

「なんて、酷いことを……」

「……最低ですね」

しかし、男はその二人に向かって吐き捨てるように言った。

「……人様をどうこうしようってわけじゃねえ。相手は魔物なんだぜ……魔物がどうなろうと俺達の知った事かよ!!」

身勝手極まりない言葉に僕は、思わず静かな怒りを込めて言葉を紡いだ。

「人でなければ、何をしても許されると思っているのですか。そんなことは決してありません。そんなものは、人の驕りです。あなた達のように、人の道を外れた行いをする者が『外道』と呼ばれるのです!!」

「!? ……クソッ……」

彼は僕の言葉を聞き、ハッとすると顔を背けて悔しそうに俯いてしまう。その時、僕達の後ろから聞いたことがあるような声が響き渡った。

「なんの騒ぎかと思ったら、ディアナさんじゃないですか。こんなところでどうしたのですか」

嫌な予感がする、人違いであってほしい。そう思いながら僕がゆっくりと振り向くと、そこに居たのは、やっぱり間違いなく『クリス』だった。まさかの人物にディアナも何とも言えない面持ちを浮かべている。

「……あれ？　何かお邪魔でしたか……？」

ディアナが見せた表情の意図がわからない様子のクリスは、きょとんとした顔をしている。やがて、ディアナは丁寧にゆっくりとクリスに尋ねた。

「……クリス様、どうしてこちらに？」

「私は、この先にある鍛冶屋のジェミニ販売店に興味がありまして、今向かっているとこなんですよ」

ディアナの言葉に、クリスは笑みを浮かべて軽く答える。しかも、この先にあるジェミニ販売店に向かっているとは、なんという偶然だろうか。しかし、僕はディアナの後ろに隠れながら、クリスにバレないように必死だ。その時、エレンがクリスの言葉に嬉しそうに反応する。

「ボク達のお店に興味持ってくれたのですか⁉　ありがとうございます」

「あら、あなたはジェミニ販売店の方ですか」

突然の出会いに意外そうな表情を見せるクリスだが、すぐにこりと笑顔になり言葉を続けた。

「私もジェミニ販売店の方にお会い出来て嬉しいです。良ければ一度お話できないでしょうか？実はある方がドワーフの技術者に興味がありまして、エレンさんやアレックスさんにとっても悪い話にはならないと思うんです」

エレンは嬉しそうな顔をしたが、僕をチラっと見るとクリスに向かって小さく首を横に振り、申し訳なさそうに返事をする。

「……ごめんなさい。実はバルディア家に所縁のある方から、先にお話を頂いております。もう、そちらに行くと決めたのです」

「そうでしたか、それは残念です……って、バルディア家に所縁のある方ですか⁉　差し支えなければ所縁のある方の名前を伺ってもよいでしょうか。あ……ひょっとして、ディアナさんですか」

見事なノリ突っ込みをしながらクリスは、エレンとディアナに視線を向ける。ディアナはそれとなく視線を外しているが、エレンは彼女の質問に対して普通に答えた。

「いえ、ディアナさんではなく、そちらの『ティア』様からです」

「え、えっと『ティア』様……ですか？」

クリスは、バルディア家のほぼ全員と面識がある。つまり、バルディア家に『ティア』という名前の人物がいないと知っているのだ。エレンの答えを聞いたクリスの表情は、途端に訝しさに満ちた表情になると考え込むようにその場で俯いた。やがて、心当たりがない様子で困惑した面持ちを見せる彼女は、ディアナに問い掛ける。

「ディアナさん、申し訳ありません。その……『ティア』様とはどなたでしょうか」

「はぁ……まさか、こんなことになるなんて思いもしませんでした。『ティア』様、クリス様にご挨拶をお願いいたします」

ディアナは諦めた様子でため息を吐くと、後ろに隠れていた僕をクリスの前に差し出した。

（裏切り者めぇえ⁉）と心の中で呟くと、僕は諦め悪く俯きながら渋々と前に進む。止む無く進んでこの姿になったとはいえ、知り合いには見られたくなかったのになぁ……。彼女は、僕が俯いているせいで、すぐに誰かわからずきょとんとしている。やがて、彼女はしゃがみ込んで僕の顔を覗いた。そして、表情は驚きに変わっていく。

「あれ!? なんでここにメルディ様が!? いやでも、髪色が違うし……」

まずはメルと間違われた。確かに似ているし、僕が女装しているなんて思わなかったのだろう。

僕はがっくりと諦めた様子で呟いた。

「……メルじゃないよ。僕だよ、クリス」

「あ、あなたは……!?」

彼女は、一言で僕の正体がわかったらしい。驚いた様子の彼女は、わざとらしく咳払いをすると、僕の耳元に口元を寄せてそっと小声で呟いた。

「……な、なんで、そんな恰好をしているのですか」

「あはは……。実は、城下町にどうしても出たいとファラ達に相談をしたら、変装に丁度いいメイド服があるからって言われてね。背に腹は代えられないと思って、メイド姿で町に繰り出すことにしたんだよ」

苦笑しながら問い掛けに答えると、クリスはファラ達をチラッと見てから僕の耳元で再度囁いた。

「よくわかりませんが、大変そうですね。ですが、仰っていただければ私の商会の従業員としても変装は出来たと思いますよ」

「あ……!? 言われてみればそうだね……あはは、次からはそうするよ」

彼女の一言に僕はさらにがっくりする。何故、気付かなかったのか。恐らく、早く動かないと駄目だと思うばかりに先走り過ぎたのかも知れない。城下町に出て探索することは、最初からクリスに相談しても良かったのだ。その後、ファラとは別に城下町に行こうと誘えばメイド姿を自ら選ばなくても良かったのかもしれない。だけど……まぁ、これも後々はきっと、良い思い出になるはずだ。首を横に振ると僕は顔を上げ、前向きに思うことにした。クリスと小声で話をしていると、後ろから心配そうなファラの声が聞こえてきた。

「……ティア様、そちらの方はどなた様でしょうか？」

「あ、ごめん。紹介するね。こちらはバルディア領でお世話になっている、クリスティ商会の代表のクリスだよ」

僕は会話の流れのままにクリスを紹介する。クリスは、しゃがんだ状態からスッと立ち上がると、ファラに向かって丁寧にペコリと頭を下げた。

「ご挨拶が遅くなり申しわけありません。私は、バルディア領内でクリスティ商会の代表をしております、クリスティ・サフロンと申します。以後、お見知りおきを頂ければ幸いです」

「貴方がクリスさんだったんですね。私はファラ・レナルーテと申します」

クリスの自己紹介にファラが反応すると、アスナもニコリと微笑みながら丁寧に挨拶を行った。

「私は、ファラ・レナルーテ様の専属護衛をしているアスナ・ランマークと申します」

クリスは、ファラとアスナの挨拶を聞いて表情がサーっと青ざめ、ゆっくりと僕に視線が向いた。彼女の眼差しに僕は乾いた笑みを浮かべて答える。クリスは、僕の表情だけで色々察してくれたようで、額に手を当てながらため息を吐き、問い掛けるように呟いた。

「それで、皆様は結局こちらで何をされているのですか？」

「あ、実はね……」

◇

僕が状況を簡単に説明すると、クリスは頷きながら呟いた。

「……なるほど。マレイン・コンドロイですか」

「うん。彼のところに行って、エレン達の借金を返さないと後からトラブルにもなりそうだからね」

興味深そうに僕の話を聞き終えた彼女は、少し考え込むと険しい顔を浮かべる。

「実は私もマレインの件で、リ……じゃない。ティア様に相談したいことがあったのです」

「へ、クリスも……？」

その後、彼女はマレインがトップにいる協会の圧力により、商流が滞っているという話を聞かせてくれた。トラブルも多発しているらしく彼の存在が障害となり、クリスとの取引が難しいと何件か断られたという。しかし、今日になって突然、マレインの圧力が急に少し弱まったらしい。クリスは説明を続けながら、視線をエレン達に向けた。

「実は、エレンさん達のジェミニ販売店もすぐに行こうと思ったのですが、レナルーテの商会の方達から止められまして……。あそこは、マレインが目を付けているから行かないほうが良いと。そこで、情報を集めてから向かうことにしたのですが、まさかこんな状況になっているとは思いませんでした」

「……そっか。マレインはやっぱり何とかしないといけないね」

説明を聞いた僕は、クリスに答えながら近くにいる魔物の二匹にも視線を移す。

「彼らのこともあるしね……」

僕の視線にきょとんと首を傾げる魔物達。そんな彼らの可愛らしい仕草を見て微笑んだ僕は、マレイン・コンドロイをどうすべきか、思案するのだった。

因果応報の始まり

「脱走した魔物はまだ見つからんのか!!」

「申し訳ありません……」

レナルーテの城下町にあるマレイン・コンドロイの屋敷では、マレイン本人の怒号が轟いている。原因は、大金になるはずだった『珍しい魔物の夫婦』がなんと逃げ出してしまったのだ。捕まえるために専用の首輪も作ったというのにこれでは大赤字になってしまう。マレインは、机に座っているが、彼の表情からは不機嫌であることがすぐに窺える。

マレインは、こめかみを左手で押さえながら、右手の指で机を強く叩いてまた怒号を発した。

「ドワーフ!! ドワーフの小娘はどうした。あいつらもまだ戻らんのか!!」

「……はい。そのようでございます」

「クソッ‼　どいつもこいつも役立たずではないか‼」

その時、怒鳴られている執事にある報告が入った。

「なんだと、本当か⁉」

執事は、その報告に顔を綻ばせ安堵した様子を見せると、すぐにマレインに報告する。

「マレイン様、ドワーフの娘と魔物を捕らえた者が屋敷に来たようです‼」

「なんだと⁉　本当か‼」

今の彼にとってこれ以上の朗報はない。先程の怒りが嘘のように顔が綻び上機嫌となり、その様子に執事も胸を撫で下ろして笑みを浮かべた。

「ドワーフの娘と魔物を捕らえた者達が、マレイン様に面会を希望しているようです。いかがしましょう？」

「わかった。時間も無い。すぐに会おう。それから……奴らにも準備をするように言っておけ」

部屋から出ると。マレインはすぐに来訪者がいる場所に向かうのであった。

◇

僕達は今、マレインの屋敷内にある玄関ホールとでも言うべき場所にいた。無駄に広くてダンスパーティー出来そうなぐらいの大きさがあり、奥には二階に通じる階段がある。このホールを二階から見渡すことが出来るような造りには、彼の権力を誇示するような狙いを感じるなぁ。そして、この屋敷はレナルーテより帝国に近い造りだ。僕が屋敷の造りや様子を観察していると、忍者のような頭巾で顔を隠した少女が心配そうな小声で僕に尋ねてきた。

「……うまく、行くでしょうか？」

「大丈夫、なんとかなるよ」

僕は自信に満ちた小声で答え、彼女に笑みを見せる。すると、もう一人顔を頭巾で隠している女性が少女を励ました。

「姫様、私がお守りいたしますのでご安心ください」

「そうですね。ティアにアスナ、皆いるのです。私も頑張ります……!!」

頭巾をかぶった少女は、僕達の言葉を聞くとおもむろに両手をグッと拳にして気合を入れている。

そう、頭巾で顔を隠しているのはアスナとファラだ。マレインの悪事を暴き、かつ追い詰めるには彼の自白をこの国のトップに聞いてもらうのが一番良いのでは？　と考えた結果である。

しかし、ファラ達の顔が知られている可能性もあるので、事前に町で頭巾を購入。二人には顔を隠してもらったというわけだ。二人の姿を横で見ていたエレンは、少し呆れた様子で呟いた。

「でも、よく屋敷の人達もここまで通しましたね。ボクならこんな怪しい集団が来たら門前払いするよ……」

「それだけ、マレインが焦っていて屋敷内も浮足立っているのでしょう。それに、欲していたエレンと魔物二匹が来たのです。彼らからすれば、鴨が葱《ねぎ》を背負ってきたも同然なのでしょう」

エレンの言葉に、凛とした声で答えたのはディアナだ。確かに、エレンの言う通り僕達はかなり怪しい集団になっていた。

まず、袴を着た女性の二人が顔を頭巾で隠しており、そのうちの一人は帯刀。さらに、帝国のメイド服を着た大人と子供に加えて、ドワーフの女性と魔物である。今、僕達は横並びになっているけど、中々に異様な雰囲気を醸し出していると思う。

ディアナの答えに、エレンが『やれやれ』とおどけながら魔物の二匹に視線を向ける。

「ボクと魔物の君達。どっちが『鴨』で『葱』なのかなぁ……」

「……グゥ？」

彼女の視線に魔物の二匹は首を傾げている。しかし、魔物の彼らの戦闘力は馬鹿に出来ないし、二匹はとても頭が良い。そこで今回、彼らに協力をお願いしたら、言葉は通じずとも気持ちは通じたようで首を縦に振ってくれた。僕達の行おうとしていることを粗方理解してくれているらしく、今に至るというわけだ。

ちなみに、魔物のシャドウクーガーには首輪を着けてもらい、小さい猫サイズになってもらっている。彼の首輪は当然すぐに外れるように調整済みだ。スライムに関しては申し訳ないけど、小さい檻に入ってもらっている。こちらも、すぐ出られるように鍵もかけていない。

元々、彼らもマレインに思う所があったらしく、マレインの屋敷に行くという話を僕達がしてからずっと付いて来た。その時に彼らは僕達の言葉を理解しているのでは？　と思い、話をしてみたら言葉が通じたかはわからないけど、気持ちは予想通り通じたというわけだ。

しかし、結構時間が経つがマレインはまだ出てこない。その時、ファラが心配そうに話しかけてきた。

「……クリスさんは大丈夫でしょうか」

「クリスなら心配ないよ。彼女は頼りになるからね。今頃、あの男達を兵士達に引き渡しているだろうし、僕達の合図を案外もう待っているかもよ」

僕は、心配する彼女を安心させるように笑みを浮かべて答えた。町中でばったり出会ったクリスには、ディアナとアスナが倒した男達を兵士に引き渡すようお願いしている。勿論、男達は縄で厳重に縛ったうえでだ。

他にも、クリスには引き渡しが終わったらマレインの屋敷の外で兵士達と合図するまで待機してほしい、と伝えている。

僕の言葉を聞いたファラは「うん……そうですよね」と嬉しそうに小さく呟いた。その時、二階の奥から初老のダークエルフが悠然と姿を見せる。彼は僕達を見るなり怪訝な表情を浮かべて小馬鹿にするように言った。

「珍妙なご一行だな。顔を隠した不審者、帝国のメイド、ドワーフの小娘に魔物か。見世物小屋でもしてくれるのかな」

「……初対面の相手に対してその物言いは、さすがにどうかと存じますが」

あまりに失礼な彼の言葉に僕は思わず言い返す。他の皆もあまり良い気はしていないようで、各々渋い顔を見せている。

「ふん、子供のくせに生意気だな。私が誰だかわかっているのかね。私が『マレイン・コンドロイ』だ。わかったら、魔物とドワーフの小娘を置いてさっさと帰ってもらおう」

「それは出来ません。私達は交渉に来たのです」

二階から文字通り見下すような目線でマレインは僕達を見ている。そして、僕の交渉という言葉が気に食わないようで、あからさまな仏頂面を浮かべ吐き捨てるように言った。

「交渉だと……交渉とは立場が近い者同士で使うものだ。貴様の場合は私に『お願い』する立場だろう。言葉は正しく使いたまえ」

「……なるほど。では、『お願い』があります。いまこの場にいるエレンの借金を私達がお支払いいたします。ですので、彼女を自由にしてほしいのです」

僕はマレインの言葉に対して苛立ちを抑えながら、笑顔で答える。しかし、彼は鼻を鳴らして高圧的な物言いで返してきた。

「ふん。もはや借金の問題ではない。そこのドワーフの小娘についてはもう買い手が付いている。それも借金を帳消しにして大量のお釣りが来るほどだ。ドワーフの価値は貴様達が思っているほど安いものではない」

「な……それは、最初にボク達にした話と違うじゃないか⁉」

マレインの言葉に対してエレンがさすがに噛みつくが、彼はエレンを見て呆れた顔を見せる。

「馬鹿な小娘だ。お前たちのように他国から来た者達に、意味や意図もなく大金を貸すと思うのか。貸すということは、それ以上の見返りがあるから行うのだ。小娘、貴様はバルスト経由で買い手がすでに決まっている。弟に関しては、その技術力を私の下で存分に生かしてもらう予定だ。フフ、貴様達は良い『鴨』だったよ」

「……あんた、最低のクズ野郎だ!!」

エレンは、マレインの答えを聞いて怒り心頭で言葉を吐き捨てた。その時、人相を頭巾で隠していたアスナが怪訝な声で彼に問い掛ける。

「貴殿はいま、『バルスト経由』と言ったか。我が国ではバルストへの奴隷販売は禁止されているはずだ。それを、秘密裏に行っているということか」

「ふむ……私としたことが、少々口が滑ったな。貴様は我が国の関係者か。まぁ、色々と金が必要だったのでね。あぁ、心配するな。私も同胞には一切手出しはしていない。あくまでも他国から来た愚か者達だけさ……」

マレインは良心の呵責も無く、下卑た悪意のある笑みを浮かべアスナに答えた。彼の言葉を聞いたアスナの表情は僕の位置からは見えない。だけど、彼に対してとても嫌悪感を抱いている気がする。隣にいたファラは、スッと体を僕に寄せると力いっぱい手を握ってきた。彼女の手が少し震えている気がした僕は、何も言わずにその手を力一杯握り返す。マレインは僕達の様子を見ると楽しそうに言葉を続けた。

「それにだ……バルストへの奴隷販売が禁止されていると言っても、それは『同胞』の話だろう?他種族に関しての記載は含まれていない。わが国の法では『民の奴隷化、販売を禁止する』だ。つまり他国から来た種族は含まれんというわけさ」

「それは、詭弁だ!!」

アスナの嫌悪感が含まれた怒号に彼は『やれやれ』と呆れ顔を浮かべる。

「詭弁ではない、解釈の違いだ。私は何一つ法に触れたことはしていないぞ」

「なんだと……!!」

僕は興奮した様子のアスナを静止して、冷静を装いながらマレインをギロリと睨んだ。

「なるほど。あくまで合法と言うのであれば、あなたも法を守るべきではありませんか。エレンさん達の返済期日はまだ残っています。その期間中にも関わらず、返済を認めないというのは筋が通りません」

「甘いな。君たちは今日ここにきておらず、私は返済について何も聞いていない。ドワーフの少女は、返済期日が過ぎるまで行方不明になるのだからな。それから、そこにいる魔物達も返してもらうぞ。それは、まぎれもなく私が捕まえた物だからな」

マレインが言い終え、片手を上げて合図をすると一階と二階の奥からゴロツキのような輩が続々と現れた。しかし、見る限りではゴロツキの中にダークエルフはいない。恐らくすべて他国から流れてきた冒険者の輩なのだろう。マレインは下卑た笑みを浮かべた。

「私は今、少々忙しくてね。ドワーフの小娘と魔物さえ置いて行ってくれれば、君達に手を出すつもりはない。恩を仇で返すようで悪いが、運が悪かったと思って引き下がってくれないかな」

「……忙しいというのは、『ノリス』が捕まってあなたの後ろ盾がいなくなったからでしょうか」

僕の言葉にマレインは眉をピクリと動かすと、険しく苦々しい顔を浮かべた。

「……何を知っているのか知らないが、君たちを逃がすわけにも行かなくなったな。君のような勘の鋭い餓鬼は嫌いだよ。お前達、やれ!!」

マレインの掛け声と同時に、集まっていたゴロツキ達が一斉に怒号をあげて僕達に向かってくる。目の前に広がる異様な光景に、エレンが慄《おのの》き僕の後ろに隠れて泣き叫んだ。

「穏便にするんじゃなかったのぉぉおおおお!?」

「いや、そのつもりだったんだけどねぇ。あいつは無理でしょ」

エレンの言葉に、僕は諦めたように軽く返事をする。ディアナも僕の言葉に頷くと、臨戦態勢をとりながら凛とした声で吐き捨てた。

「どの国にもクズはいるものです。ここは世直しと割り切りましょう!!」

ファラは変わらず、僕の手を力いっぱい握っているが深呼吸をすると力強く言葉を紡ぐ。

「同胞の華族にこのような人物がいたとは大変残念です。しかし、私がこの場に居合わせたことも何か意味があるのでしょう。アスナ、私の剣となってくれますか……!!」

「姫様……承知しました。我が身を姫様の双剣とし、彼らを成敗いたしましょう!!」

アスナは彼女の言葉に力強く答えると、自らの怒りも込め帯刀していた二刀を抜刀する。シャドウクーガーも首輪を自ら外すと同時に体を大きくして臨戦態勢になった。それと同時に、耳を貫かんばかりに咆哮する。

「グァアアアアア!!」

魔物の猛々しい姿と咆哮の迫力にゴロツキ達は怯んだが、すぐにマレインの檄が飛んだ。

「怯むな、馬鹿者!! 所詮は魔物と女子供だ……お前たちの数には敵うはずもない。やってしまえ!!」

　こうして、マレイン・コンドロイの屋敷で戦いの火蓋が切られた。

「あ、そうだ。皆、今後と外交上の問題から相手を殺しちゃダメだからね。僕達の役目は懲らしめるだけだよ!!」

　僕の言葉に皆は何とも言えない顔をしている。しかし、そんな皆の様子をお構いなしにマレインの怒号が響く。

「あいつらを倒せ!!　金に糸目は付けん!!　者どもかかれぇえええ!!」

　彼の発令により大勢のゴロツキ共が、「うぉぉおおおおお!!」と声を荒立て武器を掲げながら僕達に向かってきている。彼らの服装は他国の物だけでなくレナルーテや帝国のものも混ざっており、持っている武器も刀、槍、鎖鎌、こん棒など様々だ。何より、いかつい顔をした男ばかりなので中々の迫力である。そんな、彼らに腰が引けたエレンは僕の後ろで相変わらず泣き叫んでいた。

「来たよ!?　来たよ、来たよ!?　やつらが来たよぉおおおおお!!」

「エレン、少しは落ち着きなよ……」

　エレンを宥めていると、アスナが僕に振り向き畏まった面持ちで会釈する。

「ティア様、恐れ入りますが姫様をお願いいたします。私は奴らを姫様に成り代わり成敗してきます」

「うん。ファラは僕が守るから大丈夫。アスナも気を付けてね。あと、さっきも言ったけど殺しちゃダメだよ。後々、外交問題とかにされて揚げ足でもとられたら大変だからさ」

「ふふ、承知しました。つまり……生かさず、殺さずの生き地獄を見せてやれということですね」

アスナは不敵に笑みを浮かべて頷いている。しかし、僕は心の中で思わず、（いや、そういう意味じゃないんだけどな）と呟き呆れてしまう。その時、不安そうな表情を浮かべていたファラが、アスナに心配そうな様子で声を掛けた。

「アスナ、気を付けてくださいね」

「ご心配は無用です。姫様」

アスナは彼女に余裕のある笑顔で答えると、迫りくる男達に振り返る。今のアスナは袴姿に、頭巾で顔を隠しているという中々に奇抜な恰好だ。彼女は男達を見据えながら、抜刀している刀を反対に持ち直して『峰打ち』の状態にするとおもむろに息を吐き、勢いある声を発した。

「……参る!!」

彼女は一言発した後、男達に突撃する。その動きは、僕との試合で見せたあの突撃スタイルだ。アスナが敵に飛び込んだ瞬間、沢山の男達が「ひぎゃぁあああ!!」と悲鳴を上げて吹っ飛んだ。彼女が男達の中に飛び込んだ後、ディアナが僕に話しかけてきた。

「では、ティア様、私も行って参ります」

「アスナもだけど、ディアナもやり過ぎちゃダメだよ。此処はバルディア領じゃないからね」

「……承知いたしました」

ディアナは僕の言葉に不敵な笑みを浮かべて会釈する。顔を上げた彼女は男達を見据え、凛とした声で言葉を吐き捨てた。

「……我が主に仇なす者に裁きの鉄槌を!!」

ディアナは身体強化を発動すると、瞬く間に男達の中に入り込んでしまう。あまりの素早い動きに一瞬たじろぐ男達だが、すぐにディアナに武器を勢いよく振り降ろした。

「死に晒せぇぇぇ!!」

「……遅いですね」

ディアナは男達の攻撃を躱《かわ》しながら懐に飛び込み、みぞおち、金的、顔面中央、こめかみ、顎などの急所だけに的確に容赦なく拳と蹴りを入れていく。結果、彼女と相対した男達は次々に「ぐぇぇえ……!!」と悶絶し阿鼻叫喚の巷《ちまた》と化している。その時、アスナやディアナとは別の方向から男達の悲鳴が響く。

「うぎゃぁあああ!!　やめろぉおおお!!」

気付けば、魔物のシャドウクーガーもいつの間にか男達を襲っていた。どうやら彼は意図的に男達の股間を狙っているらしい。鋭い牙や爪で切り裂こうとしているのだろう。僕が『殺しちゃダメ』と言ったから命は奪わないが、男としては殺すつもりのようだ。しかしそんなシャドウクーガーに対して、果敢にも向かっていく大男がいるではないか。

「この、化け物がぁ!!　テメェの血は何色だぁ!?」

大男は怒号をあげながら、持っていた斧をシャドウクーガーに振り降ろす。だけど、シャドウクーガーは軽い身のこなしで余裕を持って攻撃を避けた。大男は必死に体勢を立て直そうとするが、魔物は目と一緒に牙と爪を光らせ、大男の懐に飛び込んで……。

「ぎゃぁあああああああ!?」

その後まもなく、大男の悲痛な叫び声が屋敷に響いた……合掌。

最初の勢いは何処にいったのか、もはや屋敷の中は男達の悲痛な叫びに満ちている。その様子を二階から見ていたマレインは、驚愕した面持ちを浮かべ震えながら叫んだ。

「ば、馬鹿な⁉　なんなのだ、あいつらは……‼　クソ、その女や魔物に構うな、餓鬼だ。子供とスライムを人質にしろ‼」

彼の指示を聞いた数名の男達が、アスナとディアナを無視して僕達に向かってくる。その動きに気付いたエレンが、また僕の後ろで泣き叫んだ。

「うわぁあああ‼　ティア様、こっちに来ましたよ‼　どうするんですかぁああ‼」

「エレン、大丈夫だから落ち着いてってば……」

エレンから少し離れると、僕は近くに居たファラにニコリと微笑んだ。

「大丈夫、僕が守るから安心してね」

「は、はい……‼」

ファラは耳を上下させながらも、心配そうな表情をしている。二人を守るように僕は前に出ると、向かってくる男達に手を突き出した。その動作に気付いた男達が、怒号をあげる。

「餓鬼がぁ‼　舐めた態度してるんじゃあねえぞぉ‼」

彼らを見据えると僕はニコリと微笑んだ。

（火槍）

魔法名を心の中で唱えた瞬間、突き出している手先から先端が尖った文字通り『火の槍』が生成された。そして、男達に向かって放たれ襲い掛かる。男達は目の前に迫りくる魔法に立ち止まり慄きながら叫んだ。

「餓鬼が魔法だとぉおお⁉」

その直後、男達の居た地点から激しい爆発音が鳴り響く。音が止むと彼らは黒焦げになって「ガハァ……」と呟き、その場にうつ伏せに倒れた。僕は不敵な笑みを浮かべ、こちらを見ている男達に視線を向ける。

「さぁ、黒焦げになりたいならいつでもどうぞ……」

「ティア様、さすがです……‼」

「うわぁ、ボク……ティア様に一生付いていきます‼」

僕の魔法を見たファラとエレンは、安心した様子ではしゃいでいる。男達は僕の魔法に腰が引けてしまって、足がすくんでいるようだ。しかし、そんな彼らを乱闘中のメイドと剣士の二人。そして、魔物の一匹が見逃すわけがなく、屋敷内には悲痛な男達の叫びが轟いた。用意していた手駒を次々に倒されているマレインは、真っ青になりながら叫んだ。

「クソ‼　こうなれば、『鉄仮面』を呼べ‼」

「……呼んだか？」

マレインがハッとして後ろを振り返るとそこには、鉄仮面と全身鎧に身を包んだ長身の男が立っていた。鉄仮面をしているせいか、彼が息をするたびに「スーハー」と呼吸音が周りに鳴り響く。異様なその姿は、見る者に不快感を与えるような不気味さを醸し出している。

「そ、そうだ!! 鉄仮面、下の階にいるあの女子供と魔物を倒してくれ!! 金に糸目は付けん」

「……いいだろう」

鉄仮面と呼ばれた男は、マレインに答えると二階から勢いよく飛び降りた。彼が一階に降り立つと激しい音が鳴り響きゴロツキの男達は慄いて、アスナやディアナ達から離れ始める。鉄仮面はアスナとディアナに視線を向けると腰に下げていた大刀を抜刀し、アスナをおもむろに指さして声を荒げた。

「お前……俺の大嫌いなやつに剣筋がそっくりだ……!! 見ているとイライラが止まらねぇんだよ!!」

彼は言いがかりをつけるように吐き捨てると、アスナに斬りかかる。しかし、彼の剣筋に捉えられるようなアスナではない。「下郎が……」と、彼女は呟きながら彼の斬撃を避け、体勢を立て直すとすぐさま反撃の斬撃を繰り出す。彼女の斬撃が鉄仮面を襲うと激しい金属音が辺りに轟く。しかし、音が轟くと共にアスナの顔が険しく歪んだ。

「……硬いな」

アスナが自身の刀にゆっくりと視線を向ける。その時、彼女の手に持っていた刀に異変が起きた。「ピシッ」と罅《ひび》がはいり真ん中から刃が折れてしまい、その様子に僕達は驚愕する。しかし、すぐに折れた刀を見たファラが、アスナを心配する面持ちで叫んだ。

「アスナ!! 大丈夫ですか!!」

ファラの声が辺りに響くと、鉄仮面は何かに気付いたようで大声で笑い始めた。

「……⁉　フフフフフ、アハハハハ‼　そうか、貴様はアスナというのか。こんなところでまた巡り会えるとは思わなかったぞ……貴様、俺の声と太刀筋に覚えはないか？」

「……あいにくと貴様のような悪趣味な鉄仮面に覚えはないな」

アスナの答えを聞いた男は、息を荒くして怒りに震えている。

「グックク、貴様のせいで俺は泥水をすすることになったのに、俺を覚えていない……だと⁉　ふざけるなぁ‼」

鉄仮面は怒号を発したかと思うと、二階にいたマレインを凄まじい殺気で睨みつける。

「おい‼　マレイン、金は要らん‼　だが、俺がこいつらを片付けたら、この女だけは俺の好きにさせてもらうぞ‼」

「わ、わかった。お前の好きにしろ‼」

鉄仮面に睨まれたマレインは、慄きながらすぐに返事をした。鉄仮面はアスナに振り返ると、顔を隠していても下卑た笑みを浮かべているのがわかるほど、ニヤついた目を仮面の隙間からアスナに向ける。

「ククククク、これでお前らを倒せばようやく貴様は俺の『物』になる。アスナ、俺は貴様を一瞬だって忘れたことはないのだぞ……⁉」

「気持ちの悪いやつだ。私はお前のように悪趣味な奴は、知らんと言っているだろう……」

アスナは折れた二刀で鉄仮面に対して構える。しかしその時、鉄仮面とアスナの間にディアナが割って入ると彼女に諭すように言った。

「……アスナ殿、こちらの鉄仮面は私がお相手いたします」

「ディアナ殿、どういうおつもりか。私が後れを取るとでも？」

急に割って入られたことに、アスナはプライドを刺激されたのか不服な表情をしている。

「アスナ殿が負けるとは思いませんが、その折れた二刀では時間がかかります。何よりも主君に余計な心配をかけます。ここは引いてください」

アスナはディアナの言葉にハッとしてファラに視線を向ける。すると彼女がとても心配した瞳をしていることに気付いた。アスナはディアナに申し訳なさそうに答える。

「……かたじけない。ここはディアナ殿にお任せしよう」

「ふふ、では雑魚をお願いしますね」

「承知した」

不敵な笑みを浮かべるディアナに、アスナは鉄仮面の相手を譲るようにその場を下がる。しかし、彼女達の様子に鉄仮面は激怒した。

「てめぇ……何を勝手に決めてやがる!!　俺の相手はあいつだ!!　テメェはお呼びじゃねぇんだよ!!」

怒気の籠った言葉を吐き捨てた鉄仮面は、ディアナに斬りかかる。だが彼女は、その動きをなんなく躱して、彼の全身鎧に手を当てると火の魔法を発動させた。しかし鉄仮面は動じず、嬉々とした余裕のある大声を出しながら大刀を振るう。

「馬鹿が!!　この鎧は特別製なんだ。ちょっとやそっとの斬撃や魔法じゃビクともしねぇんだよ!!」

ディアナは次々と襲い掛かる斬撃も軽々と避け、彼と距離を取るとおもむろに呟いた。

「……なるほど。しかし、やりようはあります」

彼女の様子が気に入らない鉄仮面は、怒りに染まった声を発した。

「やりようはあるだと？　ふざけるな!!　男に勝る女なぞ存在しねぇんだ!!　絶対だ!!」

「教養の無い男ですね。その考えが過ちであることを私が教えてあげましょう……」

ディアナは鉄仮面に対して呆れた様子で睨み、言葉を吐き捨てる。恐らく、マレイン側の戦力は彼が最後の砦なのだろう。マレインは、二人の様子を慄きながら必死の形相で二階から眺めているようだ。二人の決着がこの戦いに終わりを告げることになると思い、僕も固唾を飲んでその様子を見つめていた。

◇

「さっきまでの威勢はどうしたぁ!!」

鉄仮面とディアナの一騎打ちが始まり、彼の怒号が響く。鉄仮面は特殊な全身鎧で体を覆っており、鎧の強度はアスナの斬撃すら防ぎ、逆に彼女の刀を折るほどだ。しかしディアナは、そんな相手に素手で対峙しており、普通に考えればディアナが鉄仮面に勝てる要素はないように思える。

鉄仮面もそれがわかっているのだろう。まるで遊ぶかのように、大刀を振り回してディアナが避ける姿を見て楽しんでいるようだ。ディアナは鉄仮面の攻撃を躱すたびに、彼の鎧を触りながら何かを確かめ確認しているように見える。そのことに鉄仮面も気付いているのか、段々と怪訝な雰囲気になり、ディアナに訝しい視線を向けて言葉を吐き捨てた。

「……てめぇ、何を考えていやがる？」

「さぁ、教養の無い頭で考えてみてはどうでしょうか？」

鉄仮面を煽るように、彼女は不敵な笑みを浮かべながら言葉を紡ぐ。安い挑発ではあるが、鉄仮面は周りに伝わるほどの怒りを露わにしている。彼がさっき言い放った言葉、『男に勝る女なぞ存在しねぇんだ!!　絶対だ!!』という内容から察するに、彼にとって強い女性というのはトラウマになっているのかも知れない。

「ちょこまかすんな!!　このメイドがぁ!!」

「……!!」

その時、鉄仮面が怒号と共に振るった太刀の斬撃によってディアナの服が切り裂かれた。鉄仮面はその見た目に反して、しっかりとした剣士だったらしい。彼は少しずつではあるけれど、ディアナの動きに合わせた斬撃を繰り出している。結果、彼女の服を少しずつ切り裂いていた。鉄仮面はディアナの服の面積が少なくなると、ニヤリと笑みを浮かべて下卑た声で言い放つ。

「メイドのストリップも楽しいが、俺が倒してぇのはお前じゃねぇ!!」

鉄仮面は言葉を吐き捨てると同時に鋭い斬撃を繰り出した。しかしディアナは、その斬撃を紙一重で躱す。その時、彼女が後ろでまとめていた髪留めが外れ、髪が下ろされた。ディアナは鉄仮面から少し距離を取ると、彼を見据える。

「……そうですね。悪趣味な被り物をしている男の相手は生理的に疲れますから、終わりにしましょう」

「……舐めたことを言ってんじゃねぇぞ!!」

彼女の言葉に逆上した鉄仮面は、大刀を上段に構えて彼女に向かって突進する。対してディアナは、突進してきた彼の懐に入ると、笑みを浮かべて火属性の魔法を発動させた。たちまち鉄仮面は火に包まれるが、勝ち誇ったように笑いながら彼は言い放つ。

「フハハハ!!　馬鹿が!!　この鎧は特別製と言ったはずだ!!」

火に包まれながら彼は、再度ディアナに襲い掛かる。しかし彼女は、鉄仮面の攻撃を躱すとまた火属性の魔法を発動した。そのやりとりが何度か繰り返された時、鉄仮面の動きに異変が起きる。動きにキレが無くなり、明らかに体力が激減しているのだ。鉄仮面はディアナを怨めしそうな目でギロリと睨む。

「て、てめぇ、まさか最初からこれを狙っていたのか……!?」

「今更気付くなんて、やはり教養がないですね……」

「……!!　クソがぁ!!」

鉄仮面に最初に見せた余裕はもうなく、彼はディアナの何かしらの策にはまったことを理解したらしい。なんとか勝機を見出す為、鉄仮面は大刀を振り上げ彼女に向かってがむしゃらに駆け出すが、それは悪手だった。ディアナは鉄仮面の動きに動じることなく、火属性の魔法を再度発動する。炎に鉄仮面が包まれた瞬間、彼は初めて悲痛な叫び声を上げた。

「ぐぁあああああ‼　熱い‼　やめろぉおおおお‼」

その時、僕はディアナが考えた策の正体を理解する。恐らく、最初の火魔法を発動した後、彼の鎧に『火魔法が直接効かなくても、熱は宿る』ことに気付いたのだろう。鉄仮面の攻撃を躱しながら、気付いた仮説が正しいか確認して実行に移したのだ。

いま鉄仮面は全身鎧が熱く焼けた鉄板と化しており、中はまさに生き地獄だろう。すでにディアナは火属性の魔法を止めているけど、鎧に籠った熱は簡単には下がらない。鉄仮面は悲痛な声を上げながらのたうち回っている。ディアナはその様子に「はぁ……」と呆れ顔でため息を吐いた。

「馬鹿ですね。そんなに熱いなら鎧を脱げばいいじゃないですか……」

「……‼　そ、そうか‼」

鉄仮面はディアナの言葉にハッとすると、急いで全身鎧を脱ぎ去った。全身鎧を脱ぎ去った後の彼は、鉄仮面に薄い下着姿という非常に滑稽な姿になっている。その素肌は褐色であり、彼はダークエルフなのかもしれない。鉄仮面は鎧の熱で体のあちこちが爛《ただ》れており、酷い火傷を負っているのが見てわかる。そんな彼にもディアナは、容赦しない。鎧を脱いだ鉄仮面に対して不敵な笑みを浮かべると、一瞬で懐に入り彼のみぞおちに拳を叩きこんだのだ。

「……⁉　げばぁああ‼」

鉄仮面はいま酷い火傷により皮膚が爛れ、恐らく神経がむき出しになっている。そんな体に何か触れようものなら、相当な激痛が走るはずだ。みぞおちに抉り込むような拳が入れば、その痛みは想像を絶するものだろう。最近似たような光景を見たことを思い出した僕は、「ディアナ、それはやり過……」と言いかけたが、時すでに遅く彼女は魔法を発動した。

「弾けて爆ぜろ!!」

ディアナが言葉を吐き捨てると、鉄仮面のみぞおちに打ち込まれた彼女の拳から大爆発が起こる。その爆発で発生した轟音と煙を纏いながら、彼は悲痛な叫びを上げて吹っ飛んだ。

「ばわぁあああああ!!」

爆発の衝撃で宙を舞った彼は、マレインの横を素通りして二階の壁に激突する。その後、壁からずり落ちた彼にはもはや意識はない。鉄仮面を吹き飛ばしたディアナは、一階から見上げながら呟いた。

「……あなたには、その無様な姿が相応しいですね」

「てっ、鉄仮面すら勝てないだと!?」

マレインは屋敷に来た集団が、常識外れの強さを持っていたことに今更ながらに気が付いて頭を抱えている。彼の動揺は、ゴロツキ達にも伝わりもはや僕達に勇ましく向かってくる者はおらず、及び腰になっていた。「潮時だな」と思った僕は、アスナに目線で合図を送る。さらに、外に待機しているクリスに打ち合わせしていた合図として「火槍」を屋敷の外に向かって放った。

僕のしたことの意図がわからず、マレインやゴロツキ達は困惑した表情を浮かべている。合図に気付いたアスナは僕に向かって首を縦に振ると、ファラに近寄り屋敷全体に響くように高らかに言い放った。

「者ども控えろ!!　このお方をどなたと心得る!!」

アスナの言葉にマレインが、屋敷中の人が注目する。その時、ファラとアスナは頭巾を解き始めた。アスナの代わりに僕とディアナがファラの前に控えながら言葉を高らかに続けた。

「このお方はレナルーテ王国第一王女、ファラ・レナルーテ様で在らせられる!! 者ども頭が高い、控えおろう!!」

「な、なんだと!?」

僕達の言葉に合わせて頭巾を解いたファラとアスナの素顔を見たマレインの顔は、真っ青になり血の気が引いていく。そんな彼にファラが止めと言わんばかり、見据えて言い放つ。

「マレイン、あなたもこの国の『華族』の一員であるならば私やアスナの顔を知らないとは言わせません。あなたが行った行為を、私はこの国の王女として許すわけにはいきません。追って沙汰が下ると思いなさい……!!」

「ば、馬鹿な……こんな馬鹿なことがあってたまるか!!」

血の気が引いて真っ青になり、頭を抱えたマレインにさらなる衝撃が訪れる。僕達の後ろにあるドアが開かれてレナルーテ王国の兵士達がなだれ込んできたのだ。その中で一番強面の兵士が高らかに言い放つ。

「レナルーテ王国軍である、神妙にお縄を頂戴しろ!!」

「……!? 何故だ!! 何故、王国軍までこんなに早く来るのだ!?」

マレインは何が何だかわからないと混乱しているようだ。一方、強面兵士の言葉が発せられると兵士達はゴロツキ達にどんどん縄をかけていく。その様子を僕達が見ていると、後ろから声をかけられた。

「リ……じゃない。ティア様、ご無事でしたか!?」

「あ、クリス。打ち合わせした通り、レナルーテの兵士達を連れて来てくれたんだね。ありがとう」

「いえ、お力になれたなら良かったです……」

クリスは心配そうな目で見ていたが、僕に怪我がないことを確認して安堵した表情を浮かべているようだ。さて、このままここにいると僕がメイド服を着ていることが知れてしまう。事前に皆で打ち合わせした通り、そっと僕とディアナ、エレンと魔物の二匹はどさくさに紛れてマレイン・コンドロイの屋敷を後にするのであった。

因果応報と爪楊枝

「クソ!! こんなことで終わってなるものか……急いで隠し通路から逃げるぞ。まとめていた荷物を持ってこい!!」

「は、はい!!」

マレインは王国軍が屋敷になだれ込んでくると自室に急いで戻り、執事の男に指示をしていた。彼は最悪の事態も想定しており、いつでも逃げることが出来るように最低限の荷物はまとめていたのである。ゴロツキ達の数は多い、兵士達も縄をかけるのに時間がかかるだろう。多少の時間稼ぎにはなるはずだ。

マレインは逃げる為の算段を必死に考えていた。屋敷の隠し通路から出て、真っすぐバルストに逃げれば良い。レナルーテから直接、行ける国は帝国とバルストの二国のみだ。しかし、バルストまで逃げれば船を使うことも出来るうえに、陸続きで獣人国やその先にある宗教国などにも行く事が可能である。そう、逃げ場所はいくらでもあるのだ。

「クク、いざとなればレナルーテの内情でも、何でも売れば良い。私はこんなことで終わらんぞ……!! 必ずあの小娘共に復讐をしてみせる」

彼の瞳には、屋敷に来た集団への憎悪が宿っていた。

「それは……許すわけにはいかんな」

「……!? だ、誰だ!?」

マレインが声の聞こえた場所に振り返ると、そこにいたのは逃げる為の荷物を胸に抱えて持っている執事だった。彼を見ながら「お前……」と呟いたマレインだが、執事は立ってはいるが俯いており、表情を見ることが出来ない。その時、執事が顔を上げマレインを見ながら吐血してから呟いた。

「だ、旦那様……お逃げ……く……だ……さい……」

「な!? なんだ、貴様!!」

マレインは驚愕する。執事が胸に抱えていた荷物を落とすと、心臓のある場所から剣先が覗いていたのである。そして、誰もいなかったはずの執事の後ろに人影が急に現れたのだ。現れた人影は全身を黒装束で覆っており、顔を窺い知ることは出来ない。しかし、少しだけ見える素肌が褐色であることからダークエルフの可能性が高そうである。

人影は執事がこと切れたことを確認すると、背中から短剣を静かに抜いた。短剣を抜かれた執事は、その場に力なく膝から崩れ落ちて血だまりを作っている。マレインは必死の形相で黒装束の男を睨んだ。

「……貴様、どこの手の者だ。そうだ、金が欲しいのならいくらでもあるぞ!! その、鞄の中に入っている金を全部やろう!!」

マレインは必死に執事の横にある鞄を指さしながら叫んだ。黒装束の男は、おもむろに鞄を拾い中身を調べ始める。マレインは黒装束の男が鞄に興味を示したことに、少し安堵した面持ちを見せる。

「は、はは……その中にあるのは、お前のような者に本来縁のない程の大金だ。それで、私を見逃せ。良い取引だろ?」

黒装束の男は鞄の中身を調べ終わると、マレインをギロリと睨みながら吐き捨てるように言った。

「……勘違いするな。この鞄はもらうがお前を見逃すつもりはない。我が主がお前に用があるそうだ」

「な、なんだと!! ガハッ!?」

黒装束の男はマレインの懐にサッと入り込み、みぞおちに拳をめり込ませる。その衝撃で、マレインは気を失ってしまう。そしてこの日以降、マレイン・コンドロイは消息を絶った。

◇

「いいかげんに起きろ」

声と同時に椅子に縛り付けられていた男に、大量の水が気付けの為にかけられる。

「……⁉　グッ、こ、ここは⁉」

水をかけられて目を覚ましたのは、マレイン・コンドロイだ。彼に水をかけたのは、ここに連れてきた黒装束の男である。マレインは自身の身に何が起きたのかを思い出し、目の間にいる黒装束の男を怒鳴りつけた。

「き、貴様‼　私が誰だかわかっているのか‼　このようなことをして、ただでは済まんぞ‼」

黒装束の男は、怒号を出したマレインを憐れむような視線を向ける。

「……自分の立場がわかっていないのはお前だ。我が主は私のように優しくはない。せいぜい、楽に死ねるように懇願するのだな」

「な、なんだと⁉」

マレインは男に言われて、自身が椅子に縛り付けられていることに気付きハッとする。彼は慌てた様子で周りを見るが部屋には窓が無いらしく、薄暗い為によく見えない。やがて、部屋の薄暗さに目が慣れてくると、部屋の中には『ある目的』に使う様々な器具が置いてあることに気付いた。

今いる場所の異様さに慄いたマレインは、黒装束の男が言った言葉の意味をようやく理解して、歯をガチガチと鳴らし始めると許しを請うように懇願する。

「悪かった‼　私が知っていることはすべて話す‼　だから頼む、助けてくれ‼」

マレインの言葉に男は首を横に振る。

「……もう遅い。お前はやり過ぎた」

男が吐き捨てるように言うと、同時に重いドアが開くような音がマレインの背中から聞こえてきた。しかし、彼は椅子に縛り付けられているため、誰が入って来たかもわからない。彼にいま出来ることは恐怖に震えることだけだ。

「……カペラご苦労だったな」

「いえ、予想外の騒ぎが起きたので、いつもより簡単でした」

「ふふ、ははは。彼は色んな所で本当に活躍してくれる」

（この声は聞いたことがある、誰だ⁉）

マレインは、背中から聞こえる男の声に聞き覚えがあった。その顔をまだ知ることはできないが、一つわかったことがある。マレインの側にいる二人のうち、一人はカペラという人物らしい。

「カペラ、すまないが少し付き合ってくれ。今から取り調べをするからな。一人だと万が一でも聞き逃すと大変だ」

「……御意」

『取り調べ』という言葉を聞いた瞬間、マレインの体に緊張が走る。やがて、足音が少しずつマレインに近づいてきた。やがて男は近くにあった椅子をマレインの前に置いて座ると、足と手を組んで優しい笑みを浮かべて見据える。男の顔をみてマレインは絶望しながら呟いた。

「……ザック・リバー…トン」

「初めまして……では、無かったかな？」

ザックは首を傾げながらマレインの返事につまらなさそうに答える。なんとなくではあったが、マレインは予想していた。しかし、まだ助かるかも知れない。最後まで命だけは助かるのではないか？　と思っていたが『ザック』が来た時点でその望みは絶たれたのだと悟る。そして、意気消沈して項垂れたマレインは力ない声を発する。

「……すべて話す。だから、せめて楽に死なせてほしい……」

「くっくく、良い心がけだ。しかし、貴殿の話すことをすべて私が鵜呑みにすると思うかね？」

ザックはマレインに向かい、笑みを崩さず冷酷で残酷な言葉を浴びせる。

「貴殿は自分のことをわかっていないようだな。貴殿が自ら出す言葉に信用などない。私が貴殿の言葉で信用に値すると判断するのは……『死を懇願する為に吐く言葉』だけだよ」

言葉を言い終えたザックは、口角をわざとらしく上げてにっこりとマレインに笑顔を見せる。彼の見せるわざとらしい笑顔にマレインの表情は凍り付く。

「だが、まぁ少しは手加減してやろう。カペラ、爪楊枝がそこにあるだろう？　取ってくれ」

カペラはザックに言われた通り、爪楊枝が沢山入った入れ物を持ってくる。ザックは入れ物を受け取ると、爪楊枝を一本手にしてから満面の笑顔を浮かべた。そして、マレインに優し気な言葉をかける。

「君とノリスには、散々苦労させられたからね。まぁ、憂さ晴らしも少しあると先に言っておこう。せいぜい、泣いて本心を聞かせてくれたまえよ」

「ま、まて、何でもすべて話すと言ったのだぞ!!　頼む、許してくれ!!」

「……安心したまえ。爪と指の間は両手、両足合わせて二十カ所もある。全部使い終わる頃には、私も貴殿の言葉が真実だと思うようになるだろう。さぁ、まずは記念すべき最初の一本目だ……」

ザックは答えると、手足が椅子に括りつけられているマレインの右手と左手に交互に視線を向ける。マレインの怯えた表情をチラリと見たザックは「ふむ、右手からが良さそうだな」と呟き、彼の右手小指に狙いを定めた。マレインが何とか逃げようと、身動きできないとわかりながらもがき始める。しかし、そんな様子に慈悲をかける様子もなく、むしろ楽し気な笑みを浮かべるザックは、マレインの右手の小指と爪の間に爪楊枝の先端を少しずつ近づけていく。やがて、その先端が彼の爪と指の間を触ったその瞬間、マレインがザックに向けて絶望に染まった悲痛な叫びをあげる。

「や、やめてくれ!! やめろ、やめろ!! やめてくれぇぇえええええ!!」

「くっくくく。いいねぇ、その表情、その叫び声……実に私好みでそそられるよ」

マレインがザックにされたことは、筆舌に尽くし難い。彼の悲痛な叫びは、外に漏れない部屋の中でずっと続いていた。マレインの叫び声が止むとカペラはザックに対して、呆れた視線を向ける。

「……ザック様、毎度のことですがお遊びが過ぎます」

「ふむ、そうかね? 大分、優しくしたつもりなのだがね……」

ザックは首を傾げながら空になった爪楊枝の入れ物と、動かなくなった『マレインだった物』を交互に見てから楽しそうに呟くのであった。

反省と諫言と目指す道

「ふぅ……ここまで来れば大丈夫かな」

僕、ディアナ、エレン、魔物の二匹はマレイン・コンドロイの屋敷に兵士達がなだれ込んで来ると、その場からバレないように去った。勿論、ファラやアスナ、クリスも承知している。そもそも、ここは帝国でもなければ、バルディア領でもないのだ。そんな所で騒ぎを起こしてしまえば、様々な問題が起きかねない。

強固な反対派は、ノリスの失脚により表には出ないだろう。それでも、僕が隙を見せれば足を引っ張ろうと狙ってくる者は必ず出てくるものだ。その時、僕の言葉に反応したエレンが返事と合わせてある質問をしてきた。

「そうですね。屋敷から大分離れましたからね。でも、ティア様はどうして最初に『殺しちゃダメ』なんて指示出したのですか？」

「うん？　簡単だよ。皆を守るためさ」

「……どういうことですか？」

エレンは僕の答えに首を傾げていたので説明を始めた。第一に、ここはレナルーテ国であり僕とディアナは他国の部外者だ。その部外者である僕達が国内の華族に手を出せば、当然国際問題になる。例えゴロツキであったとしても、華族が『雇った存在』であれば相手側の言い分次第で問題になる恐れがあった。特に僕はこの国の一部の人達には、よく思われていない。死傷者を出そうものなら、ここぞとばかりに責めてくるだろう。それに、ゴロツキの中に家族がいる者だっているはずだ。人に武器を向けた以上、殺されても仕方ない……と言われればそうだと思う。しかし当人同士はそれでよくても、周りが納得しないことだってあるのだ。

無理に人を殺め、誰かの恨みを買う必要もないだろう。情けをかけることで、人の恨みを買わずに済むのであればそれが一番良いと思う。結局、「情けは人の為ならず」ということである。

勿論、僕自身が「人の命」を簡単に奪いたくないという思いも強いけどね。説明が終わるとエレンは、呆れ顔を浮かべて「はぁ……」とため息を吐いた。

「考えは立派ですが、それを支える皆さんのことも考えたほうが良いですよ。ティア様の周りにいる人が皆、ディアナさんやアスナさんのような人ではないですからね」

「そうだね。今回は僕も反省しているよ」

エレンの言葉に頷きながら僕はディアナに視線を向けた。彼女はほぼ無傷だけど、メイド服がボロボロであられもない恰好になっている。鉄仮面は、少しずつディアナの動きに順応していたのだ。もしもっと戦いが長引けば、彼女が負傷していた可能性もある。改めて自分の行動に軽率な部分があったと反省しながら、ディアナに会釈した。

「ディアナ、無理させてごめんね」

「……ティア様、主人であるあなたが私達に謝る必要はありません。ティア様はご自身が信じたことをなさってください。もし、それに誤りがあれば私は諫めます」

彼女は僕の目を優しくも力強く見据えると、そのまま言葉を続けた。

「ですが、今回は違います。ティア様は自らの領土を良くするため、国と国の繋がりを考えて行動したのです。騎士であれば、そのような主人と共に道を歩けることは誉《ほまれ》です」

僕は彼女の言葉に黙って耳を傾けた。

「……それにいつか、ティア様は本当に厳しい判断をせざるを得ない時が来るでしょう。その時に必要なものは確固たる信念です。今回はそういったことを学ぶ良い機会になったと思います。……差し出がましい事を申しました。申し訳ございません」

ディアナは言い終えると、僕に頭を下げた。

「……いや、大丈夫だよ。ディアナありがとう。……でも、あんまりそんな厳しい判断はしたくないな」

苦笑しながら答えると、彼女は表情を引き締め凛とした声を響かせる。

「……諫言失礼いたします。ティア様、『したくない』は許されません。あなたは『しなければならない』立場にいずれなるのです。今回のことも『する』と決めたのはティア様ご自身です。反省はしても後悔はしてはなりません。どんなに辛いことがあってもティア様は、前を見なければなりません。それがティア様の背負う将来のお立場です」

「……わかった。その通りだね。さっき言ってもらったばかりなのに、ディアナには助けてもらってばかりだね」

彼女の言葉が胸にとても深く刺さったのを感じ、静かに俯いた。僕には前世の記憶があるけど、その世界は平和であり、人の命について考えることなんてほとんどない世界だったと思う。その感覚が今もあるような気がする。だけど、この世界では『命』についての考えが違う。

前世でやったゲームに酷似している世界であっても、人の生き死にがある現実には変わりがない。ひとつ間違えば死と隣合わせであり、少なからず僕の前世の記憶にある世界よりも『命の重さが軽い』のは確かだろう。だけど僕は、それでも無意味に人の命を奪うようなことはしたくない。そう思いながら僕は顔を上げて自然と呟いた。

「……どうすれば、人の命を守れるようになれるかな」

ディアナは僕の言葉を聞いて少し目を丸くしたが、すぐに答えてくれた。

「リッド様、『人の命を守りたい』というお言葉、とても立派でございます。なれば、大切に出来るようにリッド様が誰よりも『強く』なれば良いのです」

彼女は優しく、諭すように言葉を紡いで続けてくれる。

「勿論、強さとは一つではありません。武術、知略、戦略、政治力、財力、様々な『強さ』を磨けば、いずれリッド様の『目指す道』も見えてくると存じます」

「……そうか、そうだよね。悩んでいてもしょうがない。ディアナの言う通りもっと『強く』なれるようにまずは頑張るよ」

僕は笑みを浮かべるとディアナに力強く答えた。彼女は、そんな僕の顔を見て微笑んでいる。その時、エレンが頷きながら会話に入って来た。

「うんうん、なるほど。ティア様はさらに常識を突き抜けるおつもりなのですね」

「……人の事を非常識みたいに言わないでよ」

僕の言葉をサラッと流したエレンは、そのまま言葉を続ける。

「いえいえ、それより気になったのですが……ティア様の本当の名前は『リッド』様なのですか？

随分とその、男の子っぽい感じの名前ですね」

エレンの言葉に僕は「あ⁉」と思いディアナに振り返り視線を向ける。彼女は先程、僕の事を「リッド」と呼んだのである。ディアナは顔を横にしてそっぽを向いて、僕と目を合わせるのを拒んだ。僕は隠し通すつもりだった『変装』が思わぬ所でバレてしまって頭を抱えてしまう。そんな僕達の様子をエレンと魔物の二匹はきょとんとした顔で眺めているのであった。

◇

「ディアナさん、とってもお似合いです！」

「うん、すごく良く似合っているよ」

「……そうでしょうか？　着なれない服なので自分ではよく解りませんが、ありがとうございます」

レナルーテの城下町の中を歩きながら、僕とエレンからの誉め言葉にディアナは少し照れた様子で答えていた。マレイン・コンドロイの屋敷から移動した後、僕達は反省会もとい話し合いを行った。その反省会において、ディアナに言われたことを僕は今後忘れないだろう。

反省会が終わると、マレインの屋敷で起きた騒動によってボロボロとなったディアナの服装を整える為に一旦、城下町に戻ることになった。その際、魔物の二匹も僕達に付いて来たけど、サイズと姿は『猫』そのものなので問題ないだろう。現に彼らを見ても、町民の反応は特に何もない。

それよりもディアナの服装をどうにかしないといけないな、と思っていたその矢先に近くのお店が目に入ったのである。その店は和洋折衷の衣装が沢山あり、折角だからとディアナにも袴とブーツで着こなすレナルーテの服装を購入したというわけだ。

彼女が今、身に着けている服装は『袴にブーツ』の和洋折衷であり、長い髪も髪留めでまとめている。帝国人であるディアナの風貌で、和洋折衷の姿をしている女性は珍しいのだろう。彼女の気品ある雰囲気も加算されて、通りを歩くダークエルフの男性達はディアナの容姿に見とれて振り返っているようだ。しかし、ディアナ本人はそんなことになっていると気が付いていない様子で不満げに呟いた。

「私のような容姿の者が、レナルーテの服装に身を包むのが珍しいことであるのはわかります。しかしそれにしても、少しチラチラと見すぎではないでしょうか。全く……見られる側はすぐにわかるというのに」

彼女は呆れ顔で首を横に振っている。僕はそんなディアナに、苦笑いを浮かべた。

「あはは。だけど、今の状況とディアナの姿を見たらルーベンスがやきもちを焼くと思うよ」

「……それはどういう意味でしょうか？」

意図を測りかねた様子の彼女が首を横に傾げたその時、後ろから「ティア様!!」と僕達を呼ぶ声が響く。声が聞こえると同時に、僕達は足を止め声の聞こえた場所を振り返った。

「ハァ…ハァ……ティア様。良かった、追いつけました」

「……!! クリス、大丈夫⁉ マレインの屋敷でまだ何かあったの……⁉」

肩で息をしているクリスは、マレインの屋敷から急いで町まで戻ってきたのだろう。彼女は息を整えてから、ゆっくりと答えた。

「いえ、マレインの屋敷は王国軍とファラ王女とアスナさんが話をしていますから大丈夫です。ゴロツキ達は、皆お縄になったみたいですね。ただ……」

「ただ……どうしたの」

クリスは少し険しい表情を浮かべてから呟いた。

「マレイン・コンドロイだけが捕まっていないそうなんです。屋敷の執事はすでに何者かに殺害されていたらしいですから、少し気になって……」

「そっか……」

クリスの言葉にうなずくと、そのまま僕は口元に手を充てながら俯いた。マレインは捕まっていないとなれば、ノリスとも繋がっていた彼のことだ、もしかしたら隠し通路とか、色々と事前に準備していたのかも知れないな。考え込んでいると、クリスが怪訝な表情を浮かべて呟いた。

「しかし、妙なんですよね……」

「……妙って、何か気になることでもあったの」

彼女は僕の問いかけに、思い出すように気になっている点の説明を始めた。

「あ、いえ。実は執事が亡くなっていた所に、何でもこの国の玩具の『赤い風車』が置いてあったそうなんです。それを見た一番偉そうな強面兵士の方が『……ご愁傷様だな』と呟いていたのが聞こえたんですよね。それに、兵士達もマレインの行方をそこまで気にしていない感じがして……」

「なるほど……ね」

彼女の話を聞いた僕は、再度考えるようにその場で俯いた。クリスの説明を整理すると、王国軍とマレインの執事を殺害した者は何かしら繋がりがあるのだろう。それに、『赤い風車』というのは何かの隠語が含まれている可能性が高い。

彼女が聞いた強面兵士の言葉から察するに、マレインはもうこの世にいないかもしれないな。もし仮に生きていたとしても、日の光を浴びることは二度と出来ないのかもしれない。

しかし、クリスの説明を聞いて整理をしていると、ある一つの疑問が浮かんだ。マレインを秘密裏に処分可能という……それだけの組織が存在していたのにも関わらず、何故ノリスは野放しにされていたのだろうか。

彼の騒ぎがあってから、そんなに時間も経過してないはずなのに……と、思案しているとエレンが小声で僕に問い掛けて来た。

「ティア様……クリスさんは、その、ティア様の正体が『男の子』ってことを知っているんですよね？」

「えっと……そうだね」

「そうですよね。じゃあ、知らなかったのは本当にボクだけなんですね……だけど、ふふ。リッド様はそんなに可愛らしいのに『男の子』だなんて驚きましたよ」

エレンはそう言うと、思い出したように『クスクス』と小刻みに笑い始める。本当は『リッド』として会うまではエレン達には『ティア』に変装したことを隠し通すつもりだった。だけど、ディアナが口を滑らして僕の事を『リッド』と呼んでしまったのだ。

僕の名前が知られてしまった以上、『ティア』の存在は別人物としておくことがエレンにはできない。やむを得ず、僕は彼女に正体を説明する羽目になったというわけだ。その時のエレンは、びっくりした挙句に呆れていた。

「……可愛い女の子ではなくて、『可愛い男の娘《こ》』だったんですね」

「何か、違う意味の言葉にも聞こえるけど……まぁ、そうだね。でも、『可愛い男の子』はやめてほしいかな……」

その後エレンに女装することになった経緯について説明したら、彼女は笑いを必死に耐えながら「最高です、ファラ王女。それにしても、リッド様は甲斐性がありますねぇ」と何故かファラと僕を褒めていた。

エレンはまだ僕の目の前で小刻みに震え、小声で失笑している。その姿を見た僕は、此処に来る前までの出来事を思い出しながらムッとしていた。するとその時、ディアナの姿を見ていたクリスが笑みを浮かべる。

「そういえば、ディアナさんは着替えられたんですね。レナルーテの服装もとてもお似合いです」

「ありがとうございます。マレインの屋敷で服がボロボロになってしまいましたから、ティア様に新しく購入して頂きました」

ディアナは少し照れた面持ちでクリスに答えると、僕にスッと一礼する。その時、クリスは何か疑問が浮かんだようで、そっと僕に耳打ちをしてきた。

「何故、ティア様もお着替えにならなかったのですか？　レナルーテの服とはいえ、変装の為にと言えば、迎賓館に戻っても問題はなかったと思いますが……」

「あー……それには事情があってね」

実はクリスの言う通り、自分の服も購入して着替えようかと考えた。しかし、ディアナから指摘されたのだ。

「ティア様がもし着替えてお城に戻った姿をファラ王女が見たら、さぞ悲しむと思われますよ。ファラ王女のお心をお察しください」

「……それもそうだね」

確かにその通りだと思い、僕は着替えを断念した。ファラなりに、僕と城下町に一緒に行ける方法を考えてくれたのである。この場に彼女がいて、相談したのちに着替えればまだ良いだろう。しかし、何も言わずに着替えてしまえば、ディアナの言う通り悲しませることになるかもしれない。そう考えなおした僕は、自分で判断した経緯もあるので今日の服装はこのままでいることにした。だけど、明日以降は変装出来るようにレナルーテの服は一応、一式購入している。ちなみに購入した服は、お店の人に迎賓館に訪れている『リッド・バルディア』宛に配達するようにお願いした。

あと折角だから、メルのお土産にレナルーテの服一式と母上には櫛《くし》を購入している。二人共きっと喜んでくれると思う。僕の説明を一通り聞いたクリスは、苦笑した。

「あはは、なんだか色々と大変そうですね……」

「まぁね……。それよりも、クリスはこんなところでどうしたの？」

ここまでクリスが追いかけてきた理由をまだ聞いていないことを思い出した僕は、彼女に問いかけた。彼女は、「ああ!!　そうでした」と言ってハッとすると、咳払いをしてから理由を教えてくれた。

「実はティア様からご相談を受けていた『薬草』の件ですが、良いお店があったんです。折角ですから、是非ご一緒していただきたいと思いまして」

「本当!?　良かった、ちょうど今から探そうとおもっていたんだ。ありがとう、クリス」

満面の笑みを浮かべてクリスに僕が答えたその時、やり取りを近くで見聞きしていたエレンが声を掛けてきた。

「ティア様、それでしたらボクはここで一旦お店に戻りますね。アレックスも心配していると思いますから」

「そっか、そうだね。じゃあ、アレックスにもよろしく伝えておいてね。あと、よければ明日にでも使いを立てるから、迎賓館に二人で来てほしいんだけど、大丈夫かな？」

「わかりました、アレックスとお待ちしております」

彼女は僕に頷きながら答えると畏まった表情から一転、悪戯な笑みを浮かべる。

「あ、そうそう。アレックスにはティア様の正体は秘密にしておきますから、安心してくださいね」

「あはは……ありがとう」

彼女の言葉に苦笑しながら答えると、エレンは悪戯な笑みを浮かべたままアレックスが待つお店のある方角に振り返り、そのまま走り去る。エレンとの別れ際のやり取りで僕は何とも言えない顔を浮かべたまま、彼女の背中を見送った。

彼女とのやり取りと、僕の表情の変化を横で見ていたディアナとクリスの二人は、肩を震わせてどうやら失笑しているようだ。そんな二人に僕はムッとしながら、声を張り上げた。

「……もう、笑ってないでさっさと行くよ。クリス、案内をお願いね」

「はい、わかりました。『ティア様』。ふふ」

『クスクス』といまだに笑みを浮かべているクリスは、道案内をする為に先導を始める。彼女の後に付いて歩く僕達の後ろには、マレインの騒動で出会った魔物の二匹がまだついて来ていた。彼らはどこまで付いてくる気なのだろうか？　そんなことを思いながら、僕はクリスの後を追っていくのであった。

◇

「ティア様、この先です」

「うん、わかった」

クリスに僕は頷きながら答える。彼女が案内してくれているお店の場所は、ドワーフの二人と出会ったお店とはまた違う方向にあるらしく、街はずれにあるお店らしい。何故に目的地が毎度、町はずれにあるのだろうか？　そんなことを疑問に感じながら歩き続けると、クリスがとあるお店の前で足を止めて看板を指差した。

「お待たせしました。ここです」

「……ニキーク販売店」

店の前に立ち、看板に書いてある店名を読み上げるも目の前にあるお店の風貌に少し驚いた。良い言い方をすれば古民家風だが、中々にボロボロだ。ふと僕の横に控えるディアナの顔色をチラリと見ると、さすがの彼女も少し驚いた表情をしている。僕達二人の何とも言えない表情に気付いたのか、クリスは少し慌てた様子で取り繕うように言葉を続けた。

「み、見た目はあまり良くありませんが、お店の人の知識や腕は確かですから大丈夫ですよ。ゴホン……ニキークさん、いらっしゃいますかぁ!!」

「……」

クリスがそれなりに大きな声を出したが返事がなく、僕達の間に何とも言えない間が生まれる。

……留守なのかな？　そう思った時、店のドアが勢いよく開かれて怒鳴り声が辺りに響いた。

「でっけぇ声出すな!!　調合が失敗するだろうが!!」

「あ、ニキークさん。やっぱり居たじゃないですか」

突然の怒鳴り声で僕とディアナは少し身構えたけど、クリスはどこ吹く風でお店の中に入っていく。僕とディアナは慌ててクリスの後を追った。お店の中は少し薄暗く、薬草の匂いだろうか？少し青臭いような匂いが鼻につく。やがて薄暗さに少し目が慣れてくると、お店の中にはあちこちに薬草が干したものが大量に置いてあることに気付いた。

「これは……凄いね」

「えぇ、これだけ量を個人で管理しているとなれば驚きです」

お店の外観からは想像できない程の薬草の量に驚嘆したのは、ディアナも同様のようだ。店主のニキークとクリスは、どうやらお店のまだ奥にいるらしい。僕とディアナは恐る恐る店の奥に進んでいくと、ダークエルフのニキークと思われる男性が薬の調合をしながらクリスと何やら話をしているようだ。

「クリス……あれだけ忠告してやったのに結局、ドワーフの所に行ったのか？　あいつらはマレインに睨まれているからやめとけって言っただろう」

「あはは。でも、私にも後ろ盾があるから、事前に情報さえあれば大丈夫ともお伝えしたじゃないですか」

「後ろ盾ぇ？　まさか、いま連れてきたその二人がそれだって言うのか？」

ニキークはクリスと話しながら僕とディアナをギロリと睨む。彼は大分良い年齢なのか、強面ではあるけれど顔には年齢を感じさせる皺があるダークエルフだ。普通なら怖いと感じるだろうが、僕には殺気の無い凄んだ顔はむしろ可愛く見えてしまう。僕はにっこりと笑顔を浮かべて返事をした。その様子にニキークは少し驚いた様子で顔を顰《しか》める。

「……薄気味悪い嬢ちゃんだな。わしに睨まれたら普通は泣くか、逃げるかのどっちかだぞ」

「ティア様とディアナさんは、ちょっとやそっとじゃ動じませんよ。ね、二人とも」

クリスに振られて、僕達二人は顔を見合せて苦笑する。僕達のやりとりを見ていたニキークは、調合の手を止めると、こちらに視線を向けて鼻を鳴らした。

「……ふん。まぁ、クリスが信頼しているならマレインよりマシだろう。どんな用事だ、言ってみろ」

「おお、ニキークさんがそこまで言うなんて……私の時とは全然違うじゃないですか⁉」

ニキークの発言にクリスはからかうようにおどけて楽し気だが、彼は顔を赤くしながら怒鳴った。

「う、うるせぇ‼　おれは美人と可愛い嬢ちゃんには弱いんだよ‼　おい嬢ちゃん、てめえが生意気なクソ坊主なら、すぐに叩き出しているからな」

彼から『可愛い嬢ちゃん』と言われて、僕は何とも言えない気分になった。まぁ、ニキークからの第一印象が良くなったのであれば、この姿は無駄ではなかったのだろう。すると、ニキークの言葉を聞いたクリスとディアナがまた『クスクス』と小刻みに震えた。気持ちを切り替えると僕は咳払いをして、彼に本題を問い掛ける。

「それでしたら、『ルーテ草』という薬草を聞いたことがないでしょうか？　恐らく、魔の森で取れると思うのです」

「……『ルーテ草』か。わりぃが聞いたことねぇ。恐らくわしが聞いた事が無いなら、知っている奴は他におらんと思うぞ」

「そう……ですか」

ニキークの言葉は残念ながら期待とは違っていた。僕は答えると、そのまま俯いてしまう。だけど、ここまで来た以上少しでも情報が欲しい。まだ何か手がかりが何かあるかも知れないと思った僕は、顔を上げると必死の形相で詰め寄った。

「何か、何かないでしょうか。魔の森だけで取れる『薬草』が何かあると思うんです……お願いします。何でも……何でも良いので情報は何かないですか⁉」

ニキークは僕の雰囲気が変わったことで怪訝な表情を見せると、やがて低い声で僕達に問い掛けた。

「……何か、訳ありみてぇだが、詳細がわからねぇと何も話せねぇよ。わしを頼るっていうなら隠し事は無しだ。それが無理なら残念だが帰ってくれ」

彼は言い終えると、スッと調合作業に戻ってしまう。すると近くに居たクリスが補足するように、ニキークの事を話してくれた。

「……ティア様、ニキークさんは口と態度は悪いですが、信用の出来る人物です。お店がこんなにボロいのも必要以上にお客さんからお金を取らないからです。偏屈で頑固ではありますが、口も頭同様にかたいのでご安心下さい」

彼女がそう言うと、ニキークが作業の手を止めて反応した。

「……おい、クリス。てめぇ、わしを馬鹿にしているだろう？」

「いえいえ、そんなこと思っていませんよ。隠し事は無し、ですからね」

二人のおどけたやりとりを見ていてふと気になった疑問を僕は質問してみた。

「……二人とも随分と仲が良いみたいだけど、以前からの知り合いだったとか……？」

「いいえ。昨日、初めて会いましたよ」

クリスは問いかけにきょとんとした表情で答えたあと、僕の側に近寄ると耳打ちでニキークとのやりとりについて話してくれた。

御前試合等で僕が大変だったあの日。クリスは事前に調べていた情報の確認と新しい情報を得るための聞き込みをしてから、ニキークの所に行ったらしい。最初は僕達が来た時と同様に、門前払いをされたそうだけど、それが逆にクリスの闘争心に火を付けたらしい。その結果、門前払いされても気にせずに彼女は店の中にズカズカと入って行ったそうだ。

それでもニキークからは、「薬のことも知らない他国の娘が何用だ」と怒鳴られたそうだが、彼女は店で取り扱っている薬草の状態がとても良いことにすぐ気が付いた。

「これ……とても状態の良い商品ですね。ここまでの品質は中々ありませんよ」

「……ふん。適当なことを言いやがって」

「いえいえ、これはレナルーテで多くとれるものですよね。こっちは……」

最初は相手にもしていないニキークだったが、クリスの知識が本物であることを理解すると「嬢ちゃん、あんた何者だい？」と逆に彼女へ興味を持つに至ったらしい。そしてそこから話題を広げて、最終的には気に入られたそうだ。クリスは、思い出し笑いをしながら、小声で僕に耳打ちを続ける。

「どの国でも頑固なおじいちゃんはいますからね。この手の人は話好きが多いですから、まだ扱いやすいですよ」

クリスが最後に耳打ちしてきた言葉に思わず吹き出して苦笑してしまう。ニキークからすれば、クリスを認めたという意識なのだろう。しかし、実際はクリスの掌の上にいるということだ。

「……おい。こそこそと何を話しているんだ。わしも暇じゃないぞ。話すことが出来ないなら帰ってくれ」

「いえ、すみませんでした。では、私も正直にお話しいたします」

僕の表情が変わったことにニキークも気付いたのだろう。悪態を付く様子は無くなり、その目は真っすぐに僕を見据えている。やがて、ゆっくりと深呼吸をした僕は言葉を紡ぐ。

「……魔力枯渇症の特効薬の開発に繋がる薬草が魔の森にあるはずなんです。名前は『ルーテ草』のはずですが、もしかしたら違う名前かもしれません。類似品でも構いませんので何か情報はないでしょうか……」

言い終えるとディアナが目を丸くして驚いた表情を浮かべる。彼女には、今言ったことを事前に伝えていないから当然の反応だろう。クリスはすでに知っているから驚いた様子はない。ニキークは、僕の話を聞くと腕を組んで考えに耽るように俯いた。無言の時間が流れてから間もなく、彼はおもむろに顔を上げる。

「すまんが、『ルーテ草』はやっぱり聞いたことがねぇ」

「……そうですか」

ニキークの言葉に頷くと、僕は拳を握り締めながらそのまま俯いた。

「……だが、一つだけ心当たりがある」

「え……心当たりがあるのですか⁉」

彼の言葉を聞いた僕は、パァっと明るい表情を浮かべて顔をあげる。

「……ちゃんと話してやるから、落ち着け」

気付けば僕は、目を見開いて彼に勢いよく詰め寄っていたので、「あ、すみません」と少し身を引いて会釈した。そんな僕を横目に、彼は調合していた作りかけの薬を片付け始める。やがて片付けが終わると、彼はゆっくりと立ち上がる。そして、店の出入口付近にある乾燥した薬草を一つ取ってくると僕達の前に差し出した。

「これがその、心当たりのある薬草だ。わしは魔の森でしか見たことがない。だからこの国では『レナルーテ草』って呼んでいるけどな」

「……レナルーテ草」

ニキークが持ってきた薬草を手に取ると、僕は興味深く見つめた。乾燥しているからさすがに原型はわからないけど、この状態ならバルディア領に持って帰り試すことが出来る。しかし、何故これだとニキークは思ったのだろうか。僕は、視線をニキークに向けて感じた疑問を質問した。

「失礼ですが、ニキークさんは何故これだと思ったのでしょうか……。疑っているわけではありません。ただ、心当たりということだったので何かしらの根拠があると思うんです。今後の為にお聞かせ願えないでしょうか。お願いいたします」

しかし、ニキークは僕をギロリと睨つける。

「……嬢ちゃん、おめぇはなんで魔力枯渇症の特効薬に拘《こだわ》るんだ？　隠し事は無しだぜ。お前の正体を含めて全部話せ。そうすれば、わしも知っていることを全部話そう」

彼はそう言うと、目を細めて顔を顰めた。僕は意を決すると深呼吸を行い、ニキークに視線を向ける。

「わかりました。実は……」

その後、母上の病気のことに加えて僕の正体など、話せることはすべて包み隠さず伝えた。話を聞き終えたニキークはため息を吐いてから、クリスに視線を向ける。

「クリス、おめぇの後ろ盾は大した玉だな。まさか、母ちゃんを救うためにここまでするとは大した奴だぜ」

「そうですね。だけど、私もリッド様のお母様が魔力枯渇症とは存じませんでした」

「お恥ずかしながら、私も存じ上げませんでした」

ディアナとクリスは、僕の口から母上の事を聞いて驚いたらしい。母上の病については、バルディア家でもごく一部の者しか知らないことなので当然だろう。この場にいる皆には「ここだけの話にしてほしい」と念を押す。そのやり取りを横目で見ていたニキークが、呆れ顔を浮かべて呟いた。

「しかし、嬢ちゃんじゃなくて『坊ちゃん』だったのか。世の中、面白れぇな」

「あー……そのこともここだけの秘密にしておいてほしいですね」

彼は苦笑してから、表情を真顔に変えて僕を見据えた。

「おめぇさんの事情はわかった。わしもこの薬草、いやレナルーテと魔力枯渇症について知っていることを話そう」

ニキークが僕達にしてくれた話はとても興味深いものだった。彼はダークエルフでも年齢的には高齢である。その為に長い期間をレナルーテの薬師として過ごしたニキークは、他国では死病として悪名高い『魔力枯渇症』の発症が自国内において、ほとんど聞いたことがない事に気が付いたそうだ。

興味本位で知り合いからも情報を集め、ニキークは個人的に調べてみたらしい。結果、少なからずレナルーテ国内においては『魔力枯渇症』の発症がほぼ無いことがわかった。まだその時点では「ダークエルフ」が魔力枯渇症にかからないのか、レナルーテに特有の何かがあるのかの判断が付かなかったらしい。しかし、それは思いもよらぬことから判明することになる。

他国に誘拐もしくは国外に出て行ったダークエルフ達の中でごく一部だが、魔力枯渇症を発症して亡くなった者達がいることをニキークは知ったのだ。そのことを知った時に、「ダークエルフだからかからない」という考えは彼の中では無くなった。そこでニキークは「レナルーテにしか存在しない、かつ日常的に人々に影響を与える」物を地道に調べることにしたのである。

時間のかかる調査だったが、ダークエルフの寿命のおかげもあり候補を絞り上げることができた。彼が調べた結果の最有力候補として残ったのが「レナルーテ草」だったらしい。

「レナルーテ草」は魔の森で取れる多年草の山菜で、ほぼ毎日に近い感覚でダークエルフ達は摂取しているという。さらに昔からこの国の言葉で「魔の森の山菜あれば、医者要らず」という諺《ことわざ》もあった。恐らく、先人達は魔力枯渇症がレナルーテ草により予防できる事になんとなく気付いていたのだろう。そこまで説明をしてからニキークは僕に視線を向けた。

「確証はない。しかし、魔力枯渇症がこの国で発生していないことに加えて、食文化や言い伝えなどの様々な情報を総合すれば恐らく間違いはないと、わしは思っとる」

「すごいです。良くここまでお一人で調べられましたね」

ニキークが見せてくれた資料、説明してくれた知識に驚嘆しながら僕は頷いた。クリスもここまで詳しいとは思っていなかったらしく、彼女も僕同様に驚嘆している。ニキークは、僕達の表情を確認すると釘を刺すように呟いた。

「だがな、わかっているのはここまでだ。魔力枯渇症に対して本当にレナルーテ草が効くかはわからん。何せ、この国では発症している者がおらんからな。治療に使えるかどうかは、おめぇさん達で試してみな」

「わかりました。大切な情報をありがとうございます」

お礼を言いながら頭を下げると、僕を追うようにディアナとクリスも頭を下げていた。僕達の様子を見ていたニキークは、低い声で答える。

「頭は下げなくて良い。だが、二つおめぇに約束してほしい」

「僕に出来る事でしたら」

彼は答えを聞くと、僕の目を鋭く見据えておもむろに言葉を続ける。

「一つは、おめぇの母ちゃんを治せたら教えろ。一つは、治療法がわかったらちゃんと誰でも治せるように情報を開示しろ。この二つを約束出来るなら、わしも可能な限り力を貸す」

「承知しました。お約束いたします」

ニキークの目と言葉にはまるで魔力枯渇症を仇《かたき》とでも思っているような、そんな印象を僕は受けた。そもそも、彼が国内で発生していないことに気付くことになったきっかけはなんだったのだろうか？　そう思った時、ニキークは「あ!?」と声を出して、額に手を当てながら俯くと苦々し気に呟いた。

「……しまった。一つ、問題があったのを忘れとった」

「どうしたんですか？」

その様子を心配するように尋ねると、彼は困り顔を浮かべて言葉を続ける。

「この辺を仕切っている、マレインっていうくそ野郎がいるんだがな。わしがそいつに、睨まれていてあまり動けんのだ。さっきは力を貸すと言ったのにすまん……」

ニキークは非常に悔しそうな表情をしている。だけど『マレイン』という名前を聞いた僕達は、クスクスと失笑してしまった。彼はその様子に呆気に取られたが、すぐ顔を赤くして怒号を発する。

「おめぇら、マレインを甘く見るんじゃねぇ!!　やつは国の中枢にも繋がりがあって、あくどい手を使ってもお縄にならねぇんだ。あいつの手にかかって悲惨な目にあったやつぁ多いんだぞ」

やはりマレインは、エレン達以外にも酷い事をしていたらしいようだ。必死の形相をしているニキークに視線を向けた僕は、咳払いしてから笑みを浮かべて答えた。

「その点に関しては問題ありません。マレイン本人と彼に繋がりがあった者達は、昨日今日で失脚していきます。恐らく今後はその影響もないと思いますよ」

「なんだと……？　坊ちゃん、何を言っているんだ」

ニキークは僕の言葉に目を丸くしており、どうやら理解が追い付いていないようだ。それを補足するように、クリスが悪戯な笑みを浮かべて彼に説明を始める。マレインやノリスが失脚した事実

TOブックスNEWS

2023 3 MARCH

TO BOOKS NEWS 2023 MARCH

© 古流望・TOブックス／おかしな転生製作委員会

2023年7月より TVアニメ放送開始!!

STAFF

原作：古流望「おかしな転生」(TOブックス刊
原作イラスト：珠梨やすゆき
監督：葛谷直行
シリーズ構成・脚本：広田光毅
キャラクターデザイン：宮川知子
音楽：中村 博
アニメーション制作：SynergySP
アニメーション制作協力：スタジオコメット

CAST

ペイストリー＝ミル＝モルテールン：村瀬 歩
マルカルロ＝ドロバ：藤原夏海
ルミニート＝アイドリハッパ：内田真礼
リコリス＝ミル＝フバーレク：本渡 楓

TVアニメ公式サイトはコチラ!
okashinatensei-pr.com

コミックス 3/1 発売
シリーズ累計
55万部
突破!
(電子書籍含む)
欲しいのは、どんなものより魔法の力!
没落予定の貴族だけど、暇だったから魔法を極めてみた @COMIC 6
漫画：秋咲《あきさき》りお　原作：三木《みき》なずな　キャラクター原案：かぼちゃ
相反する二人の運命が動き出す、アンチヒロイック・ファンタジー!
冥王様が通るのですよ! @COMIC 2
コミックス 3/15 発売
漫画：苫《とま》ゆぎまる　原作：木口《きくち》なん　キャラクター原案：Genyaky
TOブックスの人気マンガが大集合!
すぐに直します
ローデ
フィリーネこの名前が
連載最新話がどこよりも早く読める!
に祈りを!
けれどわたくしは絶対に諦めません
ぴっ
CORONA EX
コロナEX
TObooks
WEB配信サービス誕生!
https://to-corona-ex.com/
ノベル 3/10 発売
新シリーズ!
コミカライズ企画進行中!
悪意には強く、善意にはめっぽう弱い。暗殺者の少女が、その嗅覚で謎を解く!
後宮花箋《こうきゅうかせん》の刺客妃《しかくひ》
著：稲井田《いないだ》そう　イラスト：藤実《ふじみ》なんな
ノベル 3/20 発売
新シリーズ!
コミカライズ企画進行中!
のんびり生きたい転生少年の無自覚最強暗躍ファンタジー!
クロゥレン家の次男坊
著：島田征一《しまだせいいち》　イラスト：ゆのひと
ノベル 3/20 発売
コミカライズ
TOブックス 3
定
『Nost
あなたを
に

TVア
絶賛放送中!

AT-X	毎週水曜20:30～ （リピート放送：毎週火曜14:30～／毎週金曜8:30～）
TOKYO MX	毎週水曜22:00～
WOWOW	毎週水曜24:00～（第1話のみ無料放送）
BSフジ	毎週木曜24:30～

※放送予定は都合により変更になる可能性がございます。

CAST

ーフェン：森久保祥太郎
リーオウ：大久保瑠美
ジク：小林裕介
ルカン：水野まりえ
ーチン：渕上 舞
ド：小野大輔
ロッテーシャ：青木志貴
ライアン：榎木淳弥
ハルパート：江口拓也
ミアン：楠 大典
ィノナ：相羽あいな

STAFF

原作：秋田禎信（TOブックス刊）
原作イラスト：草河遊也
監督：浜名孝行
シリーズ構成：古怒田健志
キャラクターデザイン：菊地洋子・りお
音楽：Shinnosuke
音楽制作：ランティス
アニメーション制作：スタジオディーン

VアニメSpecial公式サイトはコチラ▶
ssorphen-anime.com/

GOODS 3/1発売

薬の魔物の解雇理由
2Lキャラファインマット2枚セット

GOODS 3/1発売

薬の魔物の解雇理由
オードトワレ

GOODS 3/10発売

Nostalgia world online
夜ノみつき描き下ろし抱き枕カバー

GOODS 3/10発売

Nostalgia world online
夜ノみつき描き下ろし立体マウスパッド

DVD 3/31発売

舞台 最後の医者は桜を見上げて君を想う

詳しくはTOブックスオンラインストアをチェック!
▶公式オンラインストアならではの特典も盛りだくさん!

ご予約・ご購入は

tobooks.shop-pro.jp

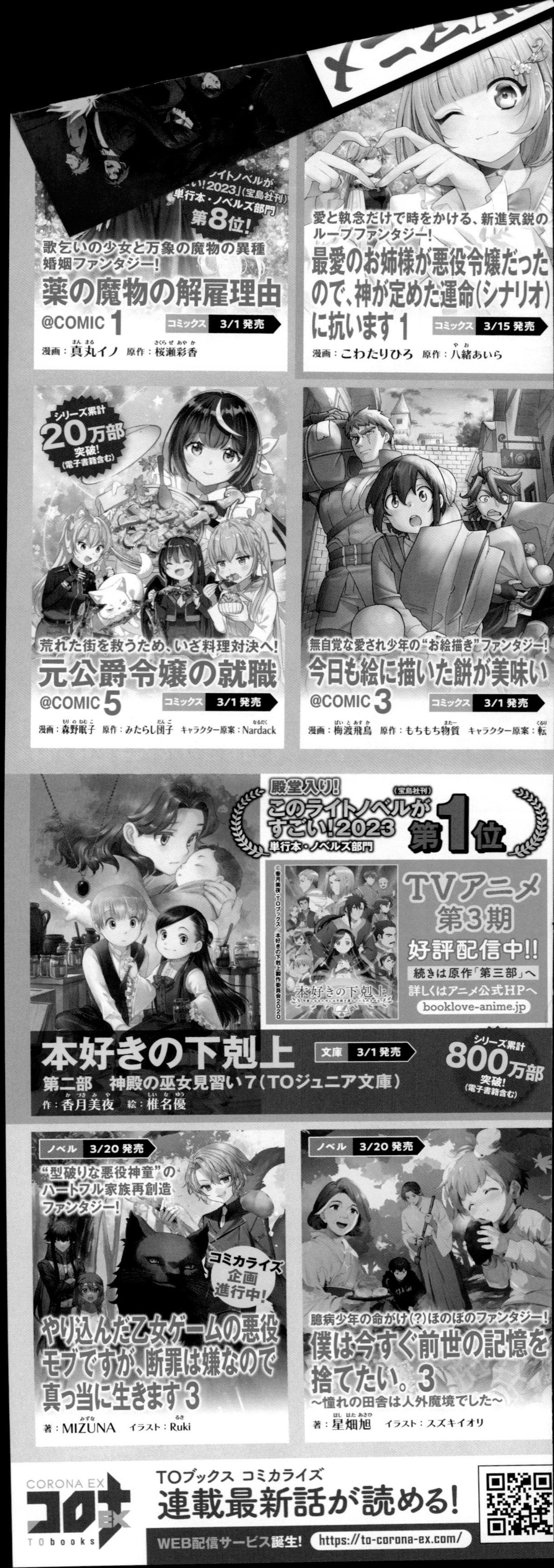

「このライトノベルがすごい!2023」(宝島社刊) 単行本・ノベルズ部門 第8位!
歌乞いの少女と万象の魔物の異種婚姻ファンタジー!
薬の魔物の解雇理由
@COMIC 1
コミックス 3/1 発売
漫画:真丸《まんまる》イノ 原作:桜瀬彩香《さくらせあやか》
愛と執念だけで時をかける、新進気鋭のループファンタジー!
最愛のお姉様が悪役令嬢だったので、神が定めた運命(シナリオ)に抗います 1
コミックス 3/15 発売
漫画:こわたりひろ 原作:八緒《やお》あいら
シリーズ累計 20万部 突破! (電子書籍含む)
荒れた街を救うため、いざ料理対決へ!
元公爵令嬢の就職
@COMIC 5
コミックス 3/1 発売
漫画:森野眠子《もりのねむこ》 原作:みたらし団子《だんご》 キャラクター原案:Nardack《なるだく》
無自覚な愛され少年の"お絵描き"ファンタジー!
今日も絵に描いた餅が美味い
@COMIC 3
コミックス 3/1 発売
漫画:梅渡飛鳥《ばいとあすか》 原作:もちもち物質《またー》 キャラクター原案:転《くらり》
殿堂入り! このライトノベルがすごい!2023 (宝島社刊) 単行本・ノベルズ部門 第1位
TVアニメ 第3期 好評配信中!!
続きは原作「第三部」へ
詳しくはアニメ公式HPへ
booklove-anime.jp
©香月美夜・TOブックス/本好きの下剋上製作委員会2020
本好きの下剋上
文庫 3/1 発売
シリーズ累計 800万部 突破! (電子書籍含む)
第二部 神殿の巫女見習い7(TOジュニア文庫)
作:香月美夜《かづきみや》 絵:椎名優《しいなゆう》
ノベル 3/20 発売
"型破りな悪役神童"のハートフル家族再創造ファンタジー!
コミカライズ 企画 進行中!
やり込んだ乙女ゲームの悪役モブですが、断罪は嫌なので真っ当に生きます 3
著:MIZUNA《みずな》 イラスト:Ruki《るき》
ノベル 3/20 発売
臆病少年の命がけ(?)ほのぼのファンタジー!
僕は今すぐ前世の記憶を捨てたい。3
~憧れの田舎は人外魔境でした~
著:星畑旭《ほしはたあさひ》 イラスト:スズキイオリ
CORONA EX コロナEX TObooks
TOブックス コミカライズ
連載最新話が読める!
WEB配信サービス誕生! https://to-corona-ex.com/

を聞いたニキークは、とても信じられない様子で何度もクリスや僕に聞き返して確認を行った。そして、彼らの失脚が事実と納得すると、楽しそうに大声で笑い始める。

「ワハハ!! マレインのやつ、ざまぁねえな。坊ちゃん、あんたは最高だなぁ」

「……坊ちゃんはやめてくださいよ」

僕の返事にニキークはさらに笑い出し、それからしばらく彼の笑い声がお店の中に響き渡るのであった。

◇

「ニキークさん、改めてよろしくお願いいたします」

「おう、坊ちゃん、任せとけ」

クリスの案内でやって来た「ニキーク販売店」の店主であるニキークと僕は、今後のことについて色々と話を続けている。まず、今後は彼を通して『レナルーテ草』をバルディア領に仕入れることが決定。その際、魔力枯渇症の特効薬の原料になるかも知れないという情報の漏洩を防ぐ為、僕達の間では『ルーテ草』と呼ぶことも決めた。

『レナルーテ草』はレナルーテ国内だと当たり前にある山菜だけど、国外にはほとんど出ておらず知られていない。理由は恐らく、現状の使い道が国内における食用のみだからだ。ニキーク以外には、レナルーテ草が魔力枯渇症を予防している可能性に気付いている者は今のところいないだろう。念の為、ニキークはレナルーテ国内において、『ルーテ草』以外にも治療に使えそうな可能性のある薬草を確認する意味も含めて探してくれるそうだ。

他にも薬草を栽培する方法も研究してみると言ってくれたので、僕は思い切って『月光草』の栽培を研究してほしいと依頼する。クリスは驚いていたけど、ニキークは事情を聞くと快く引き受けてくれた。栽培方法が確立できれば、『月光草』は治療だけでなくバルディア領と連携して将来的には莫大な利益を生む可能性も十分にある。研究に必要な費用や物資は、クリスティ商会を通せば大体は話が通るようにしておくとも彼には伝えた。

僕とニキークがどんどん話を進めて行く横で、クリスは手で目を覆い隠しながら「はぁ……急いで、商会の支店を作らないと……」と呟く。その時、僕はあることを思い出して彼に尋ねた。

「そういえば、ニキークさんは、『ムクロジの実』って知りませんか？」

ニキークは目を丸くして怪訝な表情になり、低い声を出した。

「……坊ちゃん。あんた、アレの存在も知っているのか」

「ふふ、その言い方はやっぱり知っているんですね」

彼の言葉に僕は微笑みながら答えると、ニキークは呆れ顔を浮かべてため息を吐いた。

「ちょっと、ここで待っていろ」

「ありがとうございます」

ニキークは立ち上がると、また店の出入口にある陳列棚の所に向かった。その時、クリスが怪訝な表情で僕にそっと耳打ちをする。

「……リッド様、『ムクロジの実』ってなんですか？」

「ふふ、僕よりもクリスやディアナが欲しがるかもね」

「私も欲しがるもの……ですか。それは少し興味がありますね」

クリスに答えた声がディアナにも聞こえていたらしく、彼女達は顔を見合わせている。

「坊ちゃん、待たせたな。とりあえずこれでよいか、確かめてくれ」

「はい。ありがとうございます」

ニキークが持ってきた『実』を僕は手に持ってよく確かめる。実は丸くて、表皮には皺があり思ったよりも小さい。だけど、メモリーに見せてもらった実と同じ物で間違いないだろう。あとは、実際に試してみるだけだ。僕は手に持っていた実から、視線をニキークに向けた。

「水と桶を借りてもいいですか」

「……坊ちゃんにはかなわねぇな」

ニキークは肩をすくめて『やれやれ』とおどけた仕草をしながら、水と桶を用意してくれる。一連のやり取りを見ていたクリスとディアナは、意図がわからないようで首を傾げているようだ。皆が興味深そうに見つめる中、僕はニキークが用意してくれた水が入った桶にムクロジの実を入れると、勢いよく水を掻き混ぜ始める。

それから少しすると、水に変化が起きてどんどん泡が立ってきた。実と水の入った桶を用意してくれたニキークは、呆れ顔で「よく知ってんなぁ」と漏らしている。僕は泡立った桶を、ディアナ達に見せながら満面の笑みを浮かべた。

「やった!!　これは天然の石鹸なんだよね。『ソープベリー』って名前で出せば良い商品になると思うけど、どうかな」

僕がそう言うと、クリスとディアナの二人が目を輝かせて興奮した様子を見せる。

「良いですよ、これは絶対に売れます‼」

クリスが答えると、ディアナも興味津々の様子で言葉を続けた。

「僭越ながら、私も個人用に少し欲しいですね……」

「ふふ、二人にも喜んでもらえて良かったよ」

僕はそう答えると、視線をニキークに戻して『ムクロジの実』も購入する意思を伝えた。その後の商談の結果、とりあえず彼が保有している『ムクロジの実』も今買い取れる分はすべて購入を決定。そして今後も『ムクロジの実』は継続的にクリスを通して購入することを伝えると、ニキークは少し嬉しそうな笑みを浮かべながら「……わかった」と頷いていた。

ニキークとの話し合いが終わり店の外に出ると、二匹の魔物が僕達に視線を向けて起き上がり、体を伸ばしながら欠伸をする。どうやら、二匹は店の中の匂いが嫌で外で待っていたらしい。すると、店の外まで見送りに来てくれたニキークが魔物の姿を見て驚愕した。

「こりゃ、魔の森でよく見かけていたシャドウクーガーとスライムの夫婦じゃねぇか。最近見ないと思ったら、なんだってこんなところにいるんだ?」

「ああ、それはですね……」

マレインの屋敷に行くまでの道中で、二匹に出会ったことを僕はニキークに説明する。話を聞いた彼は、呆れた様子で呟いた。

「はぁ……国外では魔物のペットが一部で流行っているとか聞いたが、マレインのやつが裏に居たのか」

「みたいですね。でも、マレインは失脚したようですし、今後は少し落ち着くのではないでしょうか」

ニキークが会話していると、魔物の二匹が僕の足元に寄ってきて頬を擦りつけ始めた。尻尾もピンと立てながら左右に振っており、とても可愛い仕草を見せている。その様子にニキークが顔を綻ばせた。

「おお、坊ちゃん、大分、懐かれているな。シャドウクーガーが人に懐くのも珍しいぞ」

「……そうなんですか。だけど、残念ながら連れて帰ることは出来ませんから、ニキークさんが良ければ魔の森に帰してあげてくれませんか」

彼は僕のお願いを聞くと、頷きながら答えた。

「わかった。わしが今度、魔の森に行く時に連れて行こう」

「ありがとうございます」

ニキークにお礼を伝えると、僕はしゃがんで魔物二匹と目線を合わせた。

「ごめんね。本当は連れて行けたらいいけど、さすがに父上もいるから僕が勝手に連れて行くわけにはいかないんだ。君達は自分達の世界にお帰り」

猫サイズのシャドウクーガーは僕の言葉を聞くと、少しシュンとしたような顔をして「ンン～」と鳴いた。彼らの頭を撫でると僕は立ち上がり、ニキークに別れの挨拶をしてその場を後にする。

少しお店から離れてから振り返ると、魔物の二匹は僕をずっと見ている様子だった。

「可愛かったけど……勝手に連れて帰ったら父上が絶対に怒るだろうなぁ」

あの可愛い魔物の姿はメルや母上にも見せたかったとは思うけど、さすがに父上が許可しないだろう。しかしその時、ディアナがおもむろに呟いた。

「あの魔物達……リッド様にかなり懐いていましたから、バルディア領まで追いかけて来るかもしれませんね」

「へ……バルディア領まで追いかけて来るって、あの子達が？　あはは、さすがにそれはないと思うよ。距離がありすぎるしね。さて、それより今日はもう帰ろうか。朝から動きっぱなしでさすがに疲れたよ」

レナルーテに滞在中にしなければならないことが多かったとはいえ、いくら何でも今日は忙しすぎたと思う。僕が疲れた表情を見せると、ディアナが釘を刺すように答えた。

「はい。ライナー様に見つからずに戻らねばなりませんから、最後まで緊張感をお持ちください」

彼女の言葉に僕は「ハッ」として、帰り道の間はずっと頭を抱えるのであった。

◇

「リッド様、そんなにビクビクしなくても良いのではありませんか」

「……いやいや、ディアナも見つかったらただじゃ済まないからね」

ディアナが呆れた様子で問いかけてきたので、僕は困り顔を浮かべて答える。ニキークのお店から迎賓館に帰る途中、ずっと僕は頭を抱えていた。本来であればファラの従者として城を出入りするはずだったのに、マレインの屋敷で別れてしまったのだ。

このまま城内に戻るとなれば、父上に恐らく見つかって大変なことになるだろう。故に、僕は今頭を抱えているというわけである。ディアナはそんな僕の様子に呆れた様子でため息を吐くと、クリスに視線を向けた。

「それでしたら、クリス様がリッド様に用事があるとお伝えして私達も一緒に入れば良いのではないでしょうか」

「え……私ですか」

彼女から思いもよらない話を振られたクリスは、きょとんとした表情を浮かべた。確かにクリスが僕に用事があるからと、迎賓館に行くと言えば城内には恐らくすんなり入れるだろう。こうなれば一度、迎賓館に戻ってからファラ達の所に行くべきだ。僕はクリスにこれでもかというぐらいの困り顔を見せながら、上目遣いをして呟いた。

「ごめん、クリス。協力してもらっても良いかな」

「な、なんですかそのあざとい仕草は……。はぁ……わかりました。でも、次からはこんな無茶なことはしないようにしてくださいね」

「……うん、気を付ける。ありがとう」

クリスはため息を吐きながら『やれやれ』といった仕草をするも、城の門に僕達を先導してくれる。門番の兵士がクリスを止めるが、迎賓館のバルディア家の関係者であることを告げるとすぐに通してくれた。城内に入ると同時に僕は、小声でクリスに「ありがとう」とお礼を伝える。すると、彼女は少し呆れたような表情をしながら頷いた。城内に入り、少し歩いたところで迎賓館が見えてくる。ようやく、これで何とかなるとそう思った瞬間……聞いた事のある声が辺りに響いた。

「見つけたぞ……ティア!!」

『見つけた』と唐突に呼ばれて僕は思わず足を止める。そもそも僕こと『ティア』の事を知っている人物で、しかもこんな呼び方をする人は誰だろうか。そんなことを思いながら声の主を見つけた僕は、血の気が引いて顔色が真っ青になる。そこに居たのは、なんとレナルーテの王子である『レイシス』だった。彼は腰に手を当てながら指をこちらにさしている。僕は正体が彼にバレないか不安で、おどおどしながら答えた。

「レ、レイシス王子、どのようなご用件でしょうか」

「いやその、べ、別にお前が戻ってくるのを待っていたわけじゃないぞ!!」

なんだか凄く気になる言い方を彼がしたのは、僕の気のせいだろうか……？　ともかく僕はこの場を去りたい一心で、逃げるように言葉を紡ぐ。

「申し訳ありませんが、この後の仕事が立て込んでおります。ご用件が無ければ失礼いたします……」

そう言うとレイシスに一礼して、僕はそそくさと迎賓館に向かおうとした。

「い、いや待て!!　ある、用ならあるのだ!!」

「……どのようなご用件でしょうか？」

多分、この時の僕は今まで一番と思えるほど嫌な顔をしていたと思う。しかし、レイシスはそれでも怯まずに言葉を続ける。

「お、お前と二人で話がしたい……!!　か、勘違いするなよ。決してお前のことが気になっているわけじゃないからな!?」

「へ……!?」

レイシスの言葉に呆気に取られた僕は目を丸くする。そして彼の言葉の意図に気付いてハッとすると同時に、全身に悪寒が走るのを感じた。ディアナとクリスにゆっくりと視線を向けるが、二人とも僕からスッと顔を背けてしまう。とりあえず、彼女達の助けが期待できないことはわかった。意を決した僕は深呼吸をしてから、恐る恐るレイシスに答える。

「……大変ありがたいお誘いなのですが、私も仕事がありますのでまた後日にしていただけないでしょうか」

彼には大変悪いけど、後日になれば、「ティア」というメイドはこの世界から消えてしまう。結果的に、レイシスの心を一番傷つけなくて済むはずだ。

「そ、そうか……。いや、でも、す、少しだけならどうだ。時間は取らない。ディアナ殿はどうだろうか。そ、その『レナルーテの王子』としてお願いなんだが……」

レイシスはそう言うと、懇願するような視線をディアナに向ける。そんな彼の様子に僕は心の中で思わず、（レイシス!!　こんなことで王子の権力を使うな!!）と叫びながらディアナに断ってほしいと、必死に視線で訴えた。しかし、彼女から返って来た視線の答えは「ごめんなさい」である。

「わかりました。短時間でしたら、大丈夫かと思います」

「すまん、ディアナ殿、恩に着る!! さぁ、ティアこっちに来てくれ」

「は……い……」

レイシスに勢いよく腕を掴まれた僕は、口から魂が抜け出ていくような感覚を味わいながら真っ白になっている。そして、彼の導くままに移動するのであった。

◇

気が付くと、僕の目の前にあったのは大きくて立派な桜の木である。それを見た僕は、「そういえば、ファラが桜の木を欲しがっていたなぁ」と思いながら彼女が居てくれるはずの隣を見るが、そこにはファラが……居なかった。代わりに何故か笑みを浮かべたレイシスがいる。

ハッとして正気を取り戻した僕は、一瞬でげっそりした。しかし、そんな僕の様子に気付かない彼は目を輝かせている。

「ティア、おま……じゃない。君にこれを見せたかったのだ」

「……そうですか。凄く綺麗な木ですが、何故これを私に見せたかったのでしょうか」

心を鬼にして僕は冷たく、興味ない素振りを見せる。ごめん、レイシス。だけど、きっとこれが君の為になるはずだ。しかし、彼は挫ける様子もなく言葉を続ける。

「……す、すまない。私が強引過ぎたな。しかしきっと私は君に惹かれていると思う。だから、どうしてもこれを見せたかったのだ」

彼のあまりに熱すぎる視線に僕はたじろぎながら答える。

「そ、それは、何かの勘違いだと思います。そもそも、私とレイシス王子が出会ったのは今日の朝ではないですか。それは、惹かれていると思い込んでいるだけかと……」

必死かつ丁寧に僕はレイシスを冷たく突き放した。しかし、彼の目に宿った光はまだ熱いままである。

「私もそう思った。だがしかし、母上に相談をしたらこれは恋だと教えてくれたのだ」

「へ……？　リーゼル王妃……ですか。な、なにを言われたのですか」

僕が発言に興味を持ったのが彼はよほど嬉しかったのか、リーゼルに何を言われたのかを丁寧に教えてくれた。「ティア」……つまり僕と初めて出会った後、彼は胸の鼓動と高まりが収まらなかったらしい。……そんなことを言うのは本人を前にやめてくれ、と思いながら彼の話に止む無く耳を傾ける。レイシスは収まらない鼓動の対処に悩んだ末、母親であるリーゼルに事の顛末と状況を相談したそうだ。すると、王妃は「あなたにもそんな人が出来たのね!!」と大変喜んでくれたらしい。

王妃はレイシスにその気持ちは『恋』であり、好きな人が出来た証拠と断言したそうだ。その瞬間、雷が落ちたように彼は理解したらしい……これこそが『恋』なのだと。

レイシスは自身の母親である王妃にティア……つまり『僕』とどう接すれば良いか相談した結果、まずはお互いを知ることから始めるべきと言われたそうだ。その為に、この話し合いの場をどうしても作りたかったらしい。レイシスからの説明をあらかた聞いた僕は、がっくりと俯いた。

王妃が子を思う母としての気持ちに、何も間違いはないだろう。だけど、断言する。これは絶対に勘違いだ!!　恐らくレイシスは、初めて帝国出身で年齢が近い女の子に出会って戸惑っているだけだろう……『女の子』というのは断じて違うけどね!!

　だがしかし、これは由々しき問題だ。レイシスは一番信用している母親に『恋』と言われて壮大な勘違いをしている。さらに言うなれば、彼は思い込みが激しい。その証拠に彼は説明している間も、僕に熱い視線を送ってきているのだ……何やら背中に嫌な汗を感じる。

　さてはてそんなレイシスに諦めてもらうにはどうすれば良いのか、僕は必死に考えていた。その結果、とても心が痛いが無理難題を吹っ掛けて諦めてもらうのが一番だろう。そう思った僕は、冷たく突き放すようにゆっくりと厳しく言葉を紡いだ。

「……レイシス王子のお気持ちは理解いたしました。しかし、失礼ですが私は弱い王子には興味がありません」

「弱い王子……だと」

　彼の目に怪訝な光が灯るが、遠慮せずに僕は言葉を続けた。

「はい、レイシス王子。あなたはリッド様に敗れました。それも完膚なきに、です。そのような時に、思い込みで出会ったばかりの女の子に『恋』等とよく言えるものです。その前にすべきことがあるのではないでしょうか」

「君は……意外と辛辣なのだな。最初に出会った時とはまるで違う。しかしそれでこそ私が恋した人だ。そのようにハッキリ言ってくれる君のような人こそ私は求めているのだ……!!」

　レイシスが言った言葉を聞いた途端、背筋に悪寒が走る。何を言っているのだ、この王子は!!

　僕は後ずさりしそうになるが踏ん張りながら言葉を続ける。

「少なからず、リッド様より強くなってから『恋』だの何だのと仰ってください」

「む……ひょっとして、君はリッド殿が好きのだろうか」

「へ……？　ゴ、ゴホン。はい、そうです。お慕いしております。ファラ様とリッド様が婚姻されてもその気持ちは変わりません。思いの形は人の数だけありますので、どうか諦めてください」

レイシスの思いもよらない言葉に僕は一瞬きょとんとするが、すぐに合わせた。しかし、彼は落ち込むどころか目の光が強くなっている。

「……わかった。私はリッド殿を超えられるように日々修練を欠かさない。元々、リッド殿にはいずれ再戦を願い出るつもりだった。いずれ彼を超えた時に再度、君に会いに行く。その時にまた今の質問をさせてほしい」

「は、はぁ……でもそんなことしても、何も変わらないと思いますよ」

「ふふ、わかっている。これは私の意地なのだ。ありがとう、こんな気持ちになれたのは初めてだ。恋とは素晴らしいな」

レイシスは清々しい顔をうかべて、どこか遠くを見ている。よくわからないが、何やら自己完結してくれたらしい。

「あ、すまない。そろそろ時間だな」

そう言うと彼は、ディアナ達と別れた迎賓館の前まで僕を送ってくれた。

「……ティア、私は必ずリッド殿より強くなって見せる。その時にまた先程の質問をさせてほしい」

去り際にレイシスはそう言い残すと、僕達の前から去っていく。僕は真っ白な砂になり崩れたい気分だった。彼と僕のやりとりを見ていたクリスとディアナの二人も、茫然としているようだ。やがて、ディアナが首を小さく横に振るとおもむろに言った。

「さすがに王子と王女のご兄妹揃って落とすのは、非常識かと……」

「……!? 断じて違う、レイシスは絶対に勘違いしているだけだよ!!」

必死に否定するが、クリスとディアナはそんな僕に憐みの視線を向けている。この時、僕は二度と「ティア」になることはないし、絶対にレイシスとは再戦しないと心に誓った。

従者

なんやかんやありつつも迎賓館の自室にようやく戻って来られた僕は、速攻でメイド服から着替えると、ベッドに飛び込んだ。しばらくうつ伏せで枕に顔を押し付けていた僕だけど、やがて顔をあげた。

「ふぅ……やっと帰って来られた」

ちなみに、クリスとは迎賓館の前でお礼を伝えて別れている。そして迎賓館の自室に戻るまでは、ディアナが周りに気を遣ってくれた。二人のおかげで、何とか皆に気付かれずに部屋に戻れたというわけである。うつ伏せの状態から仰向けになると、「はぁ……」とため息を吐いた。

「母上が患っている病の特効薬開発に繋がる薬草の情報を得られたのは良かったけど、色々と大変だったなぁ」

ファラの部屋を訪れてから起きた出来事を振り返り感慨に耽っていると、急に瞼《まぶた》が重くなりとても強い眠気に襲われていた。思った以上に疲れていたのかもしれない。このまま、眠気に身を任そうかと思ったその時、ドアがノックされディアナの声が部屋に聞こえてきた。

「……リッド様、ライナー様がお呼びでございます」

「父上が……なんだろう？　わかった、すぐ行くよ」

ベッドから起き上がると、眠気を取り払うように目を手で擦りながら僕は部屋を出た。迎賓館で用意されている父上の部屋は、二階の一番大きな部屋だと聞いている。ディアナが案内をするように僕の前を進んでくれたので、すぐに父上のいる部屋の前に着いた。

部屋の前で深呼吸を行い一息ついた僕は、部屋のドアをノックしながら「父上、お呼びでしょうか？」と声を掛けた。するとすぐに部屋の中から「入れ」と父上の声が返って来る。

一緒にやってきたディアナは部屋に入ろうとはせずに、そのまま廊下で待機するような姿勢を取っている。

「あれ、ディアナは入らないの」

「ライナー様より、リッド様をご案内した後はここで控えるように指示を受けてございます」

彼女はそう言うと、スッと頭を下げて会釈する。

「そっか、案内してくれてありがとう」

ディアナにそう言うと、僕はドアを開けて父上が待つ部屋に入る。しかしそこには先客が二人おり、一人はザック・リバートンだとわかった。だけど、ザックの側に控えるもう一人の細身のダークエルフの男性は知らない人だ。ザックとダークエルフの男性は、難しい顔をしながら父上と何か話しているらしい。

やがて細身のダークエルフの男性が、僕に気付くと静かに頭を下げる。彼の仕草と同時に「それでは、よろしいでしょうか」とザックが父上に尋ねた。「うむ」と父上がザックの言葉に小さく頷くと、ザックは笑みを浮かべて咳払いをしてから僕に視線を向けた。

「リッド様、こちらは私の部下でカペラと申します。カペラ、自己紹介をしなさい」

ザックが言い終えると、カペラと呼ばれたダークエルフがゆっくりと顔を上げた。そして、僕に向かって丁寧に自己紹介を始める。

「只今、ご紹介に与りました『カペラ・ディドール』です。以後、よろしくお願いいたします」

そう言うとカペラは、僕に再び頭を下げて一礼する。突然の事で事情がよくわからないけど、とりあえず彼に頭を上げるよう伝えた。彼が顔を上げると、その容姿に僕は少し驚く。黒髪と黒く鋭い目をした……中々のイケメンである。カペラが身に纏い醸し出している雰囲気は、バルディア家の皆とは違うどこか緊張感があるものだ。

しかしそれよりも僕は、『カペラ』という名前に聞き覚えがあるような気がしてならない。はて、どこで聞いたのだろうか？　と、思い出そうと考えに耽っていた。すると、父上から声をかけられた。

「リッド、ザック殿から今しがたある提案があった。お前にも関わりのあることだ。そこに座って一緒に話を聞くように」

「はい。承知しました」

父上に促されるまま、僕は空いているソファーの席に腰を下ろす。状況として僕達はいま、机を三方向から囲むように座っており、カペラは席に着かずザックの傍で佇んでいる。僕が腰を下ろしたことを確認すると、ザックがゆっくりと話し始めた
「ライナー様、リッド様、申し訳ありませんな。さて、どこまでお話ししましたかな？」

「ふむ。ザック殿がカペラ殿を息子のリッドの従者にしたいということでしたな」

「へ……？」

二人の話を聞いて僕はきょとんとして首を傾げた。何故、急に僕の従者にザックがカペラを推挙するのだろうか？　何やら急にきな臭さを感じる内容に、僕はだんだんと怪訝な表情になった。そんな僕の表情を見ても、ザックは笑みを崩さずに話を続ける。

「僭越ながらリッド様はファラ王女との婚姻に前向きである、と伺っております。それなら、レナルーテの文化に詳しい者が近くにいれば、より準備がしやすいのではないかと思った所存です」

「なるほど。それは確かにそうかもしれませんけど……」

彼の言葉に頷いた僕は、父上に視線を向けて様子を見るが特に変化はない。どうやら、この件は僕に任せるつもりのようだ。さて、どうしたものか。と少し思案してから僕はザックに答えた。

「お心遣い感謝いたします。しかし、ファラ王女との婚姻はまだ決定ではありません。それに、レナルーテの文化や王女を迎える準備ということであれば、僕の『従者』である必要はないかと存じますが」

ザックは僕の話を聞くと、ニコリと余裕のある笑みを浮かべて答える。

「ふむ。それでしたらご安心下さい。リッド様とファラ王女の婚姻は決定していると睨んでおります。それに、この時期に来るのであればそう思うのも当然でございます。加えて、リッド様がエリアス陛下の前で見せた神童ぶりは我が国の華族内で知らぬ者はおりません。総合的に考えて、ファラ王女のお相手にリッド様以外はいないでしょう」

彼はそう言うと、笑みを浮かべて机の上に置いてあった紅茶をゆっくりと口にする。うーむ、彼の話の内容には筋がおかしい部分はないけど、わざわざカペラを『従者』に推挙してくる以上は何か意図があると思うんだよね。僕は父上に視線を向けて問い掛けた。

「……父上はどうお考えなのでしょう。それに、僕が返事をしても良いのですか？」

「ふむ。私はこの件についてはお前に任せようと思っている。お二人には失礼な言い方になるが、従者に相応しい人物かどうかは自分で見極めてみるのだな」

ザックは父上の言葉に不敵な笑みを浮かべて呟いた。

「ふふ、さすがはライナー様、手厳しいですな」

カペラは何も言わずに佇んでいるままだ。彼の表情を窺うが、無表情で感情を読むことは出来ない。父上が止めずに僕に任せたということは、恐らくザックと父上は裏で繋がっている可能性が高いだろう。そこから考えられる可能性としてあるのは……まさか、僕を試しているのだろうか？

そう思った時に先程『カペラ』という名前に聞き覚えがあった理由を思い出してハッとする。

そう確か、『カペラ』というキャラが『ときレラ！』に居たのだ。本編クリア後のフリーモードで使えるようになるキャラの一人で、諜報活動などが得意な感じのキャラだった気がする。ステータスは攻撃力と素早さ特化で防御力が低い感じだったかな。しかし、やっぱり本編ストーリーにどう絡んだかまでは覚えていないけど。

前世の記憶にあるキャライメージから察するに、カペラはこの国の諜報員か何かの一人ではないだろうか？　その彼を部下としており、父上と話し合いが出来る立場の『ザック・リバートン』は恐らくその組織のトップとかに名を連ねる人物なのかもしれないな。そう思った瞬間、意図せずにザックと目が合い彼の微笑みにうすら寒いものを感じた。ザックは敏感にもその雰囲気を察したのか、心配するように優しく話しかけて来る。

「……どうかしましたか？　リッド様」

「いえ、何でもありません。それよりも、僕の従者に彼を推挙するザックさんの目的は何でしょうか。まさか、本当にファラ王女を迎える為だけに用意した人材とは言いませんよね」

平常心を装いながら、ザックに核心を問い掛けた。恐らくザックに腹芸を挑んでも、絶対に勝てないと思う。というか、勝てる気がしない。それなら、腹を割って正直に話すほうがまだ良いだろう。彼は僕の言葉を聞いて少し目を丸くするが、すぐに不敵な笑みを浮かべて楽しそうに答えた。

「ふふ、ふはは……。いやぁ、リッド様はやはり面白いですな」

彼はそう呟くと、カペラに視線を向ける。

「カペラは非常に優秀な男です。私が彼をリッド様に推挙する理由はただ一つ。カペラにはリッド様の影になってもらおうと思っております」

「影……ですか」

ザックは視線をカペラから僕に移して見据えると、物腰が柔らかい普段の様子からは想像出来ないような殺気を醸し出す。

「リッド様は、とても素晴らしい才能をお持ちです。天賦の才、神童、天才など、どの言葉も当てはまるでしょう。そして、人を導く厳しさと優しさも兼ね備えております。しかしそれだけでは、大切な者を守ることは出来ません」

「その為に影が必要だと仰っているのですか」

彼は僕の問い掛けに静かに頷くと、言葉を続けた。

「そうです。そして、これは我が王、エリアス陛下からのご依頼でもあります。カペラはリッド様とファラ王女を影から支え、守る者として選ばれた男です。必ずやリッド様のお力になるでしょう」

「なるほど」

『エリアス陛下からのご依頼』という言葉を聞いたことで、すべてが繋がった気がした。父上とザックはやはり繋がっていて、三人で僕がカペラの主人として問題ないか試したというところなのだろう。『任せる』と言いながら実際には、僕に『任せられるのか』を見ていたわけだ。中々に意地の悪いことをする大人達だな。何か良い答えがないか僕は思案してから、ニコリと微笑んだ。

「……そうであれば、カペラさんにお願いがあります」

「なんでしょうか？」

カペラは無表情のまま答えるが、僕は気にせずに言葉を続ける。

「従者になるのであればこの場で僕、リッド・バルディアに忠誠を誓うことが出来ますか。父上とザック様には証人をお願いしたいのですが、よろしいでしょうか」

これは試されたことに対する僕なりの意趣返しでもあるけど、意図もある。カペラをこのまま僕の従者にするのは簡単だ、首を縦に振ればいい。しかしそれだけでは、カペラの主人が曖昧になってしまうだろう。勿論、彼が僕に忠誠を誓ったところでザックとカペラの繋がりは何も変わらないかもしれない。だけど、父上とザックの前で忠誠を誓う以上、カペラは表向きは完全に僕の従者となる。所属もレナルーテではなく、バルディア家になるわけだ。

ザックからすれば、レナルーテの組織から出向させるつもりぐらいだったのかも知れない。彼が推挙するほど優秀な人材なら、表向きだけでも容赦なく頂いて行こうというわけだ。

僕が言い終えると、ずっと無表情でいたカペラの眉がピクリと動いた気がする。その時、父上が僕の言葉にすぐさま乗ってきた。

「ふむ、確かにそれが筋かもしれんな。ザック殿が『優秀な男』と推挙するほどの人材だ。リッドさえ良いのであれば、私は歓迎しよう」

「父上にもそう仰っていただけると助かります。ザックさんも、それで良いでしょうか」

ザックは僕と父上のやりとりを見て呆気に取られていたが、ハッとして苦笑すると楽しそうに返事した。

「ふふ、わかりました。まさかそこまで踏み込んでくるとは思いませんでしたな」

こうしてカペラは、父上とザックの二人を前にして僕、リッド・バルディアに忠誠を誓うことになった。そしてこれにより、カペラは正式に僕の従者となったわけである。無論、ザックとの繋がりが切れたわけではないから油断はできないけどね。まぁ、カペラが頼れる人材であることは間違いないだろうから、予期せずに良い人材を得られたと考えよう。カペラの無表情な顔を見ながら、僕は満面の笑みを浮かべる。

「ふふ、カペラ。これからよろしくね」

「……身命を賭してお仕えいたします」

彼は僕に答えると、スッと頭を深々と下げて一礼する。しかしカペラは、最後まで無表情のままだった。

◇

カペラが僕の従者となったことで、今後の詳細についてある程度の話し合いが行われた。やがて、話がある程度まとまるとザックがおもむろに呟く。

「それでは、カペラは今後、リッド様の従者となるよう国内で手配を進めます。お二人がレナルーテを出るまでには準備を終わらせます故、少々お待ちください」

ザックはそう言うと、僕と父上に視線を交互に向ける。僕達は顔を見合わせると頷いた。

「承知しました。リッド、お前もそれでよいな」

「はい。父上」

ザックの横に佇んでいるカペラは無表情のままだ。先程、ザックからカペラを僕の従者にしたいという話をもらったけど、その際僕はすぐに首を縦には振らなかった。そのまま首を縦に振れば、ザックの思い通りになる気がしたからだ。その結果、意趣返しのようになり申し訳なかったが、ザックと父上の前でカペラには僕に忠誠を誓ってもらうことになった。

父上とザックの二人が証人となったことで、表向きだけでも彼の所属はレナルーテからバルディア家になったわけだ。これによりカペラとザックが繋がっていたとしても、その行為が僕達に露見した時点でカペラは処分の対象となる。当然、推挙したザックや関わったエリアスも同罪になるはずだ。ザックとカペラの二人にとって、少しは牽制になるだろうし抑止力にもなると思う。あの場に置いて、即興で考えたにしては上出来じゃないだろうか。

「ライナー様、リッド様。それでは、私達はこれで失礼させていただきます」

ザックは、満足したような笑みを浮かべて僕達に別れの言葉を述べると、立ち上がりとスッと会釈する。彼は顔を上げると部屋から退室する為、カペラと共にドアに向かい進んで行くが急に「ピタリ」と足を止めた。そして、何か思いついたように僕に振り返ると、悪戯っぽく笑う。

「今日はファラ王女と随分とお楽しみになられたようですが、あまり無茶をしてはなりませんぞ。お二人は様々な方に将来を期待されておりますからな、ふふふ。では、失礼いたします」

「なっ⁉」

彼の言葉に父上は眉が「ピクリ」と動き、眉間に皺が寄る。カペラを二人の前で忠誠を誓わせた意趣返しだろうか。僕は驚きの表情を浮かべながら、去り際に置土産を残して退室するザックの後ろ姿に、「なんて負けず嫌いな人なのだろう」と心の中で呟いた。

彼らが部屋を出て行くと、父上が低い声で僕に問い掛ける。

「リッド、今の言葉はどういう意味だろうな。心当たりはあるか」

「さ、さぁ……私も、意図がわかりかねますが……」

父上の言いつけを破って、城下町にファラ達と出かけていました……とはさすがに言えないよなぁ。そう思い何とかごまかそうとするけど、そんな思いを見透かしてか、父上は僕を鋭い目で射抜くように見つめると予想外の言葉を発する。

「ふむ、そうか。ならば、ディアナにも聞くとしよう」

「え……ディアナにもですか」

思わず父上の言葉を聞き返してしまった。そんな僕に、父上は怪訝な表情を浮かべる。

「……どうした？　何か不都合でもあるのか？」

「い、いえ……」

平静を装っているが僕は内心では「どうしよう……」と慌てていた。恐らく父上は何か情報を得ている。ザックから聞いたのか、それとも何か別筋から得たのだろうか。そんなことを考えていると呼ばれたディアナが部屋に入ってきた。彼女は僕の横に立ち、姿勢を正して一礼する。

「お呼びでしょうか。ライナー様」

「うむ。ディアナ、お前に聞きたいことがある」

鋭い目で僕を睨んだ父上は、ディアナに視線を移すとおもむろに尋ねる。

「ディアナ、お前とリッドは今日どのような動きをしていたのだ。嘘偽りなく答えろ……よいな」

「承知いたしました」

「嘘偽りなく」と言われたディアナは、今日の事の顛末をすべて父上に説明する。ただ、僕がメイド姿に変装した部分だけはうまくごまかしてくれた。彼女の説明を聞くと父上の表情はどんどん険しくなっていく。マレインで起きた屋敷の騒動まで話を聞くと、彼女は話すのを止めて僕に目配せをする。この先の説明は母上に関わる話だから、僕にしてほしいということだろう。深呼吸をして意を決すると、険しい顔をしている父上に僕は恐る恐る話し始めた。

「父上、今までディアナが話したことはすべて事実です。しかしこれから話す内容は、母上の病に関わるので私からお伝えしてもよろしいでしょうか」

「良かろう。話してみろ」

父上が頷くと僕はクリスの紹介で出会った、ニキークとの邂逅について説明を始めた。長年に及び独自に彼が調査した結果、レナルーテにおいて魔力枯渇症の発症例が少ないことを発見し注目する。レナルーテと他国に極端な発症例の差があるという情報を基に、ニキークは『レナルーテ国内において、日常的に摂取している存在が知らず知らずの内に予防になっているではないか？』という仮説を立てたのだ。

その仮説を基に、彼は独自に調査を続け、『レナルーテ草』という山菜が特効薬に繋がる『薬草』の可能性が高いという結論を導きだしたのである。そして僕、ニキーク、クリスの三者間で話し合いを行い、『レナルーテ草』を『ルーテ草』と名を変えることに決定。流通時の名前を変えた理由は、『レナルーテ草』の効果を少しでも秘密にしておく為だ。

今後はクリスティ商会を通すことで、ニキークから問題なくバルディア家が薬草を仕入れできる手筈も整えてきている。終始険しい表情をしていた父上だけど、僕の話が終わると呆れた様子で息を吐いた。

「ふぅ……詳細はわかった。しかし、リッド。お前は貴族であり、上に立つ立場になる人間だ。そのお前が『結果が良ければ、すべて許される』ということを率先して行ってはならん」

父上は真っすぐ僕を見据えると、苦言を呈しつつ諭すように話を続けた。

「何故、貴族や騎士団、軍などに規律があると思う。それは、誰もが功を焦り身勝手な事をすれば、組織は成り立たないからだ。勿論、場合によってはその行動が正しい結果を生むこともあるだろう。しかし、今回は違う。私に理由を説明すれば良かった話ではないのか」

「……そうですね。父上の仰る通りだと思います」

返事をしながら僕はその場で俯いた。『早く何とかしないといけない』という焦りから、今回は先走り過ぎたかもしれない。

城下町に行きたいと父上に話をした時、駄目だと言われてすぐ引き下がってしまった。その際、安易に『こっそり出れば何とかなるだろう』と思ったのは確かだ。

「わかってくれたなら良い。しかし今度こそ城下町に出ることは禁ずる。どうしても、必要な場合はまずは必ず私に言いなさい。わかったな」

「承知しました。父上、ご心配とご迷惑をおかけして申し訳ありません」

そう言うと父上に向かって僕は頭をスッと下げる。するとディアナも僕の動きと合わせて一緒に頭を下げていた。

「もう良い。リッド、頭を上げなさい。それよりもディアナ、問題はお前だ」

「はい。ライナー様、覚悟は出来ております」

彼女は父上の言葉に静かに頷いた。その様子に僕は驚いて慌てて声を上げる。

「父上、ディアナは僕の指示に付き従っただけです!! 罰を与えるのであれば、僕が受けるべきです」

「リッド、お前は貴族の嫡男だ。ディアナはどのような経緯であれ、お前を危険に晒した。それに、今回の行為は騎士としての護衛任務からも逸脱している。騎士団が組織である以上、これを許しては示しがつかん」

父上の言っていることは正しいかもしれない。だけど僕は納得できなかった。ディアナはバルディア家の騎士団に所属している騎士だ。確かに今回の行動は、護衛任務から逸脱した行為だったかもしれない。しかしその結果、母上の回復に繋がる薬草の情報に辿り着くことできたのだ。

「父上の仰ることはわかります。ですが、ディアナがいなければ薬草の情報には辿り着けませんでした。今回手に入った情報で母上が回復すれば、間接的とはいえディアナのおかげとも言えるはずです!!」

訴えを聞いた父上は軽く首を横に振ると、「はぁ……」とため息を吐いた。

「リッド、それが先程言った『結果が良ければ、すべて許される』ということだぞ。それにだ、ディアナにこのような判断を下さねばならぬ結果を招いたのは、お前自身だ。その点を反省するのだな」

「リッド様、私のような者にそこまで仰っていただき、本当にありがとうございます。しかしファラ王女様と城下町に出た時点で、覚悟はしておりました。どうか反省はしても、後悔はされぬようになさってください」

「……」

二人の言葉に自分の軽率な行いがどういった結果を招くのか……もっと考えるべきだったと俯きながら猛省していた。父上はそんな僕を見ながらおもむろに告げる。

「バルディア辺境騎士団所属、騎士ディアナ。お前を除隊処分とする」

「承知しました」

ディアナは父上の言葉に静かに一礼するのみだった。父上はそんな彼女の顔を上げさせると、言葉を続ける。

「ディアナ。お前は騎士団を除隊となるが、その実力と今までの貢献は目を見張るものがある。よって、今後はリッドの従者となることを命ずる」

予想外の話に、僕達は思わず目を丸くして呆気に取られてしまう。しかしそれから間もなく、ディアナはハッとすると頭を深く下げて一礼した。

「承知いたしました。寛大なるお心遣いに感謝いたします」

ダークエルフのカペラに続いて、騎士であるディアナも僕の従者になった。急に従者が二人になったことで、僕は内心驚きつつ怪訝な表情で父上に問い掛ける。

「……父上、理由をお伺いしてもよろしいでしょうか？」

「いいだろう。しかしその前にディアナ、お前にはリッドの従者となりやってもらうことがある」

問い掛けに頷いた父上は、視線を彼女に移して話を続ける。ディアナはその場でスッと会釈して答えた。

「はい。何なりとお申し付けください」

「うむ。ディアナ、お前にやってもらいたいことは他でもない。リッドの『お目付け役』とダークエルフでリッドの従者となる『カペラ』の監視役だ」

父上の話を聞いた僕とディアナは、互いの顔を見合わせるが呆気に取られていた。その中まず口を開いたのは、ディアナである。

「カペラという者は先程部屋から退室した者でしょうか。それはなんとなくわかりますが、私がリッド様の『お目付け役』とはどういうことでしょうか」

「……それは僕も聞きたいです。父上」

「ふむ、そうだな。少し話をしておこう」

そう言うと父上は詳細について説明を始める。僕達にまず話してくれたのは、『カペラの監視役』の必要性の部分にも繋がるザックと父上の関係性についてだった。

『ザック・リバートン』……彼はレナルーテの有力華族である『リバートン家』の現当主であり、同時にレナルーテにおける諜報機関のトップに君臨しているそうだ。父上と彼らは、一部協力関係ではあるが、すべての情報を共有しているわけではない。互いに利害が一致した時は、手を取り合うという関係性になっている。

しかし僕が思うに、両国が結んだ『密約』により実際には上下関係が存在しているはずだ。父上はディアナにその点を伏せながら説明している。恐らく立場としては『バルディア』が上なのだろうが、気を付けなければ寝首を掻かれかねない相手ということだろう。やがて父上は、険しい表情でさらに眉間に皺を寄せた。

「残念ながらバルディア家には、国が保有するような大規模な諜報機関は存在しない。レナルーテが本気になれば、情報戦や暗殺などでは勝てないだろう」

父上がそう言うと、ディアナが恐る恐る尋ねた。

「失礼ではございますが、それほどまでの組織なのですか。恐れながらバルディア騎士団では、戦闘以外にも学ぶことは多くあります。帝国でも情報戦は強い部類だと認識しておりますが、それでも全く敵わないのでしょうか」

彼女の言葉は、バルディア騎士団の騎士としての自負から出たものだろう。しかし父上は、ゆっくりと首を横に振った。

「残念ながら勝つのは無理だろう。ダークエルフは『闇の属性素質』を種族的に多く持っていると聞く。その属性魔法を活かして闇に溶け込みながらの諜報活動。対象の影に潜む魔法などによる情報収集。他にも独自の魔法も使うと聞いている」

話を聞いたディアナは、少し悔しそうな表情を浮かべている。だけど、僕は『闇の属性魔法』にそんな使い道があるとは知らず驚いていた。前世の記憶にある『ゲーム』においては、攻撃魔法のイメージしか無かったからだ。しかし現実の世界となると、発想によって魔法は様々な使い道があるということだろう。父上は僕達の顔を見ると険しい表情で話を続けた。

「戦闘に関して言えば、物陰のない平野での戦いなら我らが勝てるだろう。だが、ダークエルフが得意とする森林や物陰の多い場所で戦えば、知らずに全滅というのもあり得る。それほどに、彼らの各個人の戦闘力は油断ならんのだ」

「それほどの実力者が多数いるのであれば、何故『バルスト事変』でダークエルフは勝てなかったのですか」

僕は、気が付くと疑問を投げかけていた。父上の言う通り、ダークエルフにそれだけの戦闘力や諜報能力があれば、『バルスト』に勝つことも可能だったように思える。父上は僕の質問を聞くと、おもむろに答えた。

「それはダークエルフの出生率が大きく関係している」

「出生率……ですか」

予想外の答えに、僕は思わず首を傾げてしまう。何故、戦争の話に出生率の問題が出てくるのだろうか。疑問に答えるように父上は説明を続けた。

「ダークエルフは諜報戦や暗殺などで相手を圧倒することはできるが、正面同士の野戦で大勢の死傷者を出すような戦い方はできないのだ。何故なら、人口を取り戻すのに人族より時間のかかるダークエルフがそんなことを続ければ、その時は勝てても次の戦争では負けるだろうからな」

「えっと……つまり、減った人口と戦力を取り戻すことができない。または時間が掛かり過ぎるということですか」

父上は僕の答えに頷くと説明を続けた。

「そうだ。今のダークエルフが国として繁栄できているのは、立地的に他国からの侵略が少ない上に、人口が大きく減るような戦争をしなかったからだ。もし、レナルーテが他国に攻め込むような大きな戦争を何度もすれば、ダークエルフは種族として滅亡していたかもしれんな」

なるほどなぁ、人族ではあまり考えられない理由だ。出生率が低いということは、それだけ人口が増えないことに直結する。大量の死傷者を出す戦争をしてしまえば、その減った人口を取り戻すのにダークエルフはどれぐらいの年数が必要になるのだろうか。その点を冷静に考えれば、無理に攻め込むような戦いはできないということだろう。相手を圧倒して犠牲者が少なく済む戦いでない限り、ダークエルフは戦争ができない……。その時、ふとあることを思い出した僕は呟いた。

「……だからバルストは戦争時、レナルーテに攻め込まなかったのですね」

「その通りだ。ダークエルフの諜報能力や戦闘力が優れていても、バルストが攻めてこなければその能力を発揮できない。レナルーテの軍が攻め込もうとすれば、バルストはいくらでも替えが利く奴隷を出してくるわけだ。それに、暗殺も予《あらかじ》めわかっていれば対策もできる。レナルーテにとって、バルストは相性の悪い相手だったというわけだ」

説明を聞いた僕は、改めて凄い世界にいると実感する。前世の記憶のおかげで、何となく戦争を知っている気がしていた。しかし、実際にこの世界で起きた戦争の状況を聞くと恐ろしいものがある。

バルストがレナルーテに攻め込まなかったのは、ダークエルフの種族的な問題点を理解していたということだ。つまり、バルストは戦争になっても勝算があると踏んで、ダークエルフの拉致を黙認していたのだろう。実際、戦争になればバルストは塩を止めた。

こうなると、レナルーテが攻めて来るのをバルストが狡猾に待ち構えていた構図が見えてくる。両国の間で問題になっていたダークエルフの拉致問題も、実際はバルストの挑発行動の一つだったのかも知れない。人の命を考えないような恐ろしい考えに行き当たり、僕は背筋がゾッとするのを感じながら呟いた。

「国同士の争いは……恐ろしいですね」

僕の答えを聞いた父上は、わざとらしい咳払いを「ゴホン」とする。

「……話が逸れたな。私が言いたかったのは、ダークエルフの諜報員はそれだけ優れた存在ということだ。そして今回、リッドの従者となる『カペラ』とやらは、諜報機関のトップであるザック殿が認める部下だ。意味や意図もなく、お前の従者に推挙されるわけがない」

そう言うと父上は、視線をディアナに向けた。彼女はその視線にスッと会釈して答える。

「承知しました。それを私が『監視』すればよろしいのですね」

「その通りだ。『カペラ』……彼を監視して怪しいことがあればすぐに私達に報告してくれ。幸いなことに、リッドが私の前で彼に従者の誓いを立てさせている。おかげで問題が起きたとしても、私に処分できる口実ができたからな」

ディアナから僕に視線を移した父上は、ニヤリと笑みを浮かべた。向けられた視線に僕が「あはは……」と乾いた笑いで答えると、やり取りを横で見ていたディアナが父上に会釈した後、力強く言った。

「ダークエルフの諜報員、カペラの監視はしかと心得ました」

「騎士よりも大変な勤めになるだろうが、よろしく頼む」

彼女の答えを聞いた父上は、信用している様子で頷いた。二人の会話が終わると、僕は怪訝な表情をしながら父上に問い掛ける。

「ところで父上。ディアナが僕のお目付け役というのは、どういうことでしょうか？」

「うむ。その件だが……リッド、お前は少しやり過ぎている自覚はあるか？」

「と、申しますと？」

何となくわかる気がするが、僕は怪訝な表情を崩さずあえて尋ねる。その時、隣にいるディアナが少し目を丸くして僕を見つめた。父上は「はぁ……」とため息を吐きながら首を横に振る。

「そういうところだぞ、リッド。お前がいまレナルーテの華族達の間で何と言われているか知っているか」

「いえ、存じ上げません……」

眉を「ピクリ」とさせた父上は、「ふふふ……」と何やら不気味に笑い始める。。

「教えてやろう。辺境の神童から始まって、型破りな神童、有望株、常識外れ、天才、逸材、等々と様々だ」

「それは……何とも過大評価を頂いているようですね」

父上から聞かされた言葉の羅列に、僕は思わず顔を引きつらせながら答える。ファラと顔合わせの場で見せた、弁論、武術、魔法の披露が原因であることは容易に想像がつく。父上は僕の表情を見ながら不敵な笑みを浮かべると、机の上に置いてあった封筒を手に取った。

「挙句にこれだ……」

父上は封筒を自身の顔の横でちらつかせると、呆れた様子で僕の前に無造作に置いた。意図がよくわからないけど、僕がその封筒を恐る恐る手に取ると、不敵な笑みを崩さずに父上は言葉を続ける。

「その封筒の中身は、将来的にお前の『側室』になりたいと秘密裏に届いた書類だ」

「へ……？　えぇぇぇぇぇ!?」

衝撃的な話の内容に、僕は驚愕のあまり手に取った封筒をその場に落とすと、勢いよく立ち上がった。

「僕はまだ子供ですし、それにファラ王女との婚姻の件でこの国に来たばかりですよ。それなのに『側室』になりたいというのは……いくら何でも厚顔無恥が過ぎます」

レナルーテの華族達は何を考えているのだろうか。仮にも自国の王女と婚姻するかもしれない相手の『側室』になりたいなど、バルディア家を無節操とでも思っているのか。捉え方次第ではあるかもしれないけど、僕からすれば失礼にも程がある。

「この封筒を送って来た華族達は、ザック殿曰く『ノリス』一派の残党らしい。今回の一件で彼らは、エリアス陛下とザック殿から睨まれているからな。なりふり構っていられないのだろう。相手の怒りを買うとも気付かない程にな……」

父上が浮かべる表情と話す言葉の中に、珍しく怒気が含まれているようだ。それにしても、ノリスの失脚による影響がこんな形で出て来るとは想像もしていなかったな。怪訝な表情を浮かべた僕は、父上に問い掛けた。

「それでは……縁談の件はどうされるおつもりですか」

「すべて断るにきまっているだろう。ザック殿にも相談してある。然るべき対処をしてくれるそうだ」

答えを聞いた僕は安堵する表情を浮かべると、ソファーに腰を下ろしてホッとする。父上は僕が座ると同時に険しい表情を浮かべた。

「だがな、リッド。これはお前がやり過ぎたせいでもあるんだぞ」

「やり過ぎたせいですか……」

きょとんとした面持ちで答えると、父上はそのまま言葉を続けた。

「そうだ、お前が弁論、武術、魔法とその才能を多くの者に見せ過ぎたのだ。特にノリスを前に見せた魔法、あれはやり過ぎた。エリアス陛下が緘口令《かんこう》を出したが、あの魔法を手にしたいと思う者は多いはずだ。恐らくカペラが狙っている情報の一つだろう」

父上の言葉でサンドラに言われたことを思い出した僕は、改めて反省する。『魔法の仕組みは門外不出』と言われたのに、沢山の人前で軽率にも使ってしまった。結果、僕の注目度はさらに上がり、縁談やらカペラが送り込まれたということだろう。

「その顔、少しは自分がやり過ぎたことを理解してくれたようだな」

「はい……申し訳ありませんでした」

僕が反省した様子を見た父上は、安堵したような表情を浮かべる。そして、父上はディアナに目線を向けた。

「ディアナ、今の話で大体わかったと思うが、リッドは加減を知らずにやり過ぎる所がある。お前は今後、諫める立場でリッドを支えてほしい。その為なら多少の発言は不問にする。やってくれるな」

父上の言葉に、ディアナは凛とした声で丁寧に答える。

「承知いたしました。ライナー様の信頼にお応え出来るよう、リッド様を誠心誠意お支えいたします」

そういうと彼女は父上と僕に向かってスッと頭を下げて一礼した。その様子を見た父上は頷いた後、彼女の顔を上げさせる。

「うむ、よろしく頼む」

ディアナは父上の答えを聞くと、僕の前でおもむろに跪く。そして、従者としての忠誠を誓ってくれた。

「私は、リッド様に身命を賭してお仕えいたします」

突然のことに少し驚いたが、すぐに微笑みながら彼女に僕は答えた。

「改めてこれからよろしくね。ディアナ」

こうして今日、僕にカペラとディアナという二人の従者が仕えるようになったのである。その様子を見ていた父上が、急に「ゴホン……」と咳払いをしてから少し険しい顔をした。

「さて、話はこれで以上だが……別件で二人に聞きたいことがある」

「なんでしょうか」

僕とディアナが顔を見合わせてから答えると、父上が鋭い目で僕達をギロリと睨む。

「『バルディアに忠誠を誓う暴力メイド』と『生意気なチビメイド』とはお前たちのことだな」

「……!? な、なんのことでしょうか」

平静を装いながらも、僕は冷や汗をかいている。横目にちらっとディアナを見ると、彼女にしては珍しくサーっと血の気が引いて真っ青になっているようだ。

「マレインの屋敷付近で捕らえられた珍妙な三人組が、しきりにそいつらにボコボコにされたと言っていたそうだ。ザック殿が実に愉快そうに話していたぞ。さぁ、説明してもらおうか」

「……承知いたしました」

僕とディアナは互いに諦めて、父上に事情を結局すべて説明する羽目となる。結果、二人揃って大目玉を食らうことになった。ディアナは父上に、「今回は不問とするが次回から『お目付け役』としてちゃんと自重しろ!!」と言われてシュンとなっている。しかし父上の僕に対するお怒りは、ディアナの比ではなかった。

「いくらファラ王女の提案とナナリーの治療の為とはいえ、貴族の嫡男が安易な決断でメイドに変装するとは何事か。自分の立場をもっと考えろ!! 大体お前はな……」

その後もしばらく父上に怒られ続けて僕は、げっそりとなってしまう。だけど、このことはファラには黙っておこうと思う僕だった。

ザックとカペラ

「カペラ、お前には苦労を掛けるがよろしく頼むぞ」

「承知しております。お任せください」

ザックとカペラの二人は、ライナーやリッドとの話し合いが終わると迎賓館の執務室に移動していた。今、二人は机を挟んで対面に座りながら会話をしている。やがてザックは、少し悔しそうな表情を浮かべて呟いた。

「しかしだ……リッド君はやはり侮れんな。お前にあの場で忠誠を誓わせるとはな」

「あの場の忠誠は今後の任務に少しばかり支障は出そうですが、そこまでの影響はないかと存じます」

彼の答えにザックは静かに頷いた。カペラをリッドの従者にすべきと、エリアスに進言したのはザック自身である。本来カペラは、将来的にレイシスの影となり、ザックの後継者となる予定だった。しかし『リッド・バルディア』の天賦の才と潜在能力を目の当たりにしたことで、その考えをザックは改める。現状では、リッドの影としてカペラを送り込むことこそ、将来的に国とリバートン家の繁栄に繋がると考えていたのだ。

リッドがファラと婚姻して成長すれば、将来レナルーテの立場すら何かしら変化が生まれるのではないだろうか。リッドはそう感じさせるほど、常識を覆すような『型破りな神童』だったのである。その時、思案顔をしているザックに向かって、カペラが無表情のまま尋ねた。

「……しかし、リッド殿が神童であることは疑いませんが、頭目がそこまで惚れ込むのは何故でしょうか」

カペラはリバートン家が管理する『忍衆』の中で実力が最も優れた存在である。その彼を他国の従者にするということは、自国の戦力を落とすことにも繋がる行為だ。

リッドにはそれだけの魅力があるということだろうが、カペラにはそこまでの人物とは思えなかったのである。彼の得心のいかない様子を見たザックは、不敵に笑う。

「そうさな……それは勿論、私の血筋のエルティアの絵に見惚れた上、ファラを大切にしてくれるのであれば、それだけで十分ではないかな」

「頭目、茶化さないで下さい」

カペラが無表情で苦言を呈すると、ザックは『やれやれ』とおどけた仕草してから説明を始めた。

「つまらん奴だな、まぁ良い。惚れ込む理由は簡単だ。リッド君が今のまま成長すれば、いずれ甘さも消えるだろう。そうなった時、彼はレナルーテにとって、帝国やバルスト、他の他国に関しても抑止力となる人物になるだろう……と私は見込んでいる」

「しかし彼はあくまでも『帝国人』です。我ら、ダークエルフの為にいざという時に動くでしょうか」

ザックの言うことはわかるが、カペラはダークエルフの為にリッドが動くかどうかについては懐疑的だった。ザックはカペラの言わんとしていることを察すると、不敵な笑みを浮かべる。

「その点に関しては心配いらん。リッド君の母親は病に倒れており、その治療方法を必死に彼自身も探しているそうだ。それだけ家族に対する思いが強いのであれば、婚姻後は『ファラ』に関わる問題が起きれば積極的に参加してくるはずだ。まぁ、そうなるように念には念を入れてお前を行かせるのだがな」

言い終えた後のザックの表情は、諜報機関を統べるに相応しい冷徹なものである。カペラは自身の本当の任務を察した。『リッドを手懐けろ』ということだろう。ノリスがレイシスにした事と内容は同じだが、もっと根本の部分に沁み込ませる。そして、本人や周りが気付かないように行い、ある種の洗脳をしろということだ。カペラは思案した後、ふと呟いた。

「……彼が見せた『魔法』についての情報はいかがしましょう」

「あれは、副産物程度と思って良い。それよりも、ファラとリッド君の仲を取り持つことを優先しろ。あの二人がより良い形に収まれば、自然と我らに恩恵も来るはずだ。まぁ、先行投資というやつだな」

カペラは無表情のままだが、内心では驚愕している。リッドが見せた魔法は相当に強力なものだったが、それすらも副産物であるという。ザックは今後、リッドがもっと凄い何かをすると睨んでいるのだろう。

「承知しました。リッド様とファラ王女のお二人がうまくいくよう取り計らうよう致します。ちなみに、バルディア家の情報はいかが致しましょう」

「それは必要最低限でよい。お前の目的はリッド君もといバルディア家の『信頼と信用』を得ることだ。警戒されている中で下手に情報を流して露見すれば、お前の価値が無くなる。それよりも従者に徹しろ……信頼を得る為なら必要に応じて『忍衆』について話しても構わん」

さすがのカペラも『忍衆』について話しても良いと言われるとは思わず、内心で驚愕する。『忍衆』について話せるのはザックが実力を認めた上、問題ないという判断が下された相手に限られているからだ。カペラは少しだけ眉を『ピクリ』と動かしてから答える。

「リッド様の『信頼と信用』を得られるように身命を賭します」

「うむ、宜しく頼む。しかし……今後はバルディア家に仕えることになるのだぞ。少しは表情筋も動かせ」

無表情で会話をするカペラに対して、ザックは苦言を呈する。彼は戸惑い、困ったような雰囲気を出した後に、「こうでしょうか……?」とぎこちない笑みを浮かべた。その表情を見たザックは珍しく顔を引きつらせたあと「ゴホン……」と咳払いをする。

「お前にとっても良い機会になるかもしれんな。もう少し『笑顔』の訓練はしておけ」

「……御意」

凄腕の影であるカペラは、この日からリッドに仕えるまでの間、必死に笑顔の練習をする日々が続くのであった。彼を知る者からすればその姿はとても滑稽で、一度見たら忘れられない顔だったという……。

リッドとファラ

僕達は今、本丸御殿の表書院に来ていた。初めてここに来た時に案内された場所でもある。

昨日は色々あり過ぎた結果、最後は父上にしこたま怒られた。その後、僕は自分の部屋でベッドに横になると、そのまま意識を失うように深い眠りついてしまう。

気付くと翌朝になっており、ディアナに起こされて目を覚ます。彼女も昨日は父上に怒られたのだが、すでに気持ちを切り替えている様子でケロッとしている。

僕が寝ぼけてボーっとしていると、エリアスから僕と父上が呼ばれていると連絡をもらい、急いで準備して本丸御殿に移動。そしていまに至るわけだけど。バルディア家からこの場にいるのは僕、父上、ディアナの三名だけだ。

部屋に案内された時には、すでにエルティアとファラとアスナの三人が先に待機していた。しかし何やら、ファラとエルティアの間には緊張感が漂っているようだ。

アスナはファラの隣で護衛として静かに佇んでいる。二人の様子を横目で気にしつつ、僕は頭を下げてエリアスの来るのを待っていた。その時、兵士の声が高らかに部屋に響く。

「エリアス陛下がお見えになられました」

兵士の声が発せられて間もなく襖が開き、足音が聞こえた後、椅子に座る音がかすかに聞こえた。それから少しの間を置いて、威厳のある声が部屋に響き渡る。

「苦しゅうない、面を上げよ」

僕達は声が聞こえた後、頭をゆっくり上げる。上座に鎮座するエリアスは、僕達を見るやいなや厳格な表情を崩して笑みを浮かべた。

「話には聞いていたが、リッド殿の体調はもう大丈夫そうだな」

「はい。特に問題はありません。ご心配いただきありがとうございます」

そう言うと僕はその場でスッと頭を下げて一礼する。その言動を見ていたエリアスは、「良い良い」と言いながら言葉を続ける。

「本来、謝罪せねばならんのはこちらだ。ノリスの行ったことは、貴殿らにとっては許されざることだろう。我が国としても許すことは出来ない、追って断罪する予定だ。我が国の華族がしたことで気分を害したであろう。リッド殿、本当に申し訳なかった」

エリアスは僕と父上、それぞれに視線を向けた後、頭を深々と下げる。その姿に周りがざわついた。一国の王が頭を下げるなど、普通はあり得ないことだ。父上は咳払いをすると、エリアスに失礼の無いよう丁寧に声をかける。

「エリアス陛下、頭を御上げください。ノリスの件はしかと『断罪』していただけるのであれば、我らから言うことはありません」

「僕も彼を許すことは出来ませんが、『断罪』が決まっているのであれば父上同様、言うことはありません」

僕達の言葉を聞いたエリアスは、顔を上げると安堵した様子で笑みを浮かべた。

「そう言ってもらえると助かる。奴の『断罪』は貴殿らの来訪が終わり次第、行う予定だ。内容は追って伝えよう」

「承知しました。ところで本日、我々がこちらに招かれた理由はノリスの謝罪の件なのでしょうか」

父上は頷いた後、怪訝な表情を浮かべて本題について尋ねる。僕もノリスの件は本題ではないと思う。ノリスの件だけなら、この場にファラやアスナ、エルティアは必要ないはずだ。何の話だろう。そう思った時、エリアスが僕をちらりと見てニヤリと笑ったような気がした。

「うむ。ライナー殿の言う通り、本題は別にある。その本題とは勿論、ファラとリッド殿の婚姻の件だ。今回の一番の目的は、両者の顔合わせだったからな」

エリアスの声が部屋に響くと、ファラが顔を少し赤くして俯いた。よく見ると、彼女の耳が少し上下に動いている。ファラをチラッと見たエリアスは、「ゴホン」と咳払いをしてから話を続けた。

「リッド殿はまだ『候補』の段階ではあるが、我が国としては是非ともファラとの婚姻を進めたいと思っている。国同士の繋がりである故、さすがにすべてをこの場で決定はできん。しかしマグノリア帝国には、バルディア家との婚姻にて話を進めてもらうよう打診するつもりだ」

「エリアス陛下、有難いお言葉ありがとうございます。私も国に戻りましたら、その旨をすぐに帝都に連絡を致しましょう。我が国の皇帝陛下もお喜びになると存じます」

父上はエリアスの言葉に丁寧に答えると、スッと一礼をした。その動きに合わせて、僕も頭を下げる。その際、横目でチラッとファラに視線を向けて様子を窺う。すると彼女は、顔を真っ赤にして俯いたまま、耳だけが上下に動いていた。

喜んでくれているのかな。そう思うと嬉しくて、少し自分の顔が綻んだ気がする。その時、今まで沈黙していたエルティアが、突然おもむろに口を開いた。

「……エリアス陛下、少しよろしいでしょうか」

「うむ。どうしたエルティア、何か不服があるのか」

エリアスは怪訝な表情でエルティアに尋ねるが、彼女は動じずに僕を鋭い目で見据える。

「ファラはレナルーテ国の『王女』です。マグノリア帝国において、『辺境伯』が皇族の次点と同等の位に準ずることは存じております。ですが、我が国の王族と血縁を結ぶ以上、この場でその王女と婚姻をする覚悟を宣言していただきたく存じます」

「へ……？」

予想だにしないエルティアの発言に、僕は思わず呆気に取られた。周りにいた面々も僕同様に、彼女の発言に半ば茫然としているようだ。すると、エリアスが「ゴホン」と咳払いをして話を続ける。

「エルティア。気持ちはわからんでもないが、私はリッド殿からファラと婚姻をしたいという申し出をすでに直接受けておる。それにその際、理由も聞いているのだから十分ではないか」

「恐れながら申しますと、エリアス陛下しかリッド様のお言葉を聞いた者がおりません。それに、婚姻をする前提で今後は国同士が動くのでございましょう？　なればこそ、リッド殿が陛下にした申し出の内容をこの場で再度、宣言していただきたく存じます。そしてこの場にいる者が証人となれば、我らの繋がりはより強固となるでしょう」

エルティアは丁寧かつ流暢にそう言うと、エリアスに向かって一礼した。彼女の言葉を聞いたエリアスは、思案するようなそぶりを見せる。やがて意地の悪そうな笑みを浮かべて、僕を見据えた。

「ふむ。確かに国同士が婚姻に向けて動くのであれば、リッド殿が先日私に言った言葉をこの場で宣言してもらうことに支障はない、むしろ良い機会となるか。リッド殿、申し訳ないがあの時、私に言った言葉をこの場で再度、宣言してもらえるかな」

確信犯だ!!　言い終えた後のエリアスが浮かべたニンマリ顔に、僕は心なしか殺意を覚えそうになる。しかしふと周りを見た時、ファラと目が合った。彼女は顔を真っ赤にしながら、耳を上下に動かしている。彼女の瞳には大きな期待と、若干の不安があるように思えた。彼女の隣に佇んでいるアスナは、その様子を見て微笑んでいるようだ。

「リッド、エリアス陛下が仰っている以上この場で宣言するべきだ。それにお前の言葉で両国の繋がりが強固になるのであれば、帝国貴族としてもするべきだろう」

父上は僕を見据えると、優しく諭すように言葉をかけてくれる。同時にその瞳からは「諦めろ」という言葉がありありと伝わってきた。ちなみに、父上には僕がエリアスに何を伝えたのかは報告済みである。つまり……父上も僕が宣言して問題ない。そう確信している上での言葉だ。僕はこの状況にがっくりと俯いて諦めたあと、覚悟を決めてその場に立ち上がった。この場にいる皆の注目が集まるのを感じながら、ファラを見据えると僕は高らかに宣言する。

「ファラ王女に出会った瞬間、一目惚れいたしました。どうか僕のお嫁さんになってください。必ず幸せにしてみせます」

そう言うとファラは「ボン!!」と、煙が出そうなほど耳まで赤くなっている。甘い雰囲気が流れる中、最初に口を開いたのはエルティアだった。彼女は「コホン」と咳払いをしながら僕を見据える。

「リッド殿のお言葉しかと頂戴しました。ファラ王女、惚けておらずに先日私に言った言葉をこの機に宣言しなさい。それとも、あれは虚言だったのですか」

エルティアの言葉にファラは「ハッ」すると、驚きの表情で彼女を見つめている。先日とはどういうことだろうか。二人のやりとりに怪訝な表情していると、ファラが深呼吸をしてから立ち上がる。そして少し前に出ると僕を見据えながら力強く、凛とした声を響かせた。

「わ、私もリッド様をお慕いしております。もし、婚姻出来るのであればこれほど嬉しいことはありません……!!」

ファラの言葉に今度は僕が「ボン!!」と、煙が出そうなほど真っ赤になってしまう。この時の僕は、顔を真っ赤にしながら今日という日を一生忘れることはないだろうな、と感じていた。甘い空気が漂う静寂の中、僕は照れ隠しのように頰を掻きながらファラに視線を向ける。

「えっと……その、これからよろしくね」

「は、はい。よろしくお願いいたします……」

僕とファラは、何故か互いの気持ちを父上やエリアス達のいる前で告白することになってしまった。そして今、僕達の間にはなんとも気恥ずかしい雰囲気が漂っている。ファラは顔を真っ赤にしながら俯いて耳を上下させており、その姿がとても可愛らしい。やっぱり耳の動きってそういうことなんだろうな、と僕も顔を赤くさせながら思っていた。

今となっては、ファラに耳が動く理由を聞こうとした時、ディアナに制止されて良かった気がする。その時、甘い雰囲気を出している僕達を見ていたエルティアが、軽い咳払いをした。

「お二人ともお気持ちが通じていたようで、何よりでございます。婚姻が実現できれば、両国の関係はこれでより良いものになると存じます。ライナー様、リッド様、大変、差し出がましいことを申しましたこと、どうかお許しください」

言い終えたエルティアは、僕達に綺麗な所作で頭を下げようとするが、父上が制止して答える。

「エルティア様、そのお気持ちだけで十分でございます。たとえ国同士の繋がりを強固にする為の婚姻だとしても、当人同士が思い合っているのであれば、これほどの良縁もありますまい」

父上は僕とファラを交互に見ると、エルティアとエリアスに向けて優しい声で答えた。

「うむ。今回の我が娘とバルディア家の婚姻は互いにとって、良い結果となるだろう。リッド殿、改めてファラを頼むぞ」

エリアスは父上の言葉に頷くと、鋭い眼光で僕に向けて言葉を続けた。その視線に対して、僕は胸を張り力強く返事をする。

「はい。承知しました」

答えに満足した様子のエリアスは、ニヤリと笑っている。僕達のやりとりを見ていたエルティアは、小さくため息を吐くと少し辛そうな声で言った。

「ふぅ……エリアス陛下、ライナー様、申し訳ありません。少し気分が優れないので私は退席させていただきたく存じます」

エリアスとライナーは、彼女の言葉に頷きながら心配する言葉をかける。エルティアはその言葉に謝意を述べると、そのまま部屋を退室するためにファラの前を通り過ぎようとしていた。

◇

「……母上、私には母上のお気持ちがわかりません。何故、先程は私の背中を押すようなことを仰ったのですか」

エルティアにしか聞こえない程度の小声で、ファラは話しかける。先日に続き、彼女の言動の意図がファラにはわからない。何を考えているのだろうか。ファラは怪訝な表情で、彼女を見つめていた。エルティアは、そんな彼女にいつも通り冷たく突き放すように小声で答える。

「ファラ王女、私はあなたとの縁は切りました。母上と呼ばれる筋合いはありません。ですが……運命の流れに翻弄されても決して挫けず、あなたの進みたい道を歩みなさい」

「……!!」

エルティアはそれだけ言うと、表書院から退室する。ファラは去っていくエルティアの背中を見ながら、先程の言葉にはいつもと違う『慈愛』に近いものを感じていた。

◇

エルティアがファラの前を通り過ぎようとした時、何やら二人で話していたようだ。だけど僕の位置からは、その会話を聞くことはできなかった。エルティアはそのまま部屋を去るが、残されたファラは俯いて何か考えに耽っているみたい。その時、エリアスが僕に視線を向ける。

「リッド殿、時にクリスティ商会の後ろ盾になってほしいという話をしていたな。代表はすぐ呼べるのか」

「え……は、はい。ここに来る前に一応、連絡はしておりますので呼べばすぐに来るとは思います」

ここに来る前に一応、クリスに使者を送っていた。エリアスにクリスティ商会の代表を連れてくるように、と前回の話し合いで言われていたからだ。

使者を通してクリスに伝えたのは、「エリアス陛下から呼ばれるかもしれない。良ければ、迎賓館に待機しておいてほしい」という内容である。僕も朝から準備に忙しかったから詳細は伝えられていない。だけど、クリスなら待機してくれていると思う。

「ほう、さすがはリッド殿。話が早くて助かるな。すぐに使いを送ろう」

「それでしたら私が直接、迎えに行ってもよろしいでしょうか。代表のクリスには、エリアス陛下が後ろ盾になってくれるという話をまだしておりません。迎えに行くのと合わせて話が出来れば、説明の手間も省けます」

実際、彼女にはまだ後ろ盾についての話は出来ていない。昨日できれば良かったけど、忙しすぎてゆっくり打ち合わせる時間もなかった。ぶっつけ本番になるよりは、少しでも彼女と話す時間があったほうが良いだろう。

「ふむ。よかろう。では、リッド殿に迎えに行ってもらおうか」

「承知しました。それでは、一旦失礼いたします」

エリアスの言葉に一礼すると、僕はゆっくりと立ち上がる。その時、ふとファラと目が合ったけど、それだけでファラは顔が赤くなり、耳が上下に動いていた。彼女の可愛らしい姿に照れ笑いを浮かべつつ、僕もファラ同様に顔を赤くしていたと思う。ファラに向かってニコリと微笑むと、僕は部屋を退室する。そして迎賓館にクリスを迎えに行くのであった。

◇

本丸御殿から出る際、ディアナも護衛として僕について来てくれた。迎賓館はすぐ近くだけど、往復となると少し時間がかかる。その道中、ディアナがため息を吐きながら呟いた。

「はぁ……それにしても、先程のリッド様とファラ王女の雰囲気は羨ましいですね」

「へ……な、なにを急に言い出すのさ⁉　ディアナだって、ルーベンスがいるでしょ」

彼女につい先ほどの件を言われるのは予想外で、思わずルーベンスの名前を出してしまう。すると、ディアナの表情が珍しく『どよーん』と暗くなった。何か聞いてはいけないことを、聞いてしまったような気がする。

「ルーベンスは……奥手過ぎるんです。まだ、手を握るだけでギクシャクするんですよ」

「あはは……それならいっそ可愛いと思えば良いんじゃないかな。それに、この間はいい感じになっていた気がするけど……」

この間とは、温泉の出入口で彼女達だけの世界を創っていたことだ。そのことを苦笑しながら指摘すると、ディアナが顔を赤らめて少し怒ったように答える。

「そ、そうです‼　あの一件から、ルーベンスがさらに私に対してギクシャクするようになったんですよ。リッド様が『浴衣』を着てルーベンスに会えと言うからです」

「あー……。あれはディアナが魅力的過ぎただけだと思うよ。君のあの姿は、どんな男でも魅了できるかもね……」

温泉上がりで血色の良い肌に加え、濡れた髪と浴衣が混ざりあう彼女の姿はとても妖艶だった。何より、この世界において温泉やお風呂は一般的ではない。あの時、ルーベンスは生まれて初めて、ディアナの風呂上がりかつ浴衣姿を目の当たりにしたはずだ。結果、彼女の妖艶な姿に理性が吹き飛んでしまい、あのようなことをしたのだろう。

それにあの一件から『さらにギクシャクし始めた』というのも気になる。恐らくディアナを見る度にルーベンスは、彼女の浴衣姿を思い出しているのではないだろうか。そう思いながら、僕はディアナに問い掛けた。

「そういえば、レナルーテに来てからディアナはルーベンスと話したりした？」

「え？　いえ、私はリッド様の護衛をしております。それ故こちらに来てからは、あまり話せてはおりません。まぁ、会ってもルーベンスが顔を背けるので、話す気にもなりませんけどね」

彼女はそう言うと「はぁ……」とため息を吐いて、また少し暗くなった。ギクシャクって顔を背けることも指しているのかな。それにしても『腑抜けのルーベンス』が帰って来たのか。何か良い解決策や方法があれば良いんだけどなぁ。

そんなことを話している間に迎賓館が見えてくる。同時に迎賓館の前にいた人物がこちらに気付いたらしく、手を振りながら駆け寄って来た……そう、その人物は『クリス』だった。

「ハァ……ハァ……リッド様、すみません。遅くなりました。エリアス陛下に呼ばれるかもしれないとのご連絡を頂いたので、急いで来たのですが間に合ったでしょうか」

「ごめん、詳細を伝えられてなかったもんね。クリスをこれからエリアス陛下に紹介するから、本丸御殿に一緒に来てくれるかな」

「はぁ……？」

クリスは当初こそ事の経緯がわからず、呆気に取られていた。だけどすぐに意図を理解して、ハッとすると驚愕の表情を浮かべた。

「えぇえぇえ!? そんな話は聞いていませんよ!!」

「それは……今伝えたからね」

「ひ、酷い……」

迎賓館で合流したクリスは僕の説明を聞いて真っ青になり、頭を抱えている。今後の取引を考えれば、エリアスと面談の可能性はあると彼女なりに思っていたらしい。しかし、レナルーテ国内において王族が後ろ盾になるという話は想像を超えていたようだ。

考えてみれば、マグノリアの皇后、レナルーテの国王、バルディア家の後ろ盾を持っている商会なんてクリスのところだけではないだろうか。帝国を中心とした時、クリスの実家のサフロン商会が西側、クリスティ商会が東側を担当するような構図になっていそうな気がする。何がそんなに不安なのだろうか。僕は励ますようにクリスに優しく話しかけた。

「特に何か商談するわけじゃないからね。今後の為の顔合わせだから、そんなに気負わなくても大丈夫だと思うよ。それに帝国、バルディア家、レナルーテの三ヵ所で商流を結べば、帝国を中心とした東側がクリスの商圏になるじゃないか」

「うぅ……それはそうなんですけどね。誰とは言いませんが以前、高貴な方々との商談を経験させてくれた人がいるんですよ」

クリスはがっくりと項垂れて、肩を落としながら本丸御殿に向けて僕達と歩いている。彼女は怨めしそうな視線をこちらに送りながら、過去にあった出来事の説明を始めた。

「その人は、発明した商品を私経由で販売するから、自分の代わりに高貴な人々に営業してきてほしいと言ってきたんです」

「……何やらどこかで聞いたことのある話だね」

彼女の話に耳は傾けるも、僕は意に介さず足を進めている。一緒に歩くクリスは、まだ怨めしそうな視線をこちらに向けながら説明を続けた。

「すぐに返事をした私も悪いとは思いますよ？　高貴な方々との商談なんて、中々経験できませんから、是非とも挑戦したいと意気込んでいたんです」

「それなら、良かったじゃないか」

「ええ、良い経験はさせていただいたと感謝しております。ただ、その人の関係者の方々に掌の上で躍らされてしまったので、事前準備が出来ていない状態で高貴な方々との取引は怖いなと……」

なるほどね。彼女は前回、帝国で起きたことが少しトラウマになっているらしい。あの時、クリスからもらった手紙に『騙し討ちされました』と恨み言が書いてあるほどだった。僕は足を止めて彼女に振り返ると、ニコリと笑みを浮かべて力強く答える。

「今回はそんなことないから安心してほしい。それに、今日は僕がいるよ。クリスに何かあれば僕が守るから安心して、ね」

「はぁ……わかりました。私も覚悟を決めます。でも、いざとなったら守ってくださいね。頼りにしています」

クリスはそう言うと気持ちを切り替えたらしく、いつも通りの凛とした表情に戻る。その姿に安堵した僕は、頷きながら答えた。

「良かった。じゃあ、急ごう。エリアス陛下が待っているよ」

◇

「お主がクリスティ商会の代表か」

「はい。初めてお目にかかります。クリスティ商会の代表、クリスティ・サフロンと申します。以後、お見知りおきを頂ければ光栄です」

本丸御殿に戻ってくると、エリアスが待っている表書院にすぐ移動した。移動中のクリスは、本丸御殿の様々な内装に目を輝かせており、レナルーテの豪華な装飾に興味津々みたい。

表書院に居るのは父上と僕、クリスとディアナ。それからエリアス、ファラ、アスナだ。

クリスを迎えに行っている間、部屋に残っていた面々でも何か話をして盛り上がっていたらしい。表書院に戻って来ると、ファラが僕を見るなり赤くなりながら俯いて耳を上下させた。彼女のそんな仕草に父上とエリアス王が失笑して、アスナが微笑んでいる。

何を話していたのだろう、と気にしながらエリアス王に僕はクリスを紹介する。彼はすぐに厳格な表情に戻ると、見定めるべく鋭い視線を彼女に向けた。

「うむ。ライナー殿とリッド殿から中々の手腕と聞いておる。二人からの希望もある故、クリスティ商会には、レナルーテ国内における今後の取引において優遇措置を与える。バルディア家とレナルーテの発展の為に尽力するように」

「有難きお言葉、しかと励みます。しかし、優遇措置とはどのような内容でしょうか」

優遇措置とは僕も初耳だ。そんなことを話した覚えがない。クリスが恐る恐るといった感じでエリアス王に尋ねるが、答えたのは父上だった。

「レナルーテとバルディア家の流通経路全般において、交通税を基本とした様々な税制上の優遇措置を受けられることになっている」

「……⁉ それは本当ですか‼」

税制上の優遇措置という説明にクリスは驚愕している。他国間においての取引で、一番頭を悩ますのが税金関係だ。一つの国だけで取引を完結すれば、税金はその国でしかかからない。だけど、二国間を通しての取引となれば、その分支払う税金は自然と多くなる。この世界ではまだ、関所においては交通税や手数料などで済んでいるけどね。

前世の記憶にある『関税』では、取引先の国と品物によっては販売価格の十〜五十%、場合によってはそれ以上の金額を税金で取られることもあったはずだと思う。『関税』には自国生産力や生産者を守る役割もあるので、無意味に高く設定されていることは基本的にはない。それでも『関税』が商売を行う者にとっては、悩みの種であることは間違いないだろう。だからこそ、クリスは税制上の優遇措置を受けられるという事実に驚愕しているのだ。

だけど、この動きは僕にとっても追い風だ。今回の『ルーテ草』で母上の病に回復の兆しがあれば、優先順位的に後回しにしている色々な考えを実行、内政関係にも手を出す余裕が生まれる。

レナルーテとバルディア家の商流と流通を発展させれば、出来る事の幅がかなり広がるはずだ。僕が考えに耽っている間に、父上は説明をクリスに続けた。

「これは今まで、レナルーテと帝国の取引量が少なかったことが起因となっている。その中でも、クリスティ商会が受けられる優遇措置は特に多い。何かあれば相談をしろ。その時は私からエリアス陛下に打診をさせていただく。そういう話でしたな、エリアス陛下」

父上は話す途中で、エリアス王に鋭い視線を向ける。その視線に気付いたエリアスは、バツの悪そうな顔をしながら頷いて答えた。

「その通りだ。さすがにすべてを優遇するわけにはいかないが、出来る限りのことをクリスティ商会にはさせてもらうつもりだ。故に両国の発展に貢献できるように頼むぞ」

「承知しました。両国の発展に繋がるよう尽力させていただきます」

クリスは父上とエリアス王の様子を気にしながらも、税制上の優遇措置をクリスティ商会が受けられることに歓喜しているようだ。エリアス王は少し険しい顔を浮かべる。

「ふぅ……では、クリスティ商会の件はこれで良いな。何かあれば私宛に書状を出すように。では、今日の会談はこれで終わりになるが良いかな」

父上と僕は顔を見合わせてから彼の言葉に頷いた。

「うむ。では、これにて今日の会談は終了とする。皆の者、ご苦労であった」

エリアス王はそう言うと、席を立ちあがりその場を後にする。僕達は去っていく彼に、頭を下げて一礼していた。そうして会談が終わると、表書院から僕達は客室に案内される。部屋に入って間もなく、僕は税制上の優遇措置について父上に問い掛けた。

「エリアス陛下と話していた先程の件は、父上がまとめたのですか」

「そうだ、ノリスの件を不問にする代わりに色々と……な。ふふふ」

悪い笑みを浮かべながら父上は笑っている。その様子にクリスはきょとんとしていた。

「ライナー様、リッド様、ノリスの件というのは、その……聞いても大丈夫でしょうか」

「あー……此処だと、流石にあんまり良くないからバルディアに戻るときに説明するよ」

「それが、良いだろうな……」

僕と父上は顔を見合わせると、苦笑いをしながら彼女の質問に答える。

「……？　承知いたしました。では、私はこれから城下町に行きますので、これで失礼しようと思いますがよろしいでしょうか」

「うん。急な連絡なのに対応してくれてありがとう」

クリスは首を横に振ると、嬉しそうな表情を浮かべる。

「いえいえ、とんでもないことでございます。国から優遇措置を頂けるのは、商会を運営する身としてこれほど嬉しいことはありません。今後のことも踏まえて、レナルーテの商品を再度確認して参ります」

彼女はそう言うと、僕達に一礼をして上機嫌で退室する。その姿を見送ってから、僕は父上に視線を向けた。

「父上、僕はファラ王女に今からお会い出来ないか連絡してみようと思います。面会が出来た時は、ディアナには城下町の様子を見て来てもらおうと思いますが良いでしょうか」

名前を急に出された彼女は、話の意図が分からず「え？」と呆気にとられている。僕の問い掛けに眉がピクリと反応した父上は、低い声で答える。

「……リッド、昨日の今日だぞ。何を考えているんだ」

「何も考えておりません。折角、レナルーテに来たのです。母上やメルに町の様子を伝えたいではないですか。私は城下町に行けませんし、父上も忙しいので行けません。それであれば、ディアナに町の様子を見てきてもらい、お土産なども探してもらえば良いと思っただけです」

父上は「母上とメル」という言葉に眉間に皺が寄る。もう一押しかな？　僕は畳みかけるように話を続ける。

「ファラ王女に許してもらえれば、今日は親睦を深める意味で王女の傍に居させてもらおうと思います。護衛に関しては騎士団から代わりを頼んで、こちらに送ってもらえれば良いかと」

父上は思案するように目を瞑り、額に手を添える。ダメ押しするよう僕は微笑みながら囁いた。

「それに……メルと母上は、『父上からのお土産を楽しみ』にしていると思います」

「ふぅ……わかった。ただし王女の許可が取れたらだ。よいな」

「はい。ありがとうございます」

父上は落ちた。こうしてディアナは、業務として城下町に出かけられる口実が出来たわけである。

早速、僕がファラに連絡を取ると、同じ屋敷内にいるのですぐに「承知しました」という答えが戻ってきた。

「父上。では、今日はファラ王女の所で過ごしますね」

「良かろう、だが……二度はないぞ」

釘を刺すような鋭い目線で、父上は僕に冷たく言い放った。

「う……わ、わかっております」

あまりに凄い威圧感で、さすがにたじろいだ。そんな僕に、ディアナが怪訝な表情で問いかける。

「リッド様、どういうおつもりですか。私に何かご不満があるのでしょうか」

「違うよ。余計なおせっかいだとは、思ったんだけどね。折角、他国に来たのだから、ルーベンスと町の様子を見てきて僕に報告すること。母上とメルが好きそうなお土産も何個か選んできてね。その中から、僕と父上が渡すお土産を選ぶから、責任重大だよ。これは命令です」

「ええっ!!」

彼女は驚きの声を上げると共に、顔を真っ赤にして、珍しく動揺している。僕の意図を察した父上も、苦笑しながらディアナに優しい眼差しを向けるのであった。

愛の伝道師と他国の中心で愛を叫ぶ騎士

「なぁ、ルーベンス。お前このままでいいのか」

「なんだよ、ネルス。藪から棒に……」

同僚からされた突然の問い掛けに、ルーベンスは怪訝な表情を浮かべている。彼は今、本丸御殿の前で他の騎士達数名と、主人であるライナー達が出てくるのを待機しながら待っていた。そんな中、彼の隣に立っていた同僚の騎士が気だるそうに話しかけてきたのである。

その騎士の名前は『ネルス』という、ルーベンスやディアナの幼馴染だった。ネルスはルーベンスと同じ茶色の髪と、青く細い目をしている細身の騎士だ。ネルスは怪訝な表情を崩さないルーベンスに話を続ける。

「お前な、ディアナの事に決まっているだろう。リッド様が背中を押してようやく付き合い出したと思ったのに、お前ら全然進展していない気がするんだが……どうなんだ」

「な……!?　こんな所で言うことじゃないだろ」

ルーベンスは顔を赤くしながら小さな声で抗議する。しかしネルスは、呆れ顔で話を続けた。

「はぁ……そういう所だよ。大体、この程度の冷やかしでそんな反応なんかしたら、何も進展してないと言っているのと変わらないぞ。お前とディアナを応援すると決めた俺達の気持ちも考えろ。俺を含めてお前を見ている騎士は皆、具合が悪くなりそうだ」

周辺の騎士達も、ネルスの言葉に聞き耳を立てているようで、同意するように静かに頷いている。

さらに彼は言葉を畳みかけていく。

「大体な、騎士団所属の女の子なんてディアナぐらいしかいない。つまり紅一点だぞ。ディアナがお前を捨てるとは思わんが、彼女を狙っている騎士は沢山いる。そんな騎士達がお前らを見守ったのは、ディアナがお前に対して一途だったからだ。わかるか」

周りの騎士達も、ネルスの言葉に無言で頷いている。彼らの姿を目の当たりにしたルーベンスは、バツの悪そうな表情を浮かべていた。

「そ、それは……何となく感じてはいたのだが、やっぱりそうだったのか」

「鈍い……鈍すぎる。何故、お前は剣術や戦いにおいてはとんでもなく鋭いのに、ディアナの事になるとこんなにも鈍感なのだ。この、鈍感ヘタレ騎士め!!」

ネルスの言葉は辛辣だが、本気で言っているわけではなく心配して言ってくれているとルーベンスは理解している。しかし、さすがに『鈍感ヘタレ騎士』という言葉には少し憤りを感じた。

「確かに、俺は色恋沙汰が苦手だ。だからと言って、そんな言い方はないだろ」

「少しは怒ったか。だがな、俺はもっと怒っているんだぜ。俺とお前とディアナは、昔からよく一緒に遊んだ仲だ。お前だけがディアナに好意を抱くわけじゃないんだぜ」

「な…に……」

ネルスの言葉の意味に気付いたルーベンスは動揺を隠せなかった。ルーベンスはいつもネルスにディアナの事を相談していたのである。そんな彼が彼女に好意を抱いているなんて知らなかったし、気付いてもいなかった。ネルスはそんなルーベンスを見透かすように話を続ける。

「だから、俺は怒っているんだよ。お前達、二人が付き合い始めたと聞いて『これで、諦めがつく』と思ったのに、お前たちは全然進展していない。このままだと、俺だけじゃない。ディアナを狙っている他の騎士も彼女に対して動き始めるぞ。それでもいいのか」

「良くない。絶対にディアナは渡さない」

ルーベンスはネルスに対して睨みを利かせながら、力強く言葉を口にする。しかし彼は熱くなり過ぎているのか、馬鹿デカい声で叫んでいることに気付いていない。熱くなっているルーベンスをネルスはさらに挑発するように問いかける。

「ふん。じゃあ、どれぐらい好きかこの場にいる、俺達に言えるのか。鈍感ヘタレ騎士様」

彼の安い挑発に普段ならルーベンスは乗らないだろう。だが、ネルスがディアナに対して好意を抱いているかもしれない……という焦燥感のせいか、彼は熱くなり過ぎていた。目の前に佇むネルスと、無言で様子を見ている数名の騎士達を見回すとルーベンスは深呼吸をする。

「ああ、言えるさ。俺は剣術ぐらいしかない不器用な男だ。だから、こんな風にしか言えない……俺はディアナが好きだ。誰よりも愛している俺は、ディアナが欲しい!!」

ルーベンスが言った後、その場に静寂が訪れる。しかし、一つ訂正しておくと彼は『言った』のではない。戦闘の最中でも聞こえるような、騎士団仕込みの馬鹿でかい怒号で力一杯叫んだのだ。

何も知らない人からすれば何事かと思うだろう。

彼の大声を間近で聞いたネルスと数名の騎士は、耳がキーンとするような感覚を覚えていた。その時、ネルスと数名の騎士はルーベンスの背後に現れた人物に目を丸くする。

「……そんなにそのディアナという人が好きなのですか？」

「ああ!!　俺はディアナを世界の誰よりも愛して……」

彼は背後からの問い掛けに、力一杯答えようとして振り返るが、途中で言葉を失う。そこに立って居たのはディアナだったからだ。はにかみながら、彼女は再度問いかける。

「もう一度はっきりとお願いします」

「お、俺はディアナを……世界の誰よりも愛してい……る」

先程の勢いは何処に行ったのか。顔を真っ赤にしたルーベンスは、しどろもどろになりながら彼女に気持ちを口にした。その時、ディアナがルーベンスの胸の中に突然飛び込んだ。

「ルーベンス、ありがとう。でも、私も愛しています……!!」

完全に二人の世界が出来上がった瞬間であった。挑発をしたネルスや見守っていた騎士達は、二人の世界の光に当てられて、白い砂となり崩れそうな勢いである。しかしそんな世界から、彼らを引き戻す存在がやって来た。

「馬鹿者!!　お前達、こんなところで白昼堂々何をしているんだ」

ルーベンスとディアナに加え砂になっていた騎士達は、声と共に現れた人物に驚愕する。同時に、全員が一瞬で直立不動の姿勢になった。そう、現れたのは血相を変えたライナーだったのだ。彼はルーベンスとディアナを睨むと、呆れが混じったような声で怒鳴った。

「お前達はレナルーテの中枢となる本丸御殿の前で何を叫んでいるんだ。屋敷中にお前達のやりとりが響いていたのだぞ。ルーベンス、ディアナ、お前たちはリッドからの命令があるだろう。さっさと行かんか、馬鹿者!!」

「は、はい!!　すぐに行って参ります」

「承知しました!!」

ライナーの怒号に驚きながらも、二人は城下町に向かって嬉しそうに走っていくのであった。しかし二人が去った後、ライナーからその場に残った騎士達に怒りの矛先が向けられる。

「……さて、誰だ。ルーベンスを挑発した馬鹿者は……」

無言の騎士達は皆一様に、スッとネルスを指差した。

「な……⁉　皆も聞き耳立てながら楽しんでいたじゃないか」

ネルスと騎士達のやり取りに、ライナーの怒りは頂点に達する。

「この、馬鹿者共がぁ‼」

◇

この日以降、レナルーテに二つの噂が流れるようになった。

一つ、バルディア騎士団には『他国の中心で愛を叫ぶ騎士』がいると国中の女性達の間で話題になった。

二つ、ライナー・バルディア辺境伯は『他国の中心で愛を叫ぶ騎士』を従える『愛の伝道師』である。

余談になるが、この噂は消えることはなかった。レナルーテ国内では、有名な伝説として人々の間で語り継がれることになったからだ。結果、この噂を機にレナルーテの女性達の間では、バルディア騎士団の騎士と縁談を望む者が年々多くなった、と後年伝えられている。

また、この逸話を元にレナルーテでは後年『愛の伝道師と他国の中心で愛を叫ぶ騎士』という舞台が作られて大好評となった。その舞台はマグノリアの帝都でも公演されるほどの大人気ぶりになるのだが、それはまた別のお話……。

リッド、ファラの部屋に行く

「……急にお邪魔することになって、ごめんね」

「いえ、私もお話ししたいと思っておりましたので……」

　表書院でお互いの気持ちを告白した経緯もあり、僕とファラの間には何とも言えない気恥ずかしい雰囲気が漂っている。今、僕がいる場所はファラの部屋だ。

　つい先程まで、父上と同じ部屋に居たけど、ファラと今後のことで話したいと思った僕は、部屋に訪ねても大丈夫だろうか？　という内容で連絡を取った。その後、了承の返事をもらえたので、すぐにファラの部屋に移動する。

　彼女の部屋に許可を得て入室後、ファラに促されるままに僕は椅子に腰かけると、一緒に来てくれたディアナに指示を出した。

「じゃあ、ディアナはルーベンスと城下町に行ってきてね」

「承知しました」

　ディアナは少し恥ずかしそうに顔を赤らめると、僕達に一礼してルーベンスの元に向かった。ファラとアスナは僕達のやりとりの意図がわからず、二人共首を傾げていた。

◇

その後、僕とファラは机を挟んでしばらく談笑していた。会話をする中、時折ファラの耳が上下に少しだけ動く様子に、僕はどうしても顔が綻んでしまう。彼女も僕の顔が綻んだタイミングで、少し顔が赤くなっている気がする。その時、ファラがふと思い出したように呟いた。

「そういえば、ディアナさんはリッド様の護衛ではないのですか。先程は何やら他の方と、城下町に行かれるように指示をされていたみたいですけど……」

「あ、そっか。二人はディアナに恋人がいる事は知らなかったね」

「え、ディアナさんには恋人がおられるんですか⁉」

ファラは突然、目をキラキラさせて話に食いついた。

「う、うん。彼女と同じ騎士団所属で、僕に剣術を教えてくれている『ルーベンス』って騎士なんだけどね」

あまりの食いつきに少し戸惑いながら答えると、彼女の側で控えていたアスナが眉をピクリとさせる。そして、おもむろに挙手をすると話しかけてきた。

「失礼ながらリッド様、質問をよろしいでしょうか」

「うん。どうしたの」

問いかけに頷くと、彼女は瞳に好奇心を宿しながら言葉を続けた。

「リッド様の剣術指南役かつディアナ殿の思い人とは、恐らく剣術の実力も素晴らしいのでしょうか」

「……そうだね、多分強いと思うよ。全力でいつも挑戦しているけど、まだ一度も勝てたことがないからさ」

『勝てない』という部分に関しては、悔しさを滲ませた。アスナも強かったけど、ルーベンスはそれ以上に強いだろう。普段から彼との稽古をしていなければ、アスナに対してあそこまで善戦するなんて絶対に出来なかった。

「なるほど、承知しました。ご回答いただきありがとうございます。やはり、世界には強者がいるものですね」

アスナは目を爛々とさせながら会釈すると、ファラの隣で静かに佇み警護状態に戻る。

それにしても、世界が変わっても色恋沙汰の話が皆好きなのは変わらないらしい。アスナの場合、少し方向性が違う気がするけどね。僕とアスナの話が終わると、怪訝な表情を浮かべたファラが、僕に問い掛けた。

「しかし、何故このタイミングでお二人に城下町に行くように『指示』を出したのですか。普通に『お願い』で良かったのではないでしょうか」

「あー……それはね」

少し躊躇したけど、二人はバルディア領に来るからいずれ知ることになる。短期間とはいえ、二人はディアナとよく接しているから大丈夫と思い、僕は事の経緯を説明した。

二人が幼馴染で最近恋人になった話から始まり、騎士団公認の仲であったけど関係が遅々として進展しなかったこと。加えて先程、ディアナが漏らした悩みまで全部話した……少し話し過ぎたかも。

最初、ファラとアスナは楽しそうに聞いていたけど、ルーベンスが恋人になっても煮え切らない態度をとっていることを知ると、アスナは少し憤りを感じているようだった。

「リッド様、よろしいでしょうか⁉」

「う、うん、何かな……」

彼女の剣幕に気圧されながら頷いて答えると、アスナは怒気を込めて机を叩いて話を続けた。

「ルーベンス殿のその態度は頂けません。男子であれば、気持ちをはっきりと相手に告げるべきです。それともそれがバルディア騎士団流なのでしょうか⁉」

そんなことを言われてもなぁ、と思いつつも僕は小さく首を横に振った。

「バルディア騎士団流の恋愛方法があるかは知らないけど、多分ルーベンスだけが特に色恋沙汰が苦手じゃないのかな」

言っておいてなんだけど、バルディア騎士団流の恋愛方法ってなんだろう。彼女の勢いに押されて、何を言っているのか僕自身よくわからなくなってきた。その時、ファラが熱くなっているアスナを諫めるように話しかける。

「アスナ、熱くなり過ぎですよ。リッド様もお困りになっているではありませんか。それに恋愛なんて……その、人それぞれですから、あまり私達がどうこう言う必要はないと思います」

ファラは彼女に注意しながら途中、横目でチラッと僕を見た気がする。しかし、熱くなったアスナは、彼女の言葉でも冷めきらずに話を続けた。

「姫様の仰ることはわかりますが、やはりお互いの気持ちを伝えあうべきだと私は思います。表書院でのお二人の様子が特にそうではありませんか。ディアナ殿がリッド様に悩みを吐露されたのも、お二人の様子に当てられたからだと存じます」

「なっ……⁉」

思いがけない彼女の発言で、僕とファラは二人揃って『ボン』と顔を真っ赤にしながら、顔を見合わせた。彼女と目が合うと表書院でのやりとりが頭の中で蘇り、気恥ずかしさで爆発しそうに顔が火照ってしまう。ファラも僕同様に思い出しているようで、目が合った後は両手で顔を覆いながら耳を激しく上下させている。

「お二人を見ていると、やはりお互いの気持ちはしっかり口に出して伝えあうべきだと私は存じます」

「……⁉　アスナ、いい加減に……」

熱くなり過ぎたアスナの発言に、さすがのファラも怒気を纏いながら注意しようとしたその時だった。

「俺はディアナが好きだ、誰よりも愛している。俺はディアナが欲しい‼」

本丸御殿の外から、ここまでハッキリと聞こえる怒号とも言うべき声が轟いた。突然の出来事に僕達は『ビクッ‼』と体が強張り何事かと身構える。しかし僕は、その『声』にとても聞き覚えがあることに気付いた。

「まさか、ルーベンス……？」

「え、今のすごい声はリッド様の仰っていた方なのですか」

ファラがきょとんと首を傾げながら反応する。

「多分、間違いないと思うけど……何しているんだろう、あの二人……」

「ふむ、ルーベンス殿がやれば出来る方とわかり安心いたしました。しかし、この国の中枢となる本丸御殿の前であのような言葉を叫ぶとは……さしずめ『他国の中心で愛を叫ぶ騎士』と言ったところでしょうか」

呆気に取られていた僕とファラをよそに、アスナは何故か納得したような表情で頷いている。その時、また怒号とも言うべき声が外から轟いた。

「馬鹿者!! お前達、こんなところで白昼堂々何をしているんだ」

突然の怒号に僕達はまた『ビクッ!!』と体が強張り何事かと身構える。しかし声の主が僕の父上であることに、全員がすぐに気付く。父上の怒号が轟いてから間もなく、僕は額に手を当てながら俯くと思わず呟いた。

「うぅ……父上まで一緒になって何をしているんですか……!?」

立て続けに起きた出来事に、ファラとアスナは顔を見合わせて苦笑いしている。ファラは茶化すような笑みを浮かべながら、僕に視線を向けた。

「ふふ、それにしてもルーベンスさんが『他国の中心で愛を叫ぶ騎士』なら、その騎士をまとめるリッド様のお父上は『愛の伝道師』ですね。ご子息のリッド様は……『愛の申し子』でしょうか」

「ふふ、姫様はうまいことを言われますね。屋敷にいる侍女たちにもその呼び方を教えましょう」

二人は悪戯っぽく笑っている。その様子にファラの新たな一面が垣間見えて、僕は少し嬉しいような気がしていた。だけど、父上を茶化すことは彼女にとっても良くないだろう。咳払いをすると、優しく諭すように話しかけた。

「ファラ、僕のことなら良いけど、父上をあんまり茶化しちゃダメだよ。近い将来、君にとっての父上にもなるんだからね」

「そ、そうでしたね。失礼いたしました……」

ファラはハッとすると、顔を赤くしながら俯いて耳を上下させている。その姿を見ると、今言った言葉が少し恥ずかしくなり、僕は誤魔化すように話題を変えた。

「そ、そうだ。ファラのお母さんってどんな人なのかな。確か名前はエルティア様だったよね」

「……はい、私の母上は『エルティア・リバートン』です」

どうしたんだろう。ファラは先ほどまでとは打って変わり、表情が少し暗くなった。アスナもファラの様子に気付いたのだろう。アスナは、咳払いをしてから彼女に優しく話しかける。

「姫様。差し出がましいようですが、リッド様にはお話しておくべきでしょう。どちらにしてもいずれわかることですから、エルティア様との件は姫様から直接お伝えするべきと存じます」

「……そうですね。わかりました。アスナ、ありがとう」

アスナに謝意を述べると、ファラは表情を凛とすると僕を見据えた。

「私と母上のことをリッド様に聞いていただきたく存じますが、よろしいでしょうか」

「わかった。ファラの母上は僕のお義母様になるものね」

彼女の真剣な表情に応えるように、僕も彼女の朱の瞳を見つめる。ファラは深呼吸をすると、ゆっくりと少しずつ彼女の母親であるエルティア・リバートンについて教えてくれた。

エルティア・リバートン

「ようやく、一つの区切りがつきましたね……」

エルティアは、自室で椅子に座りながら誰に言うわけでもなく呟いていた。その表情は、普段の冷たく突き放すようなものではなく、穏やかで優しいものだ。しかし彼女の瞳には、悲哀のようなものが宿っているようにも感じられる。

その時、部屋の外にいた兵士からエリアスが体調を心配して面会したいと、取次があった。彼女は表情を凛とさせると、普段通りの様子で返事をする。

「承知しました。陛下をお通し下さい」

エルティアが返事をしてから間もなく、部屋の襖が開かれてエリアスが入室する。彼の入室にエルティアはその場で立ち上がり、綺麗な所作で一礼した。その姿を見たエリアスは、心配するように優しく声をかける。

「エルティア、挨拶などは良い。それよりも体調は大丈夫なのか」

「はい、陛下。ご心配には及びません。それに本当に優れないわけではありませんから」

エリアスは彼女の返事に静かに頷きながら話を続ける。

「そうか。それなら良い。しかしやはり、ファラのことが気になるか。お前には苦労をかけて、すまないと思っている」

「いえ、今日のことはファラが生まれた日から、わかっておりました故、覚悟は出来ております」

気丈に振舞うが、彼女の声には哀しみが混ざっていた。

◇

エルティア・リバートンは、エリアスが幼い頃より彼の影であり護衛を任されていた。ザック・リバートン直系の血筋でもあった彼女は、その才覚からリバートン家の次期当主として名前が挙がるほどの実力者だ。そんな彼女に転機が訪れたのは、エリアスからの告白だった。

「幼い時より、傍にいたエルティアの事が好きだ。影ではなく、私の妻として傍に居てほしい」

影として生きてきたエルティアが、初めて男性に告白された瞬間だった。その時、エルティアは不覚にも無意識に耳が上下に動いてしまい、ひた隠していた気持ちをエリアスに知られてしまう。

エルティアも彼に好意を抱いていたのだ。彼女自身、いつから好意を抱いていたのか覚えていない。エリアスが大人になり、気付いたら彼を一人の男性として意識するようになっていたのである。

エルティアは次期リバートン家の当主候補であり、彼に対しての気持ちは永遠に蓋をするはずだったのだ。しかしエリアスは告白した時に、彼女の気持ちを知ることになった。その後、エリアスは即座に行動を開始する。まずザックにエルティアを妻にすると直談判したのだ。

王家とリバートン家は光と影であり、光が陰ることがあれば容赦なく影が鉄槌を下すこともある。リバートン家は王家ではなく、国に仕えていると言ったほうが良いかもしれない。その関係性もあり、エリアスの直談判によってザックは頭を抱えた。王家とリバートン家が直接繋がることに、国内の華族達は良い顔をしないだろう。

しかし、悪い話だけではない。王家にリバートン家の直系の血が入るのであれば、将来的には動き易くなる部分も出て来るだろう。ザックは暫くの間、悩み、思案する日々が続いたが、最終的にエリアスの意見を条件付きで聞き入れた。

この時、エリアスにはまだ側室もおらず正妻候補もいなかった。今のまま、エルティアだけを正妻候補としていては華族達も黙っていないだろう。ザックは、エリアスにエルティアだけでなく、同時に候補者を一定数用意するという条件を出した。

ダークエルフは出生率が低い為、王族は側室を持たないと血筋を残せない可能性も出て来る。どの道、エルティア以外にも王妃候補者を用意する必要性もあった。その為、エリアスはこの条件を受け入れ、エルティア以外にも数名の王妃候補者の選別を開始する。

なお、ダークエルフの王妃は最初に王の子供を宿した女性がなるのが決まりである。これは、出生率が低い為、婚姻した順番や地位だけで王妃を決めてしまうと後々、権力争いの火種になりかねないからだ。

エリアスがエルティア含め多数の候補者と過ごし始めてから数年後、候補者の中から待望の懐妊した女性が現れる。名前は『リーゼル・タムースカ』、華族としては歴史とそれなりの力を持っている『タムースカ家』の女性であった。

国は喜びの声で沸き、エリアスとエルティアもリーゼルの懐妊を喜んだ。しかし、懐妊したリーゼルはとても複雑な思いを抱えていたのである。彼女は、エリアスとエルティアが両想いであることを知っていたからだ。そして、リーゼルは自身が王妃の器ではないと思っていたのであった。

リーゼル・タムースカ

『リーゼル・タムースカ』、彼女の父親は『タムースカ家』の中での立場は弱く、暮らしは平民よりちょっと良いぐらいであった。そんな状況が一変する出来事が訪れる。『タムースカ』の一族で一番力を有する存在である祖父ノリスから手紙が届き、『エリアス陛下の王妃候補者となるように』と命令がリーゼルに下されたのだ。

一族の中で『一番若い』のが選ばれた理由だと聞いた時、リーゼルはなんて酷い話だと憤慨した。しかし、彼女の両親は大いに喜んでいた。候補者とは言え、王の側室になるのである。娘の幸せを願う親としては、華族の一員にも関わらず平民に近い暮らしを娘にさせていたのは、非常に心苦しいものがあったらしい。

リーゼルとしては、華族同士のしがらみが嫌いだったので今の暮らしに不満はなかった。少なからず好意を抱いていた幼馴染もいたので、お断りの返事をしようとするが、全力で両親に止められる。彼女達に命令を下したノリスという人物は、非情なところがあり下手に断ると大変なことになるだろう。それに側室に行けば、リーゼルだけでも幸せになれると説得されたのだ。

こうしてリーゼルはやむを得ず、王妃候補者の教育をノリスの下で受けることになったのである。

この時彼女は、幼馴染に別れの挨拶だけでもしたかったが、彼には結局何も言えずに家を出ることになってしまう。

そして詳細は省くが、ノリスの所で受けた王妃教育は、リーゼルの人生で一番、最悪な日々として記憶に残ることになる。

ノリスの下で王妃教育が終わると、リーゼルは追い出されるようにすぐに登城する。その数日後、彼女はエリアスと対面を果たすが。第一印象は特に何も思うことはなかった。強いて言うなら「この人が王か」程度である。

リーゼル自身が王妃に興味が無いということもあったが、登城してすぐに「エリアス陛下の思い人はエルティア様。あとは眼中にない」という話を聞いたからだ。その話を聞いた時、リーゼルは「王妃候補者として、一族の中から選ばれた本当の理由はそれだな」と直感する。同時に「人の人生を何だと思っているんだ。あの性悪狸どもめ……!!」と内心では怒り心頭であった。

彼女は初対面したエリアスに対して、ノリスの所で受けた最悪の王妃教育の不満と人生をめちゃくちゃにされた腹いせをしようと思い立つ。エリアスが今後一切、興味を持たないようにするつもりで怒りと不満を全部ぶちまけたようと決意したのである。

「エリアス陛下、無礼を承知で申したきことがございますが……よろしいでしょうか」

「うむ。申してみよ」

リーゼルはエリアスの答えを聞くと、深呼吸をしてからニコリと微笑んだ。

「では、物申させていただきます。今回、私はエリアス陛下の王妃候補者として登城いたしました。しかし、私はエリアス陛下に興味がありません。むしろ、タムースカ家からの候補者として無理やり選ばれました。挙句、最悪な王妃教育を無理やり受けさせられ、誠にもって甚だ遺憾であります」

その場にいた者が、エリアスを含めた全員が目を丸くして唖然とした瞬間である。リーゼルは彼らのことを意に介さず、さらに言葉を続けた。

「また、登城をして最初に私が耳にした話は、エリアス陛下とエルティア様が両想いであるということでございました。私は王妃候補者としてここにおりますが、無理に陛下の寵愛を受けようとは思いません。表向きだけの候補者、側室で構いません。私の事は今後、気にされずに結構でございます」

リーゼルが勢いよく言ってのけると、その場には静寂が訪れる。王妃候補者から落とされても構わないし、処刑になってもしょうがない。そうなれば『あいつら』にも一泡吹かせられるだろう。そう思った彼女は、不満を爆発させ半ばやけを起こしていた。

無言の時間が少し流れ、最初に声を出したのはエリアスだ。しかし、彼が発したのは大きな笑い声であり、リーゼルは予想外の反応で呆気に取られる。周りに控えている者達も同様だ。ひとしきり笑ったエリアスは、リーゼルに興味と好奇心に染まった視線を向ける。

「ふふふ、リーゼルだったか。貴殿ほど面白い事を言う者は中々におらん。是非とも我が傍に置きたくなった。誰が何と言おうとも、王妃候補者として迎え入れよう」

リーゼルは思わぬ反応に小さく「えぇ……」と小声で呟くと表情を切り替えた。

「……不束者ですが、よろしくお願いいたします」
この時、彼女は知らなかった。『権力を持つ人ほど、手に入らなければ余計に欲しくなるもの。逃げる女性を捕まえたくなるのも、権力を持った男の人である』
彼女は図らずもエリアスをある意味で『魅了』したのだった。

◇

月日が経つと、エルティアとリーゼルの二人はとても仲良くなっていた。登城してから間もないリーゼルは、付け焼刃の王妃教育により城の中では様々なことに悪戦苦闘の日々を送る。合わせて、良くも悪くもエリアスの興味を引いてしまった結果、候補者達の中で孤立していたのだ。

そんな彼女の状況を見かねて助けてくれたのが、なんとエルティアだった。エルティアもエリアスの寵愛を受けていると見られて、実は孤立していたのである。結果、二人の交流が深まるのは必然だった。

やがて、エリアスの出入りも気付けばエルティアとリーゼルが多くなり、華族の中ではどちらかが王妃になるだろうと言われ始める。その矢先、リーゼルの懐妊が発覚したのだった。

彼女の懐妊に、エリアスとエルティアは喜んだ。対してリーゼルは、二人に子供を諦めないように伝える。その上でリーゼルは「自分は王妃の器ではない。エルティアがなるべきだ」と訴える。

しかしそんな彼女を、エルティアは諭すように優しく叱った。

「リーゼル様、王妃の器があるから、王妃になれるのではありません。『王妃になる者が、王妃の器となる』のです。大丈夫、私達があなたを支えます」

「エルティア様……」

エルティアの言葉に支えられ、リーゼルは王妃となることを決意する。やがて、彼女の名前も『リーゼル・レナルーテ』と改められた。それから約一年後、リーゼルは男の子を無事に出産。男の子の名前は『レイシス・レナルーテ』と名付けられる。

レイシスが生まれると、王妃候補者から側室になった女性達の一部は城を去り始めた。レナルーテの側室は、誰かしらが王の世継ぎを産めば、側室を続けるかどうかの意思表示が出来る。意志が尊重され承認されれば側室を辞め、城を去ることが可能だ。ただし、一度辞めると王からの要望が無い限り側室に復帰することは出来ない。

通常であれば、側室を継続する者が多いが、エリアスの場合はリーゼルとエルティアの二人を大切にしている。その為、機会に恵まれにくいという状況があった。なお、側室を辞める意思表示をした者達には、エリアスは出来る限りの支援を約束している。

元々、側室を辞めた者への支援は行われているが、エリアスはこれをさらに手厚くした。実はこれは、リーゼルが王妃候補者となった経緯や不満をエリアスに伝えたことが大きい。彼なりに候補者、側室となってくれた女性達に少しでも報いたい気持ちから行ったものである。

その後、エリアス、リーゼル、エルティアの三人はそれぞれに支え合い、レイシスも元気に育っていく。レナルーテは順風満帆だと、誰もが思っていた。しかし、少しずつレナルーテの運命を大きく変える出来事が起きようとしていたのである。

レナルーテの暗雲

「本日も、行方不明者の報告が来ております。恐らく奴隷関係の拉致、誘拐と思われます」

「またか……ザック、影達の動きはどうなっているのだ⁉」

エリアスの自室に怒号が響く。彼の表情は険しく苦悶に歪んでいた。レイシスが生まれ約一年が経過。リーゼルが王妃となり、それぞれ支えるエリアスとエルティア。

国内も以前より活気が溢れていたが、レナルーテに影を落とす出来事の報告が起き始めていた。国内のダークエルフ、主に子供と女性が行方不明になるという報告が多発していたのだ。事態を重く見たエリアスは、早急に国内に拉致、誘拐についての注意喚起を行う。合わせてザックに調査を命じていたが、詳細の報告が中々上がって来ずエリアスは苛立っていたのである。彼の感情を諫めるように、ザックは冷静に話し始めた。

「エリアス陛下、気持ちはわかりますが落ち着いてください。影達による報告をまとめた資料をお持ちしております。厳しい内容の為、心を落ち着かせて目を通してください」

深呼吸をして気持ちを落ち着かせたエリアスは、資料を受け取り内容の確認を行う。資料にまとめられた情報は、ザックの言う通り厳しいものだった。レナルーテの国民を誘拐していたのは、北側に位置する隣国『バルスト』の息がかかった者達だという。しかし、影達でも繋がりを立証できる物的証拠は何も手に入れることが出来なかった。

ダークエルフの拉致や誘拐に関与する実行部隊は、バルスト国内もしくは周辺で雇った者達を使い、足がつかないようにしているとみられる。手に入れた情報から辿っていくと、バルストの暗部が関わっている可能性が非常に高いようだ。そこまでは突き止められたが、現時点でわかったことはそこまでだった。エリアスは資料に目を通すと、険しい顔のまま目を瞑り熟考する。

バルストの目的は何か？　ダークエルフが奴隷として高値で取引されることは知っているが、隣国であるレナルーテの民を誘拐、拉致すれば国家間の関係性は著しく悪化することは容易に想像がつく。その上でバルストの暗部が関わっている可能性が高いなら、国が主導していることになる。つまり、国家間の関係性が悪化しても良いと考えているのだろう。エリアスはゆっくりと目を開けると、ザックに問い掛けた。

「現在、我が国とバルストの兵力と国力差はどれぐらいだ」

「国力差は現時点ではあまりありません。ですが、数年後にはバルストが上回る可能性が高いでしょう。また、兵力は質では勝っておりますが、数で負けると思われます。もし、戦争となれば勝つのは難しいでしょう」

「数で負ける……バルストの奴隷兵か……」

エリアスは苦々し気に呟いた。バルストは『奴隷』が『合法』とされており、その労働力と兵力により急激に国力を増加させている国だ。ザックはエリアスの言葉に頷き、説明を続ける。

「はい。一回や二回であれば我々が勝てるでしょう。しかし、それ以上となると、我が国の兵力が摩耗して維持できない可能性が高いと思われます」

「……影による暗殺、裏工作はどうだ」

ザックは首を横に振ると、少し悔しそうな表情を浮かべる。

「残念ながらバルストは現在、ダークエルフが入国しただけで強制的に奴隷落ちになっております。すでに影から数名送りましたが、警戒と対策もされているようで失敗いたしました。勿論、こちらの情報はわからないように処理しております。ご安心ください」

「そうか。苦労をかけるな」

エリアスは再度、目を瞑り熟考し始めた。バルストの目的は挑発だろう。昨今の国力増加による兵力増強により、レナルーテを手中に収める算段を付けて動いているのかも知れない。

レナルーテとして出来ることは何か？　バルストとレナルーテの運命の鍵を握るのは何なのかを思案する。やがて目をゆっくり開くと、彼はザックに指示を出した。

「早急にバルストに使者を立てろ。レナルーテの民を拉致して奴隷売買することは国家間の争いを招くだけだと。そして、バルスト経由で奴隷落ちしたダークエルフのすべてを返還するように伝えろ」

「承知しました」

ザックが頷くのを見てから、エリアスは話を続けた。

「……それから、マグノリア帝国の皇帝に繋いでほしい旨と、現状を伝える使者を帝都に出してくれ。それから、バルディア領のライナー・バルディア辺境伯にも同様の内容で使者を出しておいてくれ」

ザックは珍しくエリアスの意図に首を傾げて、確認するように質問する。

「帝都はわかりますが、バルディア領のライナー辺境伯にも必要でしょうか」

「うむ。帝都の貴族共に使者を出したところで対岸の火事と見るだろう。だが、万が一のことがあれば、バルディア領は対岸と言っても近過ぎる位置での出来事だ。帝都の貴族よりも我らに友好的になってくれるかもしれん」

「承知しました」

ザックは納得したようでスッと頭を下げて敬礼する。エリアスはザックとの話し合いが終わった後も、今後のレナルーテの行く末を案じて目を瞑り熟考するのであった。

エリアスとザックの話し合いから数日後、熟考を続けているエリアスに思いもしない吉報が届けられる。

「エルティア……本当か？」

「はい。陛下の子供が今、私のお腹の中におります」

「おお‼　これほど、めでたいことはない」

エリアスは新しい子供の誕生に歓喜する。リーゼルに続き、エルティアも懐妊となった。これで、レナルーテの王族は安泰だろう。後は、バルストとの問題をどう収束させるかであった。

◇

エルティア懐妊の吉報からしばらくして、バルストに送った使者が戻って来る。しかし使者が持ち帰った内容は、エリアスにとって想像していた以上に最悪の展開であった。

『レナルーテ国の申し出は、バルスト国にとって全く与り知らぬことである。仮にダークエルフが無法者によって拉致され、我がバルスト国経由で売買されたということであれば同情はする。しかし、バルスト国の奴隷売買は自国の法を順守しており、国としての責任はない。責任があるとすれば、貴国の民を拉致した無法者である。この件に関して、我が国は関わっておらず、貴国の主張は甚だ遺憾である』

エリアスは苦々し気な表情を浮かべて、ザックに意見を求める。

「ザック。お前はこの内容をどう考える。バルストの狙いは我が国との戦争だと思うか」

「恐らく、そうでしょう。バルストの国力と奴隷兵により、短期的ではなく中長期的に見て我が国を落とすつもりでしょうな」

エリアスは頷くと、目を瞑り思案する。前回はバルストの目的はまだわからない部分があったが、今回の回答でバルストの目的は見えた。ザックの言う通り、戦争により中長期的にレナルーテを飲み込むつもりだろう。

レナルーテの兵力は数ではなく質であり、森の中などの立地条件が適していて初めて真価を発揮する。バルストはそれが分かっているからこそ、ダークエルフの拉致と誘拐を繰り返している。さらに奴隷売買まで行いレナルーテを挑発しているのだ。

ここまで来ると、バルストが挑発を行う理由は明白だ。レナルーテの国民感情を煽り、兵力を野戦に引きずり出す。そして、真価を発揮させずに兵力を消耗させるのが目的だろう。

レナルーテは消耗した兵力を補充するのが難しい。出生率が低いという問題から、国全体の人口が他国よりそもそも少ない。それでも今の人口は、ダークエルフの歴史上もっとも多い状況だ。

戦争となれば、兵が死ぬ数よりも子供が生まれる数が圧倒的に少ないことは、容易に想像ができる。現在の兵力が無くなれば、それはレナルーテの軍が維持出来なくなることに直結するだろう。

その為、レナルーテが戦争をする場合、兵力を出来る限り消耗しないように、専守防衛で生き残ってきた。しかし、今回のバルストが仕掛けてきた戦略は狡猾だ。

どんなに戦争に負けるとわかっていても、国民感情がバルストの非道を許さない。そうなれば王として、国として戦争をせざるを得ない状況になるだろう。レナルーテ軍という虎の子も、真価を発揮出来るのは自国の領域内に限られる。野戦となれば確実に被害が出てしまう。

だが、被った被害を補う方法がレナルーテにはない。今、レナルーテに出来ることは三つある。

一つ目、レナルーテの兵力が万全であるうちにバルストと全面戦争。

二つ目、小競り合いを続け、打開策を探る。

三つ目、他国に助力を求める。

ここまで考えるとエリアスは目を開けて、険しい表情のままザックに考えた事を説明する。その上で三つの案で、どれが現実的かを尋ねた。エリアスの中に答えはあるが、確認の意味もあるのだろう。ザックは熟考した後、おもむろに答えた。

「二つ目と三つ目を同時進行するのが良いかと存じます。一つ目は帝国の動きもあるので非常に危険です。もし、バルストに仕掛けた際に帝国が仕掛けてくれば防衛は出来ません。バルストが別動隊を仕掛けてくる可能性もあります」

「やはり、ザックもそう思うか……」

疲れたような険しい表情のまま、エリアスは頷いた。第一に、全面戦争は論外だ。帝国が動かない保証などない。彼の言う通り、バルストが大規模な別動隊を用意している可能性もあるのだ。

そうなれば、レナルーテが出来ることは限られてくる。その時、エリアスはふと思い出したようにザックに尋ねた。

「……帝国とライナー辺境伯からの回答はまだか」

「はい。その二つの返事はまだでございます」

「そうか、ならばその返事が来るまで待つしかないか……」

エリアスは、渋い顔で俯くのであった。

それから数日後。レナルーテの有力華族が集められ、大規模な会議が行われる。そして、国内で起きている拉致と誘拐について、考えられる詳細がエリアスの口から説明された。華族達の反応でそれぞれが共通していたのは、バルストに対する怒りである。憤りの声があちこちから漏れ聞こえる中、一人の華族が声をあげた。

「陛下、少しよろしいでしょうか」

「……なんだ、ノリス。申してみよ」

ノリスは有力華族の中でも一番の高齢であり、王妃リーゼルの血縁でもある。最近、華族内での影響力を高めている人物だ。エリアスは険しい表情を浮かべているが、彼は自身の意見を力強く述べていく。

「状況は理解いたしました。しかし、このままでは国民が納得いたしません。全面戦争を防ぐ意味でも、国内外に対して姿勢を見せる必要はございます。その為にも、バルスト側の国境付近にのみ軍を一部配置してはいかがでしょうか。表向きはあくまで拉致を行う無法者を捕らえる為とすれば良いかと存じます」

華族達の中には、ノリスの意見に賛同する者達が多数その場で頷いている。しかしエリアスは、怪訝な表情を浮かべてノリスに答えた。

「バルストとの国境付近の一部に、軍を配置するのは検討しよう。だが、その後についてはどうするつもりだ。永続的に配置するのであれば、それ相応の費用もかかる。具体的な解決策も聞きたいものだ」

「そうですな……国境付近に軍を配備しておけば、バルストに対して牽制出来るでしょう。その間に、帝国と同盟を結び後顧の憂いを無くす。その後、バルストにこちらから仕掛けてはどうでしょうか。我が国の軍は負けたことはありません。その強さを見せつければ、バルストは及び腰になりましょう」

エリアスは首を横に振ると、ノリスに強い口調で返した。

「牽制については同意するが、『我が国から仕掛ける』は論外だ。私の話を聞いていなかったのか。それに、負けたことが無いのは、専守防衛に徹していたからだ。領地外での戦争は我が国では出来ぬ。それを忘れたわけではあるまい」

「陛下の仰る通りでございます。それ故に、陛下が前例となるべきと進言いたします」

ノリスの答えを聞いたエリアスは、額に手を添えて俯くと心の中で呟いた。

(話にならんな……)

帝国と仮に同盟を結んでも、帝国がレナルーテに攻め込む可能性が無くなるわけではない。現時点において、帝国がレナルーテと同盟を結ぶメリットはないのだ。むしろ、漁夫の利を狙われるような状況である。ノリスは、恐らくそのことがわかっていないのだろう。エリアスは顔を上げると、会議に参加している全員に対して言い放った。

「こちらから仕掛ける戦争はせん。その上で妙案を考えろ。それが、この国に華族として名を連ねる貴殿達の仕事だ。無論、私自身も考える。この危機を何としても乗り越えるぞ」

ノリスを含め一部の華族は苦々し気な表情を浮かべたが、概ねは納得の表情で頷いている。会議が終わり自室に戻ったエリアスは、椅子に腰かけながら項垂れた。会議では考えると言ったが、正直な所手詰まりである。

ザックによる指示で影達が兵力差、立地条件、バルストの対暗殺防御策など様々な調査を行った。結果、一度きりの全面戦争をしたとしても、勝てる可能性は限りなく低いことがわかったのだ。仮にバルストの首都に辿り着いたとしても、その時に残ったレナルーテの兵力では首都を落とすことは出来ない。つまり、退却せざるを得ない状況に陥る。

犠牲を出してバルストに攻め込んだとしても、レナルーテが得る物はない。兵を失うだけである。

「すべては、帝国次第というわけか……」

エリアスは力なく呟くが、その手は怒りと不甲斐なさで震えていた。それから間もなく、「ガン!!」と鈍い音が部屋に空しく響き渡る。国の王が自国の運命を他国に頼らざるを得ない状況に、彼は苛立ち行き場の無い拳で机を力一杯に叩いてしまったのである。

その後、エリアスは帝国とバルディア領に再び使者を出す。レナルーテの命運を握っているのは、間違いなく帝国だったからだ。

◇

会議が終わった数日後。バルストとレナルーテの国境線付近に、レナルーテの軍が一部配置された。当然、自国民の拉致、誘拐を行う無法者を少しでも取り締まる為である。だがバルストは、『国境線付近に配置した軍は、我が国に対する戦争行為である』と主張。そして、バルストもレナルーテの国境付近に軍を配置してきたのである。

バルストのこの動きに関して、エリアスは首を傾げた。何故、このタイミングで配置をするのだろうか。仮に戦争をしたいとしても、バルスト側が配置する理由がすぐには理解できなかった。軍を展開することで発生する費用は、馬鹿にならないからだ。しかしその理由は、すぐに判明することになる……。

その日、エリアスはもたらされた報告に目を丸くする。

「……塩が手に入らないだと? 馬鹿な、様々なルートから仕入れは出来るようになっていたはずだ!!」

ザックを含め多数の華族からの報告に、エリアスは憤慨していた。レナルーテは内地にある国の為、塩はバルストや帝国の輸入に頼っている。しかしバルストが国境付近に軍を配置すると同時に、レナルーテに出入りしていた塩を扱う商人達が一斉に塩を売れなくなったという。正確には出入りしていた商人達が、塩を仕入不可となったらしい。

酷い内容では、レナルーテに友好的だった商人が暗殺されたという報告すらある。マグノリアとバルストの両国から仕入れていた商人達が、同時に塩を売れなくなった。その時エリアスは、ハッとして理解する。

バルストが国境付近に軍を配置した理由はここに繋がっているのだ。塩が無くなれば、国は維持できない。つまり、打って出るしかなくなる。だからこそ、国境付近に軍を配置していつでも迎撃を取れるようにしたのだ。

エリアスは急いで、ザックや華族達に塩の備蓄量の確認と新たな購入先を調べるように指示をする。しかしそれから間もなく、驚くべき事実が判明した。

「備蓄量がほとんどない……だと⁉　そんな馬鹿な話があるか‼」

「……申し訳ありません。完全にしてやられたようです」

ザックは苦々し気に呟くと、事の発端はつい最近のことであると説明を始める。バルストとの国境付近に軍を配置するにあたり、出来る限り軍資金を用意するようにレナルーテ国内に指示が出された。この指示に関しては、エリアスも承知しているものだ。

その後、長年に渡り国を出入りしていた商団が少しでも軍資金にしてほしいということで、塩を担保に軍資金を貸し出すと申し出があったらしい。

商団が担保にすると言った塩は、レナルーテ国内にそのまま置いておき保管。国としての備蓄量は変わらず、実質的に軍資金だけ得られると管理者である華族に持ち掛けた。

そして、商談からの提案を華族は受け入れるが、数日後にその商団の全員が国内で暗殺されるという凶行が発生。商団が担保として運び出し、管理していた場所の塩はすべて無くなっていたという。説明を聞いたエリアスは力なく項垂れるが、やがて口元を手で隠しながら顔を上げるとザックに問い掛けた。

「……どれぐらい持ちそうだ」

「今すぐに影響は出ないと思いますが、あまり長くは持たないと思われます……」

やられた……エリアスは、苦虫を嚙み潰したような表情を浮かべている。帝国、バルディア領からも未だに使者の回答は帰ってきていない。

恐らく、バルストと帝国はすでに手を組んでいたのだ。そして、準備が整うと同時に塩を止めたのだろう。二国は本気でレナルーテを潰すつもりのようだ。

「何か打開策はないか。バルストがまさかここまで狡猾に動いてくるとは、思っていなかった。我らはダークエルフであること、そして歩んできた歴史に驕っていたのかもしれんな……」

「陛下、諦めてはなりません。陛下は国と民を導く王なのです。陛下だけは最後まで諦めてはなりません」

「……諦めてはおらん。私にも守るべきものがあるのでな」

そう言うとエリアスは、熟考するように額に手を添えて俯くのであった。

塩の件が報告された数日後。バルディア領の領主であるライナー辺境伯より、内密に会談の申し出があったと、ザックから報告がもたらされた。エリアスはこの申し出をすぐに承諾。こうして、エリアスとライナーによる内密の会談が近日中に行われることになったのである。

エルティアがファラを出産する数ヶ月程前の出来事であった。

密約

「エリアス陛下、この度は急な申し出を了承いただき感謝いたします」

「ライナー辺境伯殿、『よく来てくれた』と言いたい所だが我が国は現在、逼迫《ひっぱく》した状況でな。内密に行う会談が、お互いにとってより良いものになると信じたいものだ」

エリアスとライナーの二人は、迎賓館のある一室で机を挟み向かい合って座っていた。ライナーから人払いを頼まれ、部屋は二人だけの空間となっており緊張感の張り詰めた空気が漂っている。

その中、まずライナーがおもむろに話し始めた。

「では……我が国、マグノリア帝国の皇帝陛下より預かって来た親書をお渡しいたします。恐れ入りますが、この場でお読みいただくようお願いいたします」

ライナーはそう言うと親書を取り出して、机の上にスッと差し出した。エリアスは、おもむろに親書を手に取ると封を開けて目を通していく。親書の中身を確認したエリアスは、険しい表情を浮かべる。

「これは……本気なのか」

「エリアス陛下のご心中、お察しいたします」

マグノリア帝国の皇帝、アーウィン・マグノリアからの親書にはこう書かれていた。

『第一にバルストとレナルーテ両国の緊張状態に関してマグノリア帝国は関わっておらず、二国間の状況を注視している状況である。貴国からあった申し出『同盟』に関しては、国内において協議した結果、条件付きにて盟約を結ぶ準備がある。

条件条項

一つ目、盟約を結んだあとのレナルーテ国内における軍備、政治（外交・内政）、次期国王任命権などの重大案件について、最終決定権をマグノリア帝国に委任。同盟後はすべて帝国の決定に従うこと。

二つ目、同盟後、レナルーテ王族に王女が生まれた場合、マグノリア帝国の皇族もしくは次位に準ずる指定された帝国貴族との婚姻をさせること。

三つ目、二つ目の事項により婚姻した者同士の間に生まれた子はレナルーテにおける王位継承権を持つものとする。

四つ目、一〜三の事項は密約として国内外に公表をしてはならない。

以上の事項を承諾いただければ帝国は貴国の同盟国となり、バルストに対して抗議を行う準備がである。なお、貴国より先にバルスト国から密書が届いており、内容は貴国に対する塩止めの依頼である。

帝国に属する一部の貴族が先走り、貴国に対して塩止めを行ったことは把握しているが、この件に関しては帝国全体としての判断ではない。貴国の賢明な判断を期待する』

エリアスは額に手を添えながら項垂れる。マグノリアはバルストと組んでいたわけではない。だが、完全なる漁夫の利によって、レナルーテに『属国』か『亡国』の選択を迫ってきている。やがて、顔を上げたエリアスは苦々し気に呟いた。

「これでは、同盟とは名ばかり……我が国は属国と変わらん扱いになるということだ。それに、まだ生まれるかもわからない王女を人質に取る為に、貴国の皇族もしくは貴族と婚姻させる。挙句いずれ生まれる子供には、我が国の王位継承権まで与えろとはな」

「それでも、国として生き残ることはできましょう」

エリアスは鋭い眼光でライナーを射貫くようにギロリと睨んだ。しかし彼は、それをものともせずに言葉を続けた。

「貴国からの使者による申し出、バルストからの密書はほぼ同時期に帝国へ届いております。帝国においては、バルストと組みレナルーテと対峙すべきと主張するバルスト派。貴国と同盟を組むべきと主張する同盟派の二つに別れております」

「……同盟派とバルスト派か、どちらも実に怨めしい派閥だな。参考までに貴殿はどちらなのか、伺っても良いかな」

「私のことは、同盟派の筆頭と思っていただいて結構です。我が領地はご存じの通り貴国とバルスト、獣人国の三ヵ国に接しております。貴国からの使者の話を聞き、すぐに我が皇帝陛下に支援の打診をしております。信じていただけるか、わかりませんが……」

彼はエリアスの質問に真っ直ぐ、目を逸らさずに答えている。恐らくライナーの言っていることは真実なのだろう。そんな彼に、エリアスは次の質問をぶつけた。

「それであれば、我が国と通常の同盟をしていただきたい。国を属国にすると言われ、首を縦に振る王などおらん」

ライナーは静かに首を横に振った。

「エリアス陛下も状況は把握しているはずです。今のレナルーテは塩を止められ、将来的に負けるとわかっていながら死地に出向くしかありません。貴国の軍が消耗すれば、バルストは嬉々としてレナルーテに攻め込むでしょう。その時、戦えぬ民はバルストで奴隷として扱われるはずです……この機会を逃すほど、帝国も甘くはありません」

国同士の繋がりであり、慈善で窮地の国と無条件で同盟を結ぶほど帝国は甘くない。それは承知の上だったが、問い掛けずにはいられなかった。エリアスは目を瞑り、熟考すると答えた。

「……一日だけ、考える時間をくれ」

「承知いたしました……」

会談が終わると、ライナーは迎賓館の客室に移動する。本丸御殿の自室に戻ったエリアスは、ザック、エルティア、リーゼルを呼んだ。三人が集まると、人払いをして帝国との同盟についてエリアスは説明を始める。三人は沈痛な面持ちで聞いていた。説明が終わると、ザックがおもむろに問い掛ける。

「エリアス陛下は、どうなされるおつもりでしょうか」

「……亡国か属国となれば、属国だろう。生きてこそ、次に繋がる。亡国となれば、国民も家族を守ることも出来ん」

「それでは、念願のエルティアの子を帝国に差し出すというのですか⁉」

エリアスの言葉に噛みついたのはリーゼルだった。彼女は、エルティアがどれだけ生まれる子供を楽しみにしていたのかを知っている。子供を授かることが出来ずにエルティアが悩み、哀しみ、どれだけ苦しんでいたか。リーゼルは彼女の傍で痛いほど知っていた。その子供をエルティアから奪う帝国は、リーゼルにとって許せるものではない。しかし、熱くなる彼女をエルティアが諭すように話し始める。

「リーゼル様、そのように仰っていただきありがとうございます。ですが、このような事が起きた時の為に、王と側室は子を作るのです。我が子がもし王女であれば、その役目を果たせるよう育てましょう」

「エルティア……あなたは本当にそれで良いのですか」

エルティアは首を横に振りながら、優しく叱るように話を続けた。

「レナルーテが滅亡するかどうかの瀬戸際にあるのです。王妃である、リーゼル様がそのように取り乱してはなりません。それに私の子供が王女なのか、まだわかりません。王子である可能性もあるのです。ですから、私は大丈夫です」

「エルティア……」

リーゼルは涙を流しながら悲しみに暮れていた。対してエルティアは、毅然とした様子でそんな彼女を宥めている。エリアスは二人のやり取りを見て、申し訳なさそうに呟いた。

「身重のお前に、このような話しか出来なかった私を許してほしい。王として、父親として不甲斐ないばかりだ……」

「陛下、まだこの子がどちらともわかりませんから、気にしないでください」

三人の様子を見ていたザックは、エリアスに険しい顔で問いかけた。

「では、帝国の条件を受け入れて『同盟を結ぶ』ということでよろしいでしょうか」

「うむ。明日、ライナー殿には承諾すると返事をして、急ぎ帝国に戻っていただこう。万が一、小競り合いが起きてしまっては、犠牲が増えるだけだ。受け入れる分、事態を少しでも早く収拾してもらうよう話そう」

エリアスはそう言うと、静かに目を瞑るのであった。

◇

翌日、迎賓館でライナーとエリアスは再度会談を行う。エリアスは、提示された条件を受け入れて同盟を結ぶことを彼に伝えると、帝国に向けての密書を差し出す。そして、一刻も早くバルストの動きを止めてほしいと伝えた。ライナーはすぐに帝国に戻り、皇帝に掛け合うと約束する。

「皇帝陛下に必ずエリアス陛下のお気持ちをお伝えいたします」

「ライナー殿、どうかよろしく頼む。ただ……」

「ただ……何でしょうか」

エリアスは言葉を途中で止めると、そのまま顔を手で覆いながら俯いてしまう。ライナーはその気持ちを察して、何も言わずただ彼の言葉を待った。やがてエリアスはゆっくりと顔を上げて、震えながら静かに言葉を続ける。

「ただ……無念だ……」

この時、エリアスの瞳は赤くなり潤んでいた。だがライナーは何も言わず、彼の言葉を受け止める。そして、ただゆっくりと頷くのであった。会談が終わると、ライナーはその日のうちに帝国を目指して、レナルーテを出国する。

エリアスも会談が終わると、その日のうちに国の有力貴族だけを招集した。そして、帝国と同盟を結ぶことに加え、同時に密約についても説明を行う。

華族達は同盟とは名ばかりの『属国』という扱いに驚愕する。そして、華族に一切の相談もなく国の行く末を決めたエリアスに怒号を浴びせた。しかし、エリアスは決意に満ちた声を張り上げて答える。

「国が滅亡して悲しむのは誰だ。喜ぶのは誰だ。どのような形であれ、国として生き残れれば未来はある。だが、滅亡すれば未来はない。辛いだろうがわかってくれ。国が生き残る道はこれしか……これしかないのだ」

華族達はエリアスの言葉を聞くと、冷静さを取り戻し意気消沈する。しかし、自国が属国という扱いを受けることに、華族各々は悔し涙を流したり、俯いたり、拳を震わせる。やがて、落ち着くと華族達はエリアスの言葉に頷き黙って従った。

彼らとて、現状を理解している。帝国が提示した同盟の条件を飲まなければ、国としての未来はないのだ。こうして、ダークエルフの長い歴史を誇るレナルーテ王国は、帝国の属国となったのであった。

レナルーテが帝国と同盟を結ぶと、バルストは慌てた様子で国境付近の軍を撤退させる。帝国がバルストに対して拉致、誘拐されたダークエルフの保護と返還について要請、圧力をかけたのだ。なおこの時、バルストに直接出向き、帝国の意思を伝えたのはライナー辺境伯だったという。

レナルーテ国内においては、拉致、誘拐の被害者が家族との再会に沸いていた。また、同盟となった帝国に対して国民が非常に友好的となる。結果、帝国の文化をレナルーテに積極的に取り入れ始める動きも起きた。

帝国との同盟、バルストとの問題。様々な問題が同時に進んでいく慌ただしい日常の中、エルティアが無事に子供を出産する。生まれた子供は『ファラ・レナルーテ』と名付けられた。エルティアにとても似た可愛らしい女の子である。

三角関係……？　リッドとファラとレイシス

ファラからの話を聞いた僕が感じたのは、エルティアに対する悲哀だった。ファラが受けてきた教育、父上がファラに伝えた言葉、エルティアが彼女に伝えた勘当。これらを総合的に考えると、エルティアの真意まではわからない。だけど、決してファラを憎んでしていることではないと思う。むしろその逆ではないだろうか。恐らく密約の件が大きく関わっている気がするけど、ファラはきっと密約のことを知らないはずだ。彼女から聞いた話の内容に関して、僕は考えに耽っていた。

「すみません。リッド様。私の母上に対する疑問を聞いていただいて……」

「いやいや、気にしなくて大丈夫だよ。さっきも言ったけど、僕のお義母様になる人だからね」

笑みを浮かべて答えると、ファラは嬉しそうに微笑んだ。そんな彼女の笑顔を見ながら、僕はエルティアとの関係も何とかしたいと考えていた。その時、部屋の外から兵士の声が聞こえてきた。

「レイシス王子がリッド様にお会いになりたいそうです。よろしいでしょうか」

兵士の思いがけない名前に僕は「ドキッ」として、顔が青ざめた。先日、メイド姿の時に、彼に言われたことが脳裏に蘇ったからである。そんな僕の様子を訝しんだのか、ファラが怪訝な表情を浮かべて話しかけてきた。

「リッド様、兄上と何かあったのですか」

「へ……⁉　いや、何にもないよ。あははは」

動揺を隠しきれずに少し挙動不審な感じで答えた後、僕は苦笑してやり過ごす。

「では、兄上に来ていただいて大丈夫でしょうか」

「うん……大丈夫だよ」

彼女は僕の答えに、まだ怪訝な表情をしている。しかし、いつまでも待たせるにはいかないと判断したのだろう。外に居る兵士に向かって「どうぞ、お通しください」と答えた。それから間もなく、部屋にレイシスが入室する。

「ファラ、急にすまないな」

「いえ、私は大丈夫です」

レイシスはファラに軽く挨拶をすると、すぐに視線を僕に移した
「リッド殿、体調はもう大丈夫でしょうか。先日、来た時には入れ違いになってしまいました。御前試合での非礼のお詫びとお礼をずっと、お伝えしたいと思っていた次第です。本当にありがとうございました」

矢継ぎ早に言葉を発すると、彼は深々と頭を下げて一礼する。僕は慌てて彼に頭を上げてもらった。

「いえいえ、そんな気にしないでください。あれは色んな事情が絡んでおりましたし、謝罪もすでに頂いているので大丈夫です。それに、レイシス様はファラ王女とのお話が進めば、兄上になりますからそんなに畏まらなくて大丈夫ですよ」

「う、うむ。そうか、ならばお言葉に甘えさせていただくかな」

彼はそう言うと、照れ笑いを浮かべながら言葉遣いを早々に切り替えた。レイシスに対して、僕はもう怒ってはいないけど……例の件で苦手意識がどことなくある感じだ。しかし、僕の想いとは裏腹に、彼は触れてほしくない話題を本題とばかりに振ってきた。

「時にリッド殿、貴殿のところに『ティア』という可愛らしいメイドがいるのは知っているか」

「ゴホゴホッ⁉」

「リッド殿、大丈夫か⁉　まだ本調子ではないのか」

ティアという名前が出て、僕は思わず咳込んでしまった。そんな僕を、彼は優しい眼差しで心配そうに背中をさすってくれている。

「い、いえ、大丈夫です」

動揺を悟られないように、僕は平静を装いながら答えた。だけどその時、冷たく突き放すような可愛らしい声が聞こえてくる。

「兄上、その『ティア』という人物がどうされたのでしょうか」

冷たい視線と気配を感じてハッとした僕は、ソーっと声の主に視線を向ける。そこには、毅然とした表情をしているファラがいた。その表情と雰囲気は、彼女の母であるエルティアに似ている気がする。レイシスもファラの雰囲気が変わったことに気付いたのか、少し丁寧な口調で答えた。

「う、うむ。昨日、ファラ達の部屋にも居たメイドなのだが、覚えていないか」

「……覚えています。アスナも覚えていますか」

「え……わ、私ですか。もちろん覚えておりますが……」

護衛としてファラの後ろで控えていたアスナは、急に話を振られて少し困惑したような表情を浮かべている。その時、アスナが僕を横目でチラッと見た気がした。

レイシスは彼女達の答えを聞くと、少し顔を赤らめて何かを言おうとしている雰囲気を出している。僕は、嫌な予感がして心の中で呟いた。

（レイシス王子、やめてくれ。二人には何も言わずに、気持ちは秘めておくべきだよ!!）

しかし僕の思いは届かず、レイシスは二人におもむろに話し始めてしまう。

「実は……私はどうやらそのティアに、一目惚れしてしまったらしくて……な。母上に相談したら、一目惚れで間違い無いと太鼓判を押されたのだ」

「ゴホゴホゴホッ!?」

突然、アスナが咳込んだ。恐らく、予想外の出来事に驚いたのだろう。しかし、場合によっては不敬になるのではないか。そんな僕の心配をよそに、レイシスは只々心配した様子で彼女に声をかけた。

「アスナまでどうした。何やら空気が悪いのではないか」

「ええ。確かに、今この部屋は『良い空気』ではないかもしれませんね。ところで、兄上。その一目惚れした『ティア』がどうされたのですか」

ファラの言葉は相変わらず冷たく、突き放すような印象を受ける。僕はこの時密かに、エルティアとファラは間違いなく親子だ、と感じていた。見れば見る程、表情もそっくりである。だが、レイシスはそんな冷たい雰囲気を出す彼女に、暖かい雰囲気を出しながら照れ笑いを浮かべて答えた。

「実は昨日、もう一度彼女に会いたくてな。迎賓館に行ったら会えたのだ。次に会える機会が何時になるかわからんと思ったら、そのまま告白していたよ」

暖かい笑みを浮かべている彼に対して、冷たい笑みを浮かべたままのファラは感心するように頷いた。

「へぇ……兄上は『ティア』に告白したんですね。それで返事はどうだったのですか」

「うむ。振られた。彼女はリッド殿を好いているらしい」

「ゴホッゴホゴホ⁉」

僕とアスナは、同時にむせて咳込んだ。レイシス……僕であろうとなかろうと、本人を前にして言うべきことじゃないと思うよ。まぁ、僕が『ティア』であることを知らないせいだろうけどさ。

そんな事を考えながら咳き込む姿に、彼は怪訝な表情を浮かべている。

「リッド殿に加えてアスナまで……二人共どうしたのだ。本当にこの部屋の空気は大丈夫か。ファラ、侍女にしっかり掃除をするよう私から注意しておこうか」

「ふふふ。兄上、それには及びません。私からしっかり申し付けておきますので、ご安心ください」

「そうか。それなら良いのだが……」

笑顔で答えているけど、ファラの目は笑ってない。妹の兄が、妹の夫となる相手に告白したことを聞かされている妹。その構図が、今まさに目の間に広がっている。何か言うべきかもしれないが、何を言っていいのかもわからない。アスナは何かを耐えるように俯いて、肩を揺らしている。

せめてもの救いは、ファラはすべてを知っていて、レイシスは何も知らないことだろうか。そんな中、レイシスが僕に視線を向けて見据える。

「リッド殿、情けないがお願いがあるのだ」

「へ……!? ど、どのようなお願いでしょうか」

熱い眼差しに見据えられて、内心たじろぎながら必死に答えると、彼は話を続けた。

「実はティアに告白した時、リッド殿より強くなければ認めることはない、と言われたのだ。勿論、リッド殿にはいつか再挑戦させていただくつもりだった。もし再挑戦をして、リッド殿に私が勝てた時は、ティアとの関係について是非とも後押しをお願いしたいのだが……」

「そ、それは、当人同士の問題ですから……私には何ともしがたいです。それに、私は残念ながらティアという者を存じあげません」

答えながら、僕は必死にレイシスからの逃げ道を模索していた。彼とのやりとりを、ファラは冷やかな目で見ているようだ。アスナに関しては、相変わらず俯いて肩を震わしている。複雑な感情が皆を巡る中、レイシスは話を続けていく。

「リッド殿は彼女を知らないのか。しかし、あの時は確かディアナ殿もいたはずだ。彼女に聞いてもらえばわかるはずだ。是非とも、彼女にティアの事を聞いておいてほしい」

「承知しました。今度、聞いておきます」

この時、ディアナがこの場に居なくて本当に良かったと思った。お節介とは思ったけど、彼女の為にと思ってしたことは無駄じゃない。人の為にした良い事が、巡り巡って自分に良い事として返ってくる……まさに『情けは人の為ならず』だ。その時、僕達のやりとりを見聞きしていたファラ

が、冷たく突き放すようにレイシスへ問い掛ける。

「兄上。リッド様は婚姻候補者として、私と親交を深める為に来ております。先日の非礼についての謝罪であれば、私は何も言いません。しかし、ご自分の恋路の話であれば、また別の機会にしていただきたく存じます。本日はこの辺で、席を外されてはいかがでしょうか」

何とも言えない凄みのある彼女の雰囲気に、さすがのレイシスも何かを察したらしい。彼は、たじろぎながら咳払いをする。

「そ、そうであったな。申し訳ない。では、私はこれで失礼するとしよう。リッド殿、先日の非礼、改めてお詫びいたす」

レイシスはそう言うと、スッと会釈する。

「いえいえ。本当に、もう大丈夫ですから……」

僕が首を軽く横に振りながら答えると、レイシスはニコリと笑みを浮かべて話を続けた。

「うむ。そう言っていただけると助かる。あと、くれぐれもティアの事を……」

「兄上⁉ いい加減にしてください‼」

しかしその時、ファラが怒りの声を彼の言葉に被せた。同時に彼女はサッと立ち上がると、レイシスの背中を押して無理やり部屋から追い出してしまう。そして止めと言わんばかりに、部屋の外で呆気に取られている彼に向かって冷たく言い放った。

「本日は、もうこちらに来ないでください。来たら、兄上の事を嫌いになりますからね‼」

「ファラ⁉ それは言い過ぎ……」

レイシスの悲痛な声が届く前に、部屋の襖はファラによって『ピシャリ』と閉じられてしまう。

彼女は先程まで座っていた場所に戻り腰を下ろすと、僕を見つめながら咳払いをする。

「あ、兄上なんかに、リッド様は絶対に渡しません……!!」

「な……!? 言っておくけど僕はファラ一筋だし、ファラにしか興味ないからね!!」

「え……!?」

突然ファラは、「ボン!!」と顔を赤らめて、耳を上下させながら俯いた。

「あ……」

彼女の様子にハッとした僕は、自分が言った言葉の意味に気付き、顔を赤らめて俯いてしまう。

やがて僕達のやり取りをずっと見ていたアスナが小声で呟いた。

「……ごちそうさまです」

それから少しの間、僕とファラはお互いに顔が真っ赤になっていた。だけど、このままじゃ話が進まない。わざとらしく「ゴホン……」と咳払いをすると、僕は彼女を優しく見つめた。

「ファラ……話を戻そうか」

「え!? は、はい!! そうですね……」

先程は話の途中でレイシスが入ってきてしまい、エルティアの話から大分逸れてしまった。話を戻して再開しようとしたその時、兵士の声が部屋に聞こえてくる。

「申し上げます。バルディア騎士団所属の『ネルス』という方が、リッド様の護衛の件で来られております。いかがいたしましょう」

『ネルス』……はて、誰だろうか。バルディア騎士団の皆の顔は、残念ながら覚えきれていない。今のところ、ルーベンスとディアナぐらいしか接点がないからだ。だけど、ディアナの代わりとして来たのだろう。確認をするようにこちらを見ていたファラに僕が頷くと、彼女は兵士に答えて『ネルス』を通してくれる。それから間もなく、部屋の外から声が響き渡った。

「恐れ入ります。バルディア騎士団所属、騎士ネルスです。ライナー様より、リッド様の護衛任務の指示を頂きました。バルディア騎士団所属、騎士ネルスです。ファラ王女の部屋に入室させて頂いてもよろしいでしょうか」

聞こえてきたのは男性の声である。この時、僕はハッとする。そうだった、ディアナ以外の騎士は全員男性だ。僕はファラとアスナを見ながら尋ねる。

「ごめん、騎士はディアナ以外、男性しかいなかったと思う。入室させても大丈夫かな」

二人は顔を見合わせてから頷くと、ファラは部屋の外にいるネルスに答えた。

「バルディア騎士団、騎士ネルス、入室を許可いたします」

「は、それでは、失礼いたします」

襖を開けて、入って来たネルスの背丈はルーベンスぐらいだろうか。髪は茶色で、目の色も青いがその細い目が印象的だ。そして、彼には見覚えがあった。レナルーテに来る途中で、良くルーベンスやディアナと絡んでいた気がする。彼は、ゆっくりこちらに近づくと丁寧な口調で言った。

「先程、お伝えしました通りライナー様より、リッド様護衛任務の指示を頂きました。ディアナが戻るまで、近くに控えさせていただきます事をお許しください」

ネルスはそう言うと僕達、三人に向けて一礼する。彼が顔を上げると僕は笑みを浮かべて頷いた。

「わかった。ネルス、これからよろしくね。それから、そんなに畏まらなくても大丈夫だよ。ルーベンスやディアナと仲が良いんだよね。時折、楽し気に絡んでいたのを見ていたよ」

「ありがとうございます。リッド様にそう言っていただけるとは幸いでございます。それと……」

「それと……?」

ネルスはファラとアスナを横目でチラッと見ると、優しく微笑んだ。

「ファラ王女はとても可憐であり、リッド様と実にお似合いと伺っておりました。是非、一度お会い出来ればと思っておりました故、護衛任務は大変光栄であります」

「ゴホゴホ⁉ ネルス、いきなり何を言うのさ」

彼の思いがけない言葉に、僕はせき込みながら注意する。ファラはいまのやり取りで顔を赤らめて、耳を上下させている。アスナは特に顔色は変えていないが、ネルスを観察するような眼差しで見ている気がする。僕は少し顔を赤らめながら深呼吸をすると、彼にキッと視線を向ける。

「その、お似合いとかさ、光栄って言ってもらえるのは嬉しいよ。だけど、面と向かって言われると、その、僕もファラも気恥ずかしいからさ。そこは自重してほしいかな……」

顔を赤らめている僕達を見ると、ネルスは何かを察したように会釈する。

「これは、大変失礼いたしました。すでにお二人は思いが通じあっているようで、何よりでございます。実は、知り合いにとても進展の遅い者達がおりました……」

「あはは……そうなんだね」

苦笑しながら彼の言葉を受け流すが、(また余計なことを……)と僕は心の中で呟いた。だけど、彼の言う進展の遅い者達に心当たりがある。恐らくあの二人だろう。

「リッド様がその二人の影響を受けていないかと……実は心配しておりましたが。いや、誠にお節介でありました。大変申し訳ございません」

何とも飄々として軽い感じで話すネルスだが、その言葉に不思議と嫌悪感はない。同じ言葉をルーベンスが言ったなら、僕は「どの口が言う!?」と怒っていたかも知れないな。彼の言葉に感じるのは、怒りと言うより呆れという感じだ。いわゆる、『憎めない奴』という感じだろうか。僕は「はぁ……」とため息を吐く。

「もういいよ。でも、次からは言葉に気を付けてね。特にここは他国の中枢なんだからね」

「はい。心得ております」

ネルスはそう言うと、笑みを浮かべて頷いた。そして彼は、ファラとアスナに視線を向ける。

「ファラ王女様、アスナ様。大変出すぎたことを致しました。申し訳ございません」

丁寧に謝罪の言葉を述べると、彼は頭を下げて一礼した。ファラはそんな彼に、少し照れた様子で声を掛ける。

「い、いえ、お気になさらないでください。それよりも騎士団内では、その……もうそのような話が出ているのですか」

彼女の言葉を聞いたネルスは、満面の笑みを浮かべて答える。

「はい。ライナー様、リッド様のお二人がファラ王女様とお会いになってから、とても笑顔が増えました。それに、ディアナからもお二人の仲睦まじい様子を伺っております。それ故、騎士団内ではファラ王女様とリッド様が大変お似合いだという話題で持ち切りでございます」

「そうですか……私とリッド様がお似合い……」

彼女は嬉しそうに微笑むと、顔を赤らめながら両手を頬に当てて俯いた。そして、耳も上下に動かしており、今にも「キャー!!」と言いそうな雰囲気である。恐らく、第三者に噂されている事が嬉しいのだろう。その可愛らしい姿に、僕も頬を緩めてしまった。

しかし、ネルスはわかってやっているのか、天然なのか。歯が浮きそうな言葉を、こうも簡単に言えるのはすごいと思う。ある意味では、見習ったほうが良いのかな。そう思った時、今まで黙っていたアスナがネルスに対して強めの口調で問いかける。

「ネルス殿、先程から見ておりましたが、あなたの動きには隙がありません。恐れながら、騎士団内ではどの程度の強さなのでしょうか」

「へ……？」

アスナの言葉に、僕は呆気に取られてしまう。だけど、質問されたネルスは飄々《ひょうひょう》と答える。

「強さでございますか……そうですね。アスナ殿にわかりやすく言うなら、ディアナ以上。ルーベンスとは同格か、ちょっと下ぐらいでしょうか」

「やはり、素晴らしい実力をお持ちのようですね。どうでしょうか、リッド様と姫様さえよければ、ネルス殿と模擬戦をしたいと存じます」

そう言うと、彼女は目を輝かせ爛々とした眼差しを僕達に向けた。模擬戦の話を聞いても、ネルスは態度を崩さず飄々としている。ファラは聞こえていないようで、まだ顔を赤らめてニコニコと微笑みながら耳を上下に動かしていた。そんな中、額に手を添えながら俯いて深呼吸をした僕は、アスナとネルスに向かって強い口調で答える。

「模擬戦なんか、駄目に決まっているでしょ⁉」

ファラとの話が立て続けに邪魔をされて、一向に進まないことに僕は頭を抱えるのであった。

エルティアとリッド

「エルティア様、もう少しです。頑張ってください」

「うぅうう……あぁああ!!」

どれぐらいの時間が経過したのだろうか。出産が始まってから、エルティアに時間の感覚はあまり無かった。持続的にやってくる激しい痛みで、何も考える余裕はない。

(もう無理、ダメだ)

そうエルティが心の中で思った時、部屋に産声が響き渡った。同時に出産を補助する為に集まっていた医師と助産師達が、歓喜の声を上げる。そんな中、エルティアは小声で呟いた。

「はぁはぁ……んん、良かった……無事に産めた……のね」

そう言うと同時に、彼女は(どうか、男の子であってほしい)と心の中で願った。此処にいる者達は知らないが、エルティアだけは帝国と結ばれた密約の内容を知っている。我が子が娘であれば、訪れる未来は辛いものになるだろう。だから、彼女は願わずにはいられなかったのだ。

やがて、助産師の一人が生まれた赤ん坊をエルティアが寝るベッドの傍にそっと置いた。

「エルティア様、おめでとうございます。とても元気な女の子でございます!!」

「……!! ええ、ありがとう……」

滅多に人前で涙を流さないエルティアが、その一言で涙を流した。彼女は頬を伝う涙が、無事生まれた我が子に対してなのか、それとも、いずれ我が子が帝国に行ってしまう為なのか、分からなかった。

しかし、エルティアが生まれた子供に対して抱いた感情に、一つ間違いないものがある。それは無事に生まれてくれた我が子への、愛おしさと慈愛だ。エルティアは、(必ずこの子を守って見せる。他国でも生きていけるように強く育ててみせる……!!)と、人知れず心の中で決心していた。

◇

「……夢を見るなんて、少し気が緩んだのかしら」

先程、エリアスがエルティアの体調を心配して部屋に訪ねてきたが、少し会話をすると退室してもらった。体調が優れないわけではないが、疲れていたのは本当だったからだ。それから間もなく、エルティア自身も気付かぬうちに転寝《うたたね》をしていたらしい。その時、部屋の外から兵士の声が響いてきた。

「エルティア様、ファラ王女様とリッド・バルディア様がお会いになりたいとのことです。いかがいたしましょう」

ファラとリッドが訪ねてきたという言葉に、彼女は「何用だろうか」と首を傾げる。やがてエルティアは、静かにため息を吐くと、思い出すように考えに耽った。

◇

ファラが生まれて間もなく、エルティアはある事を決意していた。将来どのような道に進んでも、生きていけるだけの下地を娘に作るのが、母親であるエルティア自身の役目であると。だからこそ、心を鬼にしてファラを厳しく育てたのだ。当然エリアスにも教育の方針を伝え、協力してもらった。

彼は当初、エルティアの方針に反対する。しかし、当時の彼女は頑なに意見を譲らなかった。

「帝国に嫁いだ時、ファラを守れる者は誰もおりません。従いまして、心を出来る限り鍛えねばなりません。私自身、リバートン家にて学んだものがございます。これを少しでもファラに伝える事が必ず、将来の為になるでしょう。陛下もどうか心を鬼として、ファラに接するようお願いいたします」

エルティアの熱意。そして彼女なりの愛情を理解したエリアスは、ファラの教育方針を承諾する。

彼女は、ファラが皇族に嫁ぐということを前提にファラの教育方針を決めていく。通常学ぶレナルーテの歴史や礼儀作法に加えて、帝国の歴史や礼儀作法も教えた。

歴代の王子ですら、ここまでの詰め込みを小さいうちからは行わない。事情を知らぬ者達から、訝しげに陰口を叩かれたがエルティアは気にしなかった。同時に彼女は、様々なことを教えていくうちにファラの資質に舌を巻く。

ファラは非常に優秀だった。彼女は自身が考えた教育方針により、娘が潰れてしまうのではないかと、不安が無かったわけではない。しかし、ファラはエルティアの不安を打ち消すように要領よく、教えた事をすぐに吸収する。

我が子の成長を見てエルティアは内心ではとても嬉しく、感激していた。だが、決してそれを表に出すことはしなかった。

ダークエルフの一生は人族よりも長い。ファラが帝国に嫁いだ後、レナルーテの地を二度と踏むことは出来ないだろう。幼少期の短期間であってもファラの為に、良い思い出を作るべきでない……エルティアはそう考えていた。

良い思い出が生きる糧になることは知っているが、逆にその思い出に縛られてしまうこともある。ファラの場合、縛られてしまう可能性が高いと彼女は考えていた。その為、ファラに冷たく接する事を決めたのである。

エルティアは厳しく接しながら、帝国にファラにとっての良い出来事が少しでもあるようにと、淡い期待を抱くことしかできなかった。そんな、エルティアの薄い希望に光を灯した存在が、突然現れた『リッド・バルディア』だった。

最初は皇族の皇子から、辺境伯の子息と聞いて不安を覚えた。ファラを不幸にするような相手であれば、何としても破談にしようとも考えていたのである。しかし、彼に抱いた当初の不安は、彼が見せる常識外れの言動と結果により覆された。彼は『型破りな神童』というべき存在だったのである。

また、ファラも彼に対して理由はわからないが好意を抱いているようだった。彼であれば、ファラを幸せにしてくれるかもしれない。託す思いで、エルティアはファラとリッドの縁が結ばれるように画策した。

ノリスはザックからの依頼もあったので、渡りに船と潰すのに協力。この時ザックから、エルティアをモデルにした絵に、リッドが見惚れていたという話も耳にする。故に、ファラに対して、リッドが少なからず好意を抱くと予想もしていた。

決め手となったのは御前試合後、エリアスにリッドが伝えた言葉である。その言葉をエリアスから聞いたエルティアは、ファラをリッドと婚姻させると決心した。彼なら、ファラを自身の代わりに幸せにしてくれるはずだと考えたのである。その時再度、兵士から声が響く。

「エルティア様、申し訳ありません。ファラ王女様とリッド様をいかがいたしましょう」

ハッとしたエルティアは気を取りなおし、毅然とした態度でいつも通りの声で答える。

「わかりました。お通しなさい」

「承知しました」

間もなくして、部屋の外から声が聞こえた。

リッドとエルティア

僕とファラは今、エルティアの部屋の前にいる。ファラから聞いた話と、僕が知っている話から、エルティアは絶対にファラを嫌っているわけではないと考えていた。これこそ、余計なお世話かも知れない。だけど、やはりファラとエルティアの関係も何とかしたいと僕は思っていた。

母上のこともあるけど、人はいつどうなるかわからない。婚姻の話が順調に進んだとしても、彼女達が一緒に過ごす時間はまだあるはずだ。

何かのきっかけになればと考え、僕は思い切ってエルティアに会いに行こうと、ファラに伝えた。彼女は戸惑っていたが、この機会にどうしても挨拶をしておきたいと言って押し切ったのだ。エルティアの居る部屋の前まで来たファラは、少し不安を滲ませた震える声を発する。

「母上、ファラです。今一度、お話をさせていただきたく存じますが、よろしいでしょうか」

隣で小さく震えている彼女を安心させる意味も込めて、僕も続くように力強く言葉を発した。

「エルティア様、リッド・バルディアです。先程は、私とファラ王女の背中を押していただきありがとうございました。是非一度、エルティア様とお話させていただきたく存じます」

僕達が声を発してから間もなく、冷たくも綺麗で品のある声が返ってきた。

「どうぞ、お二人ともお入りください」

エルティアの答えを聞くと同時に、僕は隣にいるファラに「大丈夫、僕もいるから」と言って微笑んだ。そして、部屋に入るべく襖を開けて「失礼いたします」とスッと頭を下げて敬礼する。エルティアは、少しだけ目を細めながら笑みを浮かべた。

「ようこそ、リッド様、ファラ王女様。どうぞ、そちらにおかけください」

僕達は二人の護衛を合わせると、計四人でエルティアの部屋に訪れていた。しかしこの時、護衛の二人には、話が終わるまで部屋の外で待ってもらうようにお願いをする。アスナとネルスは頷いて、了承してくれた。

そして今、部屋の中に居るのは僕、エルティア、ファラの三人だけだ。僕達は、彼女に促されるままにソファーに腰を降ろす。エルティアとは、机を挟んで向かい合って座っている。やがて、僕達を見たエルティアがおもむろに口を開く。

「それで、本日のお二人はどのようなご用件でしょうか」

「はい。まず先程もお伝えした通り、エリアス陛下の御前で私達の背中を押していただきありがとうございました」

そう言うと、僕はエルティアに向かってスッと頭を下げて一礼する。そして、顔を上げるとニコリと微笑んだ

「従いまして、これからはエルティア様の事を『お義母様』と呼ばせていただければと存じます」

「は……？」

予想外の話だったらしく、エルティアは呆気に取られているようだ。しかし、すぐにいつもの表

情に戻ると彼女は咳払いをする。

「私は、ファラ王女様と縁を切っております故、リッド様にお義母様と呼んでいただく資格はありません。それに、まだ婚姻をしていないのです。その発言は恐れながら軽率かと存じますが」

「お義母様、それは異なことを仰います。ファラ王女と縁を切ったと仰いますが、それは不可能です。お義母様とファラ王女は、王族に連なる一族になります。それが、個々人で勝手に縁を切ることなど出来るはずがございません」

彼女は眉毛をピクリとさせて、怪訝な表情をしている。だけど意に介さずに、僕は話を続けた。

「それに、婚姻はまだということですが、エリアス陛下と父上がお認めになった以上、私とファラ王女の婚姻は決定的だと存じます」

「ふぅ……さすが、あの場でノリスを言い負かしたことはありますね。いいでしょう、リッド様が私をどう呼ぶかはお任せいたします。しかし、王族に連なる血縁者であっても、私とファラ王女に親子としての感情はないという意味で、縁を切ったと申し上げたのです」

彼女は僕に冷たく鋭い目を向けたあとに、ファラにもその視線を向ける。ファラは視線に怯えた様子を見せるが、彼女の手をすかさず力強く握ると同時に僕は目配せする。目配せに応じたファラは小さく頷くと、深呼吸をしてからエルティアを見据えた。そして部屋を訪れる前に、僕と話して伝えようと決めていた言葉を発する。

「私は、母上が何を考えてそのような事を仰っているのかわかりません。ですが、リッド様は決して母上が私を嫌っているのではないと仰ってくれました。だから私は、リッド様が信じた母上を信じます。いつか……いつか話していただける日が来ると信じております。私にとって母上は、いつまでも母上です!!」

ファラの小さくも凛とした声が静寂な部屋の中で響き渡る。その時、彼女の言葉を聞いたエルティアの耳が、一瞬だけピクリと動いた気がした。彼女は言い終えたファラの顔を鋭く冷たい目で見ると、突き放すように答える。

「馬鹿なことを。リッド様とファラ王女は、随分と綺麗ごとがお好きなのですね。愛や優しさなどでは、何も守ることは出来ません。もっと、人を見抜く力を磨くべきです」

「お義母様、恐れながら申し上げます。愛や優しさがあるから人は人を、家族を守る決意や強さが生まれます。もし、愛も優しさもない人間であれば、何も守らずにその場から逃げ出すだけでしょう」

「……」

エルティアは反論せずに、ただじっと冷たく突き放すような目でこちらを見据えている。僕はファラを横目でチラリと見た後、エルティアに視線を移す。

「私とファラ王女がお伝えしたかったことはエルティア様が何を仰られても、私達にとってエルティア様が『お義母様』であるということです」

「私は母上を信じて待ちます。何を言われようと縁を切るようなことを決して致しません」

そう言うと、僕達は力強い目でエルティアを見据える。やがて彼女は、僕達に呆れた様子でため息を吐いた。

「はぁ……それなら勝手にしなさい。お二人が決めたことであれば、私から言うことは何もありません。信じたければ、勝手に信じなさい」

「……!!　はい、母上。ありがとうございます」

今のやりとりの中で、ファラなりに何か得るものがあったのだろう。相談されていた時のような暗さは、そこにはもう無いようだ。ファラの言葉を聞いたエルティアは、冷たく呟いた。

「要件が終わったなら、もう良いかしら」

「承知しました。本日はこれでお暇《いとま》させていただきます」

訪問した目的を果たせた僕達は、エルティアの言葉通りに部屋を退室することにした。ちなみに、目的の内容は『お義母様を信じている』ということを言葉にして伝えるというものだ。ファラの話を全部聞いた時、僕はエルティアがファラを嫌っているわけではないと感じていた。そして、ファラもエルティアに対して、どう向き合えば良いかわからないと悩んでいたのである。それなら、『お義母様を信じよう』と僕は彼女に伝えた。

エルティアの行動はよくわからない点も多い。だけど、彼女は決してファラが本当の不幸になるようなことはしていなかった。だから、信じようと伝えたのである。

ファラも「そうですね……私も母上を信じたい。いえ、信じます」と言ってくれた。だから、エルティアが何を言ってもいつか話してくれるまで、僕達は待つと決めたのである。二人で部屋を退室しようとしたその時、エルティアの声が部屋に響いた。

「リッド様、良ければ二人だけで少しお話できませんか」

彼女の言葉を聞いた後、僕は確認するようにファラを見つめる。彼女は、笑みを浮かべて静かに頷いた。ファラの意思を確認した後、僕はニコリと笑ってエルティアに視線を移す。

「はい。お義母様、大丈夫です」

◇

エルティアに呼び止められて、僕は先程まで座っていた場所に再度腰を下ろしていた。それにしても、僕だけ呼び止められたのはどうしてだろう。そう思っていると、机を挟んで正面に座っているエルティアがおもむろに口を開いた。

「リッド様、一つだけ聞かせてください。何故、そこまで私とファラの事を気にかけるのでしょうか。失礼ですが、リッド様には関係のないお話だと存じます」

彼女はとても不思議そうな表情をしている。何故かこの時、僕はエルティアに話しても良いかもしれない、と思いおもむろに話を始めた。

「お義母様だけの胸に秘めて欲しいのですが、私の実の母である『ナナリー・バルディア』は『魔力枯渇症』という死病を患っております」

「魔力枯渇症……」

僕は彼女に魔力枯渇症について説明する。ニキークから、レナルーテでは発症例が少ないと聞いていたからだ。重要な部分は話さずに、いつ命を落としてもおかしくない状況であること。加えて、父上と僕で様々な方法を模索して何とか延命出来ていると伝える。エルティアはただ、黙って僕の話を聞いていた。最後にエルティアとファラの関係について、感じたことを僕は正直に話し始める。

「エルティア様とファラ王女の間にどのような想いがあるのか、僕にはわかりません。しかし、お二人のことをどうしても他人事と思えなかったんです。出過ぎた事を致しまして、申し訳ありませんでした」

言葉の最後に先程のやり取りを謝罪して、僕は頭を下げる。ファラとエルティアの親子関係に、僕が入るのは無粋だとわかっていたけど、放っておけなかった。そう思いながら頭を下げていると、スッとエルティアの腕と胸の中に抱かれた。頭を下げている間に、彼女は気配なくいつの間にか僕の隣に移動していたらしい。呆気に取られて、抱擁されたと気付くのに少しだけ時間がかかった。

「エ、エルティア様。どうしたのですか」

咄嗟の事で、僕はお義母様ではなくエルティアと呼んでいた。エルティアは抱擁したまま優しく、語り掛けてくれる。

「あなたの母上であるナナリー様は、きっとリッド様の事を誇りに思っていると存じます。どうか、自信を持ってください」

「そ、そうでしょうか……」

「はい。リッド様のような子供を産んで、誇りに思わぬ母はおりません。どうか、心を強くお持ちください」

「ありがとう……ございます」

この時、今までに僕の中にあった不安が暖かさに包まれた気がした。そして、何故か自然と涙が溢れ出てしまう。エルティアは何も言わずに、僕が泣き止むまで優しい抱擁を続けてくれる。それは以前、母上が僕にしてくれたようなとても慈愛に満ちたものだった。

「リッド様、申し訳ありません。ナナリー様の心中を考えていたところ、感情移入し過ぎてしまいました」

「い、いえ、大丈夫です。その、お義母様のおかげで僕も心が少し軽くなった気がします」

エルティアは少し照れた様子だったが、咳払いをして表情を凛とさせる。

「リッド様のお気持ちは理解いたしました。しかし私には、私なりの覚悟と考えがあります。その点をご理解いただければと存じます」

「はい。私もファラ王女もお義母様にいつかお話ししていただけると思っております故、その時が来るのをお待ちしております」

僕はそう言うと、ニコリと微笑んだ。この時、エルティアが今までにない優しい笑顔を浮かべる。

「……リッド様、ファラをよろしくお願いいたします」

「はい。必ず、幸せに致します!!」

◇

エルティアとの話が終わった後、部屋の外で待っていたネルスと共にファラの部屋に戻った。彼女との話を、ファラにも詳しく言うつもりはない。だけど、ただ一言だけ伝えた。

「詳しくは言えないけどお義母様に、ファラを必ず幸せにするって言ってきたよ」

「えぇ⁉ ど、どういうことですか」

ファラは僕の話を聞くと、顔を赤くしながら耳を上下させている。この可愛さは、僕の中でちょっと癖になっている気がした瞬間でもあった。

◇

ファラの部屋に戻った僕は、彼女達と雑談をしながら楽しく過ごしていた。その中で。ファラの日々のスケジュールを聞いた時、あまりの詰め込み具合に僕は驚愕する。ファラはそんな様子の僕を見ながら、笑みを浮かべていた。

「ふふ、もう慣れましたから。それに案外、楽しい時もありますよ」

「それでも、凄いと思うよ……」

ファラはレナルーテと帝国、それぞれの文化や礼儀作法、歴史にとても詳しかった。前世の記憶を取り戻したから、僕は色々出来ることがある。だけど、ファラは素で様々な事を吸収しており、結果すでに大人に劣らない言動をしているのだ。そう考えると彼女こそ、本当の才女のような気がしてならない。

この時、僕は久しぶりに心穏やかな時間を過ごしていた。バルディア領からレナルーテに来るまでも大変だったけど、到着してからはもっと大変だったと思う。ノリス、ルーテ草の件等それこそ、怒涛の日々だった。そんなことを思い返しながら、ファラと談笑の時間を楽しんだ。それからしばらくすると、外にいる兵士の声が部屋に響いた。

「失礼いたします。バルディア騎士団所属、騎士ディアナ様がいらっしゃいました。お通ししてよろしいでしょうか」

「はい。お願いいたします」

ファラはディアナと聞いてすぐに通してくれた。ディアナが入室すると、ネルスは護衛の任務を彼女に引き継ぐ為に入れ替わる。彼はその際、ディアナにしか聞こえない小声で呟いた。

「はは、ルーベンスとのデートはちゃんと楽しめたかい」

「……ネルス。あなたのそういう所は、あまり好きではありません」

ネルスは何やら苦笑した後、表情を切り替えて僕達に一礼すると部屋を退室する。彼が去ってから、僕はディアナに微笑みながら問い掛けた。

「おかえり、どうだった」

「はぁ……リッド様もネルスと同じ事を聞くのですか。あまり感心いたしません」

ディアナは呆れ顔を浮かべているけど、何か誤解されている気がする。僕は怪訝な表情を浮かべながら話を続けた。

「……僕は城下町の様子とか、お土産のことを聞いたつもりだったんだけどねぇ」

「え……あ!? も、申し訳ありません。えーと、城下町はとても良い街で、ナナリー様とメルディ様のお土産も迎賓館に届けさせております。後で、ご確認ください」

珍しくディアナが動揺している。その様子に僕もファラも微笑んだ。その後、ファラはディアナとルーベンスの出会いや幼馴染として育った環境など、根掘り葉掘り聞いていた。そんなファラに少したじろぎながらも、ディアナは少し照れながら丁寧に話している。こうして、ここ数日で一番平和な時間が流れていった。

◇

ファラ達と過ごした後、本丸御殿から僕達は迎賓館に帰って来た。戻ると早々に、ザックから父上が呼んでいると言われた僕は、すぐに父上がいる部屋に移動する。ドアをノックして、返事をもらってから部屋に入ると、僕は父上に向かって会釈する。

「お待たせして申し訳ありません。父上、お呼びでしょうか」

「帰って来たか。そこに座って少し話をしよう」

促されるまま、僕は父上と机を挟み対面する形でソファーに腰を下ろす。父上は僕を見据えると、おもむろに口を開く。

「今回、外交的に行うべきことはすべて終わった。特に何もなければ少し前倒しになるが、エリアス陛下に話を通して明日、明後日にもでも帰国しようと思う。そこでだ、リッド。お前の予定はどうなんだ。まだ、こちらにいる必要はあるのか」

「そうですね……」

何か忘れていることはないか、僕は口元に手を添えて目を瞑りながら考えに耽った。ファラとの婚姻、ルーテ草など必要なことは終わったはずだ。何かあったとしても、クリスが商流を作ってくれているから何とかなるだろう。目を開けると、僕は頷いて答える。

「はい。僕も最低限、すべきことは終わりましたので大丈夫です」

「わかった。それから、先に言っておこう。私はバルディア領に戻り次第、すぐに帝都に出向く予定だ。今回のレナルーテの報告とお前とファラ王女の婚姻の件を早急に進めよう。大丈夫と思うが帝都の貴族共が騒ぐと面倒だからな」

帝都の貴族達か。彼らのおかげでファラと巡り会えたから、ある意味では感謝かな。その時、ハッとすると、忘れていたことを慌てて父上に伝えた。

「父上、申し訳ありません。問題はないと思うのですが今回、将来的に私が抱えようと思う技術者を、バルディア領に引き入れようと思います」

「それは、初耳だ。事の経緯を含めてすべて話せ」

「はい、実は……」

こうして、ドワーフの技術者であるエレナとアレックスについて僕は説明を始める。父上は終始興味深そうに話を聞いており、やがてニヤリと笑った。

「リッド、良くやった。ドワーフの技術者は、どこの国や領地も欲しがる人材だ。是非とも我が領地に連れて行こう。私も出来る限りの支援を約束すると伝えなさい」

「はい。ありがとうございます」

ドワーフの技術者はかなり価値が高いようで。気付けば父上は満面の笑みを浮かべている。そういえば、クリスもドワーフは自国からほとんど出ることがないと言っていたほどだ。もしかしたら、父上もドワーフを探していたのかも知れないな。それからしばらく、僕と父上の打ち合わせは続いた。

帰国準備

打ち合わせをした翌日、エリアス王に父上は謁見を申し込む。そして本丸御殿でエリアス王に謁見をした父上は、ファラと僕の顔合わせに関しては問題なく終わったという認識を説明。その上で次なる段階。帝国の帝都に出向き、早々に正式な婚姻の手続きを皇帝に打診したい旨を伝える。エリアス王はこの件を了承。

しかし同時に、レナルーテとして来賓に渡す物の準備がある為、僕達の帰国は明日までは待ってほしいと相談される。父上はこれを承諾して謁見を終えた。

僕は父上に、レナルーテの城下町で出会ったニキークへの挨拶は、今後の事もあるので必ず直接したいと伝える。それに、ドワーフのエレンとアレックスの件もあると説明して、城下町に出たいとお願いした。父上は少し渋い顔をしたが、ニキークは母上の治療や魔力回復薬の原料に関わる可能性もある人物だ。決して、蔑ろにするようなことがあってはならないと力説した。

エレン達も同様だ。荷物はクリス達に後便でも何でもしてもらうようにして、ともかくバルディア領に連れて行こうとも話した。結果、父上も最終的に折れてくれる。

ただし、条件として護衛は多めに連れて行くように指示を受けた。こんな風に折れてくれるなら、ちゃんと前もって相談すれば良かったと、先日の事を少し悔やんだ。

だけど、メイドに変装して城下町に出ることをしなければ、エレン達やニキークとの邂逅は無かったかも知れない。結果論だけど、あの行動は絶対にしなければならないことだったのだ……と僕は一人で自己完結していた。

折角城下町に行くのだから、ファラも誘おうと思い彼女の部屋を訪ねる。しかし、僕の誘いを聞いた彼女は、残念そうな表情を浮かべていた。

「是非ご一緒したいのですが、残念ながら先日、マレイン・コンドロイの屋敷に行った事で父上と母上に厳しく叱られてしまいました。その時に、当分は城下町に行ってはならないと……」

「そっか、それならしょうがないね」

ファラは耳を下げながら、俯いている。しかしその時、彼女はハッとして何かを思いついたように顔を上げた。

「そうです!!　私が帝国のメイド姿になれば……」

また突拍子もないことを彼女が言い出したので、被せるようにアスナが慌てて叫んだ。

「姫様!?　それは駄目です。お叱りを受けたばかりではありませんか!?」

「アスナ……そうね。残念だけど諦めます……リッド様、戻られたらまたお話を聞かせてください」

「……うん、わかった。それじゃあ、行ってくるね」

ファラを注意した時のアスナは、中々に必死の形相だった。恐らくエリアス王とエルティアに、彼女も叱られたのかもしれないなぁ。その後ファラの部屋を退室すると、アスナの必死な形相を思い出してクスリと笑いながら、僕は城下町に出かけるのであった。

◇

「えぇえぇ!?　領主様に挨拶して、明日にはボク達も一緒にバルディア領に行くんですかぁ!!」

「さすがに、急すぎると俺も思うんですが……」

城を出ると、僕は真っ先にドワーフ姉弟がいるジェミニ販売店を訪れていた。エレンとアレックスの二人に、明日にはバルディア領に向けて僕達が出立することを説明。その際、一緒に来てほしいと伝えた。その時に父上にも二人を紹介すると話すと、彼らは目が点となり驚愕してしまう。

「うん。急で申し訳ないけど、バルディア領で色々してほしいこともあるからさ。勿論、すぐに持ち運べないものはクリスティ商会やバルディア騎士団を通じて運ぶようにするから安心して」

ニコリと笑みを浮かべて答えると、ドワーフ姉弟は目を丸くして顔を見合わせる。やがて、エレンが呆れ顔でおどけた仕草を見せた。

「はぁ……わかりました。幸い、そんなに荷物もありませんから大丈夫だと思います。準備が出来たら、お城に行けば良いんですか」

「そうだね。可能なら今日中にでも、お城に来てもらえれば助かるかも。お城の門番には二人の事を伝えておくから、来たときは僕の名前を出してね」

お城という言葉に、二人はまた呆気に取られている。そんな二人に、僕はあるお願いをした。

「そうそう、この間の『魔刀』はお金を払って僕が買うからね。それと、『魔鋼』で考えていることとがあるから、もし手元にあるならバルディア領に持っていけるようにしておいてほしい」

「ありがとうございます。魔刀もリッド様という使い手に出会えて喜んでいると思います。でも、魔鋼は何にお使いになるのですか。用途はかなり限られると思いますけど……」

　魔鋼が欲しいという僕の考えが、エレンはよくわからない様子で怪訝な表情をしている。笑みを浮かべて僕は答えた。

「ふふ、まだ秘密。だけど、うまくいけばとても面白いことが出来ると思うんだ。騎士団とクリスには伝えておくからさ。いま手元にある分とか、出来る限りはバルディア領に持って行ってほしい」

「はぁ……わかりました。お店にある分とか、知り合いに預けている分とか、出来る限り持っていけるようにしますね」

　エレンは返事をするも、僕の意図がわからずアレックスと二人で最後まで怪訝な表情を浮かべている。その後、今後の流れを一通り説明すると、ジェミニ販売店を後にして次の目的地へ向かった。

◇

「はぁー……おめぇ、本当に嬢ちゃん、じゃなくて坊ちゃんだったんだなぁ」

「……!? シーッ!! そんな大きな声で言わないでください。そのことを知らない騎士も今日はいますからね」

　慌てた僕の言動に、ニキークはにやにやと笑っている。僕は今、ニキークのお店を訪れており、彼に僕が自国の領地へ明日出立することを説明。その為、別れの挨拶をしに来たと伝えると「坊ちゃん、わかっているじゃねぇか!!　人心を掴むっていうのは、そういうところだぜ」と言って上機嫌になっていた。

母上の事も含めて今後、ニキークは重要人物になっていくと思う。だから、関係強化は絶対に必要だ。彼としばらく雑談していると、ふと『彼ら』のことを思い出した。

「ニキークさん。そういえば、あの『魔物達』は魔の森に帰したんですか」

「ああ、昨日のうちに魔の森には連れて行ったぞ。森の中に入って行ったからな。もう会うこともないだろうよ」

そうか、彼らは森に無事に戻ったのかと安堵する。人間に捕らえられて辛かったと思うけど、とても賢い魔物達だったから、どうかすべての人を嫌いにならないで欲しいと思うばかりだ。

「おお、そうだ。お前達のことが噂になっているのを知っているか」

「……なんのことでしょうか」

僕が知らないと知ると、彼はまたにやにやしながら、町で噂になっていることを教えてくれた。

何でもマレイン・コンドロイは、この辺で『悪代官』として有名だったらしい。

彼に泣かされた町人達も多かったようだ。そんな時、王女が魔物と従者を従え颯爽と現れると、マレインの屋敷に公然と立ち入り、これまでの悪事の証拠を掴んで暴いた。

逆上したマレインは王女を亡き者にしようと襲い掛かるが、王女を守る魔物と従者がマレインを返り討ちにしてしまう。その姿を見た者達は、王女に付き添う六名を称えて『王女と高貴なる騎士』と呼んでいるそうだ。

身振り手振りを使い、ニキークは大袈裟に語って楽しんでいる。そんな話になっているとは露知らず、僕は驚愕していた。

マレインの屋敷に行くまでの道中で町人に見られているし、屋敷から逃げ出した者達が町に逃げ込んで状況を話したのかもしれない。だけど、城下町にほとんど出たことの無いはずのファラが、すでに王女であると知られていることが気になる。誰かが意図的に噂を流したのだろうか。そう思った時、ニキークが問い掛けてきた。

「これ、おめぇ達のことだろう。坊ちゃん達は、いま町で大人気だ。王女様とも坊ちゃんは、また会うだろう。よろしく伝えておいてくれよ。『王女と高貴なる騎士』様」

「はぁ……なんのことだかわかりませんけど、ファラ王女に会うことがあれば伝えておきます」

にやにやと笑み浮かべる彼に対して、少し呆れ気味に僕は答える。その後、ニキークに薬草の事をくれぐれもと伝えると、彼は上機嫌で「任せとけ!!」と胸を叩いて意気込んでいた。

そうしてニキークとの別れの挨拶を済ました僕は、早々に迎賓館への帰途に就く。この時、影から静かに僕達の動向を窺っている存在に、気付く者は誰もいなかった。

◇

城下町から迎賓館に戻ってきた僕は、すぐ父上のいる部屋に向かった。エレン達やニキークとの件を報告すると「わかった」と言って頷く。その後、帰国日程の件について話してくれた。

「調整の結果、明日の昼前にはバルディア領に向けてレナルーテを出立する。今日はまだ時間があるのだ、ファラ王女の所にも行っておけ。しばらくは会えないだろうからな」

「はい。そうさせていただきます」

その後、僕はファラに使いを出した後、彼女の部屋にお邪魔する。そうして、明日にはバルディア領に帰る事を彼女に伝えた。

ファラは急な日程変更に驚いた様子で、少し寂しいような、悲しげな表情を浮かべる。僕は元気づけるように彼女の手を握り、朱の瞳を見据えると優しく語り掛けた。

「次に来る時は一緒に帰れるだろうから、それまで少し待っていてね」

「は、はい。お待ちしております」

僕の言動に顔を赤らめた彼女の表情からは、寂しさは消えている。その時、ニキークから言われたことを思い出した僕は彼女に伝えた。

「あ、そうそう。マレインの屋敷であったことが、町中で噂になっているみたいだよ」

「え……？　どういうことですか」

ファラは呆気に取られ、きょとんとした顔をしている。だけど僕が事の次第を話すと、彼女は顔を真っ赤にして照れていた。

「な、なな、なんで、そんな噂話が広がっているんですか⁉　あ、でも、私の名前までは広がっていないみたいで良かったです」

大分慌てた様子の彼女は、間違ったことを言っていることに気付いていない。指摘するべきか悩んでいると、アスナがスッと手を上げる。彼女の挙動の意図がわからず、ファラは首を傾げながら尋ねた。

「アスナ、どうしたの」

「姫様、安堵している所に申し訳ありません。この国で王女は姫様だけです。つまり、噂が広がった時点で姫様であることは周知されております」

「あ、そうでしたね……」

アスナが淡々というので、ファラは冷静さを取り戻したようだ。しかし、少しするとやっぱり赤くなって照れてしまう。彼女達のやり取りに、僕は笑みを浮かべて話に加わった。

「ふふ、でもまぁ、大丈夫じゃない。人の噂も七十五日っていうからね」

「そうなんですか？　そうですよね……噂なんてすぐに消えて無くなりますよね」

そんなことを話しながら、僕はファラ達との時間を楽しんだ。

◇

ちなみに、二人の噂に対する予想は大きく外れることになる。名の知れた悪代官に王女が天誅を下す……。これほど、勧善懲悪で爽快な話を国民が放っておくはずが無かったのだ。噂が広がって間もなく『王女と高貴なる騎士』の噂話が、ある舞台脚本家の耳に入った。そして、彼は後にこう語っている。

「あの噂話を聞いた瞬間、私の頭に雷が落ちたのさ。気付いたら、噂話の詳細をあちこち尋ね回っていたんだよ。あっはははは!!」

彼が書き上げた脚本で作り上げられた舞台は、噂と同じ意味だが少し名前が変更されて公開された。

『ファラ・レナルーテと高貴なる騎士』

何故、噂話と同じ『王女と高貴なる騎士』にしなかったのか、と尋ねられた舞台監督は後にこう語っている。

「ファラ・レナルーテ王女様は、表舞台に出る人ではありませんでした。そんな王女が悪代官の話を聞きつけて、居ても立ってもおられず、町人の為に数人の騎士と立ち上がり行動したのです。そのご活躍と功績を、より多くの国民に知っておいてほしかったんです……!!」

この舞台はレナルーテの国民で大人気となり、永く語り継がれることになる。また、同時期にあった別の出来事も舞台化されており、二つの舞台はレナルーテを代表する作品として世界に知られていくのだが、それはまた別のお話……。

帰国当日　カペラとエレン

「ライナー殿、リッド殿、また、いずれ我が国に来ることになると思うが、それまで達者でな」

「はい。エリアス陛下、その時はよろしくお願いいたします」

「うむ、後で見送りにもいこう」

本丸御殿でエリアス王に対して、父上がバルディア領に帰国することを伝える。別れの挨拶の謁見も終えると、僕と父上は迎賓館の前に移動して、荷物や人員の最終確認を行っていた。人が忙しなく動き回る中には、ドワーフの姉弟であるエレン達の姿もある。

「ひえ～、数日前にはバルディア領に行くことになるなんて思ってもみなかったよ。ね、アレックス」

「よいしょ……ふぅ。本当だよな。数日前までは、姉さんと二人で借金どうしよう、って頭抱えていたのにな」

彼女達は、感慨深げに話しながら作業をしているようだ。ちなみに二人は、クリスティ商会の馬車に乗ってもらい、僕達と一緒にバルディア領に行くことになっている。意外にも、エレン達はあちこち転々としていたので、馬車の移動には慣れているそうだ。彼らは今、商会の馬車に荷物を載せるのを手伝ってくれている。

商会の人達は、二人に手伝いは大丈夫と伝えたらしいが「乗せて行ってもらうのに、何もしないわけには行かない」と申し出たそうだ。着々と作業が進む中、アレックスがエレンに声を掛ける。

「姉さん、そっちの荷物を積んでおいて」

「うん、わかっ……きゃあ!!」

その時、エレンが荷物を持つと同時にバランスを崩して転びそうになってしまう。状況を目の当たりにしていた僕は、咄嗟に「あぶない!!」と叫んでエレンを助けようと動いた。だけど僕が動くよりも早く、サッとエレンを支える人物が現れる。彼はエレンを背中から支えて転倒を防ぎながら、優しく話しかけた。

「お嬢さん、大丈夫ですか」

「え……⁉　あ、はい。大丈夫……です」

「良かった。お怪我がなくて何よりです」

無表情のままそう言うと、彼はエレンの荷物をスッと受け取る。そんな彼の仕草を見たエレンは、何やら少し顔を赤らめていた。

「ボ、ボクが、お嬢さん……」

「姉さん、大丈夫⁉」

「エレン、どこか痛めてない？」

転びそうになっていたエレンに駆け寄った僕とアレックスは、心配そうに声をかけた。

「あ、うん。心配かけてごめん、大丈夫……」

「姉さん、顔が赤いけど本当に大丈夫」

「えぇ⁉　そんなことないよ。ボクはこの通り元気さ‼」

エレンはアレックスからの指摘に少し動揺したらしい。彼女は誤魔化すように元気よく体を動かしている。うん、あの様子なら心配ないかなと、安心した僕は視線をカペラに移した。

「カペラ、エレンを助けてくれてありがとう」

「いえ、リッド様が直々にお声をかけた方々ですから、当然でございます」

エレンを助けてくれた人物である、ダークエルフのカペラに僕はお礼を伝えた。彼は今日の朝から僕達に合流している。今日の朝早くに、ザックとカペラの二人が部屋に突然やってきた時は、何事かと思ったけどね。

部屋に入室した後、ザックが畏まった様子で口を開いた。

「いきなり、帰国すると聞いて少し慌てました。手続きは完了しております故、今後カペラはリッド様の従者となります。必ずお力になる故、どうか彼をよろしくお願いいたします」

「……カペラ・ディドール。本日より正式にリッド様の従者となります。改めてよろしくお願いいたします」

そう言うと彼らは、僕にペコリと頭を下げて一礼をする。カペラが顔を上げると、僕はニコリと笑みを浮かべる。

「うん。改めて、よろしく。カペラ」

それから彼は、僕の近くに控えて一緒に行動してくれているというわけだ。なお、父上からカペラの監視を言い渡されているディアナは、今のところ特に表立って警戒する感じもなく普通に彼と接している。まぁ、監視していることを、相手に伝わるような真似は普通しないよね。

「リッド様、どうかされましたか。何かお考えになっているようですが」

「え？　ああ、カペラがザックと二人で、今日の朝早く訪ねて来た時のことを思い出していただけだよ」

気付かないうちに僕は少し考えに耽っていたらしく、カペラが無表情ながら心配してくれた。そんな彼を、ディアナが少し呆れた様子で見つめていた。

「カペラさん、貴方はリッド様の従者になるんですよ。少しは表情を動かしてはいかがでしょう。以前は表情のいらない仕事をされていたかも知れませんが、リッド様の従者となる以上、常に無表情はどうかと存じます」

「ディアナ様、私の事は『カペラ』と呼んでいただければと存じます。しかし、ディアナ様が仰られる通りです。実は、リッド様の従者になることが決まってから『笑顔』になる特訓をしているのですが、中々うまくいかなくて困っております。良ければ一度お見せしてもよろしいでしょうか」

僕とディアナは怪訝な表情をして顔を見合わせた。『笑顔になる特訓』とはいかなるものだろうか。僕が静かにディアナに頷くと、彼女は咳払いをして話を続けた。

「わかりました。貴方の事を今後は『カペラ』と呼ばせていただきます。カペラも私の事は『ディアナ』と呼んでください。それと、私とカペラはリッド様に仕える同じ従者となりますから、言葉も崩してくれて構いません」

「承知しました。しかし、私はこちらの話し方に慣れておりますす故、今のままでお許しください。ディアナ様、改めてよろしくお願いします」

何か二人の間で微妙な空気を感じるが、今日が初対面である以上はしょうがないと思うことにした。それよりも気になることがある。

「カペラ、よければその『笑顔になる特訓』の成果を僕達に見せてよ」

「わかりました。あまり自信はありませんが……」

答えると同時に彼は深呼吸をして集中する。何故、笑顔になるのに深呼吸と集中がいるのか疑問に思ったが、この場は飲み込んだ。僕達の周りに、何故か何とも言えない緊張感が走る。

「……行きます」

カペラは一言告げたのち『ニ～コ～リ～』と笑った。僕とディアナは、そのあまりのぎこちなさに思わず「ピシッ」と顔を引きつらせる。

言うなれば口角は上がっているのだが、彼の目が全く笑っていない。口元は笑っているのに、他の表情筋が動いていない感じと表現すれば良いのだろうか。むしろこんな表情が出来るのは、逆に器用かもしれない。

僕達以外にもカペラの笑顔に気付いた人達がいるが、皆一様に顔を引きつらせているようだ。彼になんて声をかけてあげればよいだろうか。そう思った時、明るい元気な声が辺りに響いた。

「カ、カペラさんの笑顔は素敵だと思います!!」

思わず声が聞こえたところに僕が振り向くと、そこに居たのは少し顔を赤らめたエレンだった。彼女の隣にいるアレックスが「ね、姉さん?」と、何とも言えない顔をしている。カペラはエレンに気付くと、その顔のままお礼を述べた。

「エレンさん、でしたか。笑顔を素敵と言われたのは初めてです。ありがとうございます」

「い、いえ、そ、そのボクで良ければ笑顔の練習を今後お手伝いしますよ……!!」

エレンがした返事は、カペラからすればとても興味深かったらしい。彼は考える素振りを見せた後、彼女を興味津々かつ好意的な目で見つめた。

「よろしいのですか。あなたの笑顔はとても明るく素敵ですから、むしろ私から是非お願いしたいところです」

「はい。ボクで良ければ、今度から一緒にやりましょう!!」

何故だ……先程までカペラの笑顔でぎこちない空気が流れていたのに、今は何やら甘酸っぱい空気が漂っている気がする。エレンは初々しく顔を赤らめながら、「……ボクの笑顔が明るくて素敵かぁ」と両頬に両手を添えて、俯いている。そんな彼女をアレックスは少し呆れた様子で「姉さんの好みって……」と呟いていた。

「カペラの笑顔の件はエレンさんにお任せいたしましょう。皆さん、仕事に戻りますよ」

ディアナが咳払いをして、カペラの『笑顔』により作業の手が止まった人達に向けて声をかける。彼女の声にハッとした皆は、それぞれ作業に戻り始めた。エレンとアレックスもハッとすると作業を再開している。気になることが出来た僕は、カペラに問い掛けた。

「そういえば、カペラは良い人とか、気になる人はこの国にいないの」

「私ですか。そうですね……昔は気になる幼馴染がおりましたが、今は誰もおりません」

「そっか。その幼馴染の人の事は大丈夫なの」

カペラにも気になる幼馴染がいたんだ。だけど、今後バルディア領に住むことになるのに、彼は大丈夫だろうか。カペラは意図に気付いたらしく、ぎこちない笑顔を見せる。

「ご心配ありがとうございます。彼女は別の方と結婚して子供もおりますから、その辺に関しては何も問題ありません」

「あ、そうなんだ。なんか聞いてごめんね……」

何やら言いづらいことを聞いてしまったようで、申し訳ない。しかし、彼は特に何も気にしていない様子で言葉を続けた。

「いえいえ、リッド様、本当に気にされなくて大丈夫ですよ。それに、そうですね。折角ですから、新天地で私も新しい出会いを探してみましょうかね」

ぎこちない笑顔で淡々と話す様子を見る限り、本心で話しているように感じる。その時、作業している僕達に近寄って来る一団に気付いて少し慌てた。来たのはエリアス王を含めた、王族一同だったからである。

「皆、作業の手を一旦止めて、エリアス陛下と王族の皆様が来られたよ!!」

僕の声が辺りに響くと、作業をしていた皆は手を止めて、慌てて膝をついて頭を垂れる。確かに見送りに来るとは言っていたけど、作業中に来なくてもいい気がする。

ちなみにこの時、荷物を積み込んでいた馬車に、二匹の珍客が紛れ込んだのだが、頭を垂れていたこともあり誰も気付く人はいなかったようだ。

やがてエリアス王は間近までやってくると、力強い声を辺りに響かせる。

「作業中にすまんな。皆、頭を上げて作業を続けてくれ。リッド殿に見送りの挨拶に来たのだ」

彼が言い終えると、皆は恐る恐る顔を上げて作業に戻り始める。その様子を確認したエリアス王は言葉を続けた。

「忙しい時にすまんな。貴殿達が帰国するのに合わせて色々と忙しくなってきてな。早めに見送りの挨拶に来たのだ」

「エリアス陛下、わざわざの見送りに感謝いたします。いま、父上を呼んで参ります」

そう言って僕は、父上を呼びに行こうとするけど、エリアス王に呼び止められる。同時に彼は二ヤリとした笑みを浮かべていた。

「よいよい。ライナー殿の所には私から出向く故、リッド殿はファラと居てやってくれ。貴殿の帰国を聞いて少し寂しそうにしておるのでな」

「……!? 父上、あまり人の多い場でそのようなことは言わないで下さい……!!」

茶化すようなエリアス王の言葉に、ファラは少し顔を赤らめて恥ずかしそうにしている。しかし、エリアス王はそれすらも楽しむように、ニヤニヤとしながら僕とファラを交互に見ていた。

「あはは……」

エリアス王とファラのやりとりに、僕は苦笑するしかない。

「リッド殿!!」

急に名前を呼ばれて振り返ると、そこにはレイシス王子が佇んでいた。どうしたんだろうと僕は首を傾げる。しかし、すぐに彼が手紙を大事そうに持っていることに気付き、嫌な感じがした。案の定、彼はその手紙をスッと僕に差し出すと言葉を続ける。

「これを、ティアに渡してほしい」

「えぇぇぇ……」

僕はどっと疲れたような嫌な顔と声を出して答える。その態度を目の当たりにした彼は、怪訝な表情を浮かべて話を続けた。

「……そんなに嫌な顔をしなくても良いではないか。貴殿がファラと婚姻すれば、私は兄になるんだぞ。将来の兄からの願いだ。頼むぞ、弟よ」

最初は一切認めない、とか言っていた気がするけどなぁ。そもそも、弟をパシリに使うなよ。思わず口走りそうになった言葉を飲み込むと、僕は渋々と彼からの手紙を受け取った。

少々残酷かも知れないけど、ティアなる人物はいなかった、と後日にでも送り返そう。その時、ファラもおずおずと手紙を僕に差し出した。

「……すみません、リッド様はお手紙がお嫌でしょうか」

「え⁉ いやいや全然、そんなことはないよ。ファラからの手紙はすごく嬉しいよ。だけど……五通は凄いね。何か手紙を読む順番とかあったりするの……かな?」

受け取った手紙は、全部で五通もあったのでさすがに僕は少し驚いた。ファラは僕の表情の変化を見ると「クスクス」と笑みを浮かべる。

「リッド様、差出人と宛名をよく見て下さい。私からはリッド様、メルディ様、そしてナナリー様の三通です。残りの二通は、母上とリーゼル王妃からナナリー様宛になっております」

「あ、本当だ。メルも母上も喜ぶと思う。ファラ、ありがとう。エルティア様、リーゼル王妃、必ず母上にお渡し致します。本当にありがとうございます」

ファラにお礼を言うと、僕はエルティアとリーゼルに体を向けてお礼と合わせて一礼する。二人は、ニコリと微笑んで僕に答えてくれた。その様子を横で見ていたファラが、顔を少し赤らめて、付け加えるように言った。

「……その、私からリッド様への手紙は、領地に戻ってから開けていただければ幸いです」

「あ……うん。わかった、手紙の内容を楽しみにしているね。僕も領地に戻ったらファラに手紙を書くよ」

「ありがとうございます。楽しみにしております」

僕とファラで楽しく会話していると、少しトゲのある声が背中から聞こえてくる。

「リッド殿、私とファラで随分と手紙に対する態度が違うではないか」

うげ⁉　と思いながら振り返ると、そこには淀んだ空気を纏ったレイシス王子がいた。どうやら、僕の彼とファラに対する態度が違ったことに、ご機嫌斜めらしい。そんなこと当然だろう、と思いながらも、彼を宥めつつ会話を楽しんでいた。

この時、横目でふとカペラに視線を移すと、エルティアやリーゼルに一礼して挨拶していた。彼女達は、ここにカペラがいる事に戸惑い驚いているようだ。もしかしたら、彼は二人と面識があるのかな。

「リッド殿⁉　聞いているのか」

「あ、ごめん。なんだっけ」

カペラ達の動向に気を取られていて、レイシスの話をまったく聞いていなかった。結果、また彼を怒らせてしまう。それからしばらく彼を宥めていると、父上が僕達のところにやってきた。

「リッド、準備が終わった。お前も問題はないか」

「はい。父上、大丈夫です」

父上の言葉に頷きながら答える。いよいよレナルーテともお別れだ。最後のお別れを伝えるため、僕はファラの傍に近寄ると優しく話しかけた。

「それじゃあ、ファラ。次に僕が来る時は、今回みたいに君に会いに来るわけじゃない」

「えっと、どういう意味でしょうか」

「ふふ。次は君を『迎えに来る』から、楽しみに待っていてね」

「……!? は、はい……」

彼女は頷きながら、顔を赤らめて耳を上下に動かしている。エルティア、リーゼル、アスナの三人は、僕達のやり取りに微笑ましい眼差しを向けているようだ。それから間もなく、一部始終のやり取りを僕の傍で見ていたディアナが、何やら少し呆れた様子で呟いた。

「リッド様のどこからそんな言葉が出て来るのか……末恐ろしいですね。絶対にファラ王女以外の女性に、あのようなことを言ってはなりませんよ」

「え？　う、うん。わかった」

意図がよくわからないまま、僕は首を傾げながら答えた。ディアナはその様子に「はぁ……」とため息を吐いている。結局、よくわからない。

その後、別れの挨拶も済ました僕達は、馬車に乗り自国の領地に向けてレナルーテを出発した。勿論、クリスティ商会の一団も一緒だ。

こうして、僕のレナルーテ王国の訪問は終わった。だけど、まだまだすることは山積みだ。バルディア領に戻ったら、早速次の問題に取り掛かろう。遠ざかるレナルーテのお城を眺めながら、僕はそう思うのであった。

「リッド様……」

ファラはエリアスやエルティア等の面々がその場から去っても、彼が乗っていた馬車を最後まで見送っていた。馬車が完全に見えなくなるまでその場に残っていたのは、ファラとアスナだけである。その時、彼女達の後ろから物腰の柔らかい、優しい声が掛けられた。

「いや、リッド殿は見事にこの国で大金星を上げて帰られましたな」

「……!?　ザック様……」

突然の声にファラが驚いて振り返ると、そこに立っていた人物は知らぬ顔ではなかった。彼女の母親エルティアと、血縁関係もある『ザック・リバートン』が静かに佇んでいたのである。アスナは彼であることに気付いていたが、言葉を遮るようなことはしない。

ファラはザックが言った先程の言葉が気になった。大金星とは何のことだろうか？　彼女は思ったことをそのままザックに尋ねる。

「ザック様、恐れながら『大金星』とはノリスのことですか。それとも御前試合のことでしょうか」

「リッド殿が大金星を上げたもの……ファラ王女にはわかりませぬか」

「……？」

彼の言わんとすることがわからず、ファラはキョトンとした顔をしながら少し首を傾げる。ザックはそんな彼女に向かって、ニコリと優しく微笑んだ。

「リッド殿の大金星は……ファラ王女の『恋心』でしょうな」

「……⁉」

その言葉にファラは顔を赤らめた後、黙って俯いてしまう。ザックは彼女が顔を赤らめた様子を確かめると、好々爺のような優しい笑みを浮かべる。そして、満足したようにその場から去っていった。ファラはザックが居なくなると顔を上げて、リッドが去っていった道を再度見つめていた。

バルディア領　メルディの従者？

「……」

「リッド、大丈夫か。バルディア領にはもう入っているからな。もう少しの辛抱だ」

「……はい、父上。バルディア領に入ってからは少し、揺れが収まった気がします」

レナルーテからバルディア領に帰る道のりは、やっぱり大変だった。ともかく揺れが酷くて酔う。これに関して、レナルーテに行った後だからこそ原因が明確にわかる。商流と流通が少ないせいで、整備にかける予算がないのだろう。ただ、予算があったとしても、技術的に整備が出来るかどうかは少し疑問が残るけどね……。

国家間の流通経路は、今後に関わる問題になるかもしれないなぁ。屋敷に帰ったら、何かしら良い案がないか考えよう。そう思いながら、僕はしばらく酔いと戦い続けた。

うぇぇぇ……。

◇

「おい、リッド。屋敷に着いたぞ」

「へ……？　あ、父上、すみません……」

いつの間にか寝ていたらしい。父上に起こされた僕は、目を擦りながらぼやけた焦点で父上を見つめた。

「気にするな。お前は酔いやすい体質のようだからな。寝ているほうが楽だっただろう。馬車から降りて外の空気を吸いなさい」

「はい、ありがとうございます」

父上に言われるがまま、僕は馬車を降りる。そして体を「うー……ん」と伸ばしていると、こちらに小走りで近づいてくる人影に気付いた。

「にーちゃま!!　おかえりなさぁあい!!」

小走りに走ってきた影はメルであり、彼女はその勢いのまま僕の胸に飛び込んできた。

「メル!!　ただいま!!」

彼女が飛び込んでくると、僕は勢いを消す意味も含めてその場でクルクルと回転する。その間、メルは僕の腕の中で楽しそうに「えへへ」と笑っていた。それから間もなく、メルを追いかけてメイドのダナエが息を切らしてやって来る。

「ハァ……ハァ……メルディ様、そんなに走られては危ないですよ……あ⁉　リッド様、おかえりなさいませ」

「ただいま。ダナエ」

良かった、ダナエもメルディも変わりはないようだ。見る限りでは、屋敷も特に問題なかったみたい。

「ねぇ～、にーちゃま、おみやげは」

「え、もうかい？　今、荷下ろしをしているから明日まで待ってほしいかな」

「えぇぇぇぇ‼」

すぐにお土産がもらえると思っていたらしく、メルは頬を膨らませて不満げな顔を浮かべている。その時、後ろの荷馬車から突然「うわぁあああぁ⁉」と騎士の悲鳴が轟く。僕は咄嗟にメルを守るように抱きしめながら、悲鳴が聞こえた馬車に振り向いた。近くに居た、父上、カペラ、ディアナ、ルーベンス、他の騎士団の面々も身構えている。

何事だろうと、辺りに緊張感が漂う。しかし、問題の荷台からトテトテと姿を現したのは、見覚えのある魔物達だった。彼らは「んんん～」と可愛らしい声を出している。

猫サイズぐらいの二匹はゆっくりと警戒しながら、呆気にとられた僕に近づいて来る。彼らが目の前までやってきて、ハッとした僕は驚きながら声をかけた。

「君達、どうして⁉　もしかして、付いてきちゃったの」

「……なんだ。リッド、お前が連れて来たのか」

「いえ、彼らはそういうわけではないんですけど……」

父上が大分、お怒りの様子でこちらを睨んでいる。バルディア領には魔物がいないせいか、この場にいる皆は二匹の魔物に対してとても怯えているようだ。その中、彼らに対して興味津々で目を輝かせた人物が僕の腕の中にいたのである。

「か、かわいぃいいいい!!　にーちゃま、このこたちがおみやげなの？」

「え!?　いや、さすがにお土産じゃないよ。レナルーテで少し仲良くなった、賢い魔物達さ。多分、僕達の言葉も理解しているみたいだから、危険はないと思うけど……」

メルは僕の手の中から抜け出すと、目を輝かせながら彼らに近寄っていく。周りが凄いひやひやしているけど、メルは気にせずに魔物達に両手を差し出して話しかけた。

「わたしはね。めるでぃっていうの。よろしくね」

「んん～」と言いながら、魔物の二匹はメルの手に頬をスリスリして懐いている様子だ。その仕草にメルの表情がパァっと明るくなった。そして、その場で爛々と輝く瞳を僕に向ける。

「にーちゃま、このこたち、わたしにちょうだい!!」

「えぇぇ!?」

驚きの声を上げるが彼女は本気らしく、今までにないくらい強い眼差しだ。しかし、メルに返事をしたのは、僕ではなく父上だった。

「駄目に決まっているだろう、魔物は危険だ!!　メルディ、彼らは小さくても凶暴なんだぞ」

「えぇ？　このこたちはだいじょうぶだよ。ほら、こわくない、こわくない」

メルがそう言いながら魔物の二匹の頭を撫でる。すると彼らは何を思ったか、猫サイズからさらに小さくなり子猫サイズになった。そして、メルディの手から登ると、黒い猫がメルディの肩、白い猫がメルディの頭の上にちょこんと乗った。

「えぇぇぇぇ⁉　君達、そんなに小さくなれるの⁉　というかメル、大丈夫？　重くないかい？」

「うん‼　ぜんぜん、おもくないよ。ほら」

メルは僕の驚きをよそに、その場で両手を広げると楽しそうに笑いながらクルクルと回り始めた。魔物の子猫達は、遊ぶようにメルの動きに合わせて両腕の上を走り回っている。目の前の光景に、僕と父上を含めたその場にいる全員が目を丸くした。

メルは驚きに満ちた雰囲気に気付くと、回るのをやめた。そして、僕と父上に近寄ると上目遣いでその可愛い瞳をこちらに向ける。

「このこたちはわたしがめんどうみるもん‼　ぜったいだもん‼」

「はぁ……普通は魔物を怖がるのに、不思議な子だ……」

メルの言葉を聞いた父上は、横目でチラッと僕を見てから呟いた。父上の子供は皆『不思議っ子』とでも言いたいのだろうか。少し失礼じゃないかな、と思いながらも僕はメルを見つめる。

恐らくこうなった以上、メルは絶対に折れない。誰とは言わないが、その辺の気質が誰かにとても似ているのだ。父上もメルの性格をわかっているのだろう。とても、困った表情をしている。僕は父上の手を引っ張り、小さな声でコソコソと話し合いを始めた。

「父上、彼らの行動から察するに多分……いえ間違いなく僕達の言葉を理解しています。それに、ちょっとやそっとの相手では、彼らには太刀打ちすることも出来ないと思います。メルの従者ではないですけど、護衛にはぴったりだと思いますよ」

「むぅ、しかし、いくらなんでも魔物は……」

父上はとても悩ましい表情をしていたが、僕は畳みかけるように言葉を続ける。

「彼らは頭がとても良いです。もし、追い払っても結局戻ってくると思いますよ。それに、メルが隠れて飼うようなことになれば、それこそ管理が大変です。それと……」

「それと……なんだ」

「父上はメルに嫌われて良いのですか……」

僕の言葉にハッとして父上はメルを見た。メルは力強い目で僕達を見ているが、どことなく不安もあるらしく、少し目が潤んでいる。父上は諦めた様子で「はぁ……」とため息を吐くと、メルを見つめて優しく伝えた。

「……わかった。メルディ、お前の好きにしなさい。リッドもそれで良いな」

「はい。僕は構いません」

「ほんと⁉　ちちうえ、にーちゃま、ありがとう‼」

満面の笑み浮かべたメルは、僕と父上に抱きついてきた。僕と父上はそんなメルに思わず微笑んでしまう。メルは僕達を抱きしめた後、二匹の魔物をそれぞれ地面に置いた。そして、可愛らしく咳払いを「コホン……」とする。

「くろいこが『クッキー』で、しろいこが『ビスケット』だからね。にーちゃまとちちうえも、ちゃんとなまえでよんであげてね」

「うん、わかった。だけど……なんでその名前なの」

「う〜んとね。すきなおかしのなまえからとったの……あとは、なんとなく!!」

明るい笑顔で言い切るメルの様子に、僕は思わず笑みが溢れた。

「あはは、なんとなく……か。でも、良い名前だね。僕もメルのお供にぴったりだと思うよ。『クッキー』に『ビスケット』改めてよろしくね」

メルの肩に小さい子猫サイズになり乗っている二匹は、僕の言葉に小さく頷いた。その様子を見ていた父上は、呆れたようにため息を吐いている。

「はぁ……こうなってしまった以上はしょうがない。メルディだけでは、面倒を見きれんかもしれん。リッド、お前もちゃんとメルディと一緒に二匹を世話しなさい」

「わかりました。とりあえず、僕がしばらく面倒を見るようにしますね」

「うむ。しかし、この二匹はなんという種類の魔物なんだ」

父上は頷きながら二匹を見ると、新しい疑問を僕に問い掛ける。そういえば、父上とメルに種類については話していなかった。メルも気になっていたのか、パァっと明るい笑みを浮かべている。

「に〜ちゃま、わたしにもおしえて!! このこたちはなんていう、まものなの?」

「え〜と、確か黒い子、だから『クッキー』が『シャドウクーガー』っていう魔物らしいよ。特徴は、体の大きさを自由に変えられるみたいだね」

そう言うと、メルは目を爛々とさせる。そして、すかさずクッキーを見つめて語り掛けた。

「すごーい!!　クッキーって小さくも大きくもなれるの？　みせて、みせて!!」

「……んにゃ!!」

彼はメルの言葉に頷くと、彼女の肩から地面に飛び降りた。その時、急に彼を中心に風が吸い込まれ始める。それから間もなく、彼は一瞬で大きくなった。長毛種の猫がそのまま大きくなった感じで、毛がモフモフである。大きさは前世で言う、ライオンぐらいのサイズだろうか。

しかしこの時いきなりの出来事に加えて、大きくなった彼の迫力に父上は少し顔が引きつっていた。メルの隣に控えるダナエも、目を丸くして茫然としているようだ。レナルーテで一度見ている僕は、特に動じない。メルも特に動じる様子はなく、むしろさらに目の輝きが増している。

「クッキー、すごーい!!」

「……ガウゥ」

大きい姿のまま、クッキーはメルの前にしゃがみ込む。どうやら、背中に乗れと言っている感じだ。当然、メルは喜んで乗ると、もう大はしゃぎである。

「うわぁ!?　ふさふさだね～」

クッキーの背中に乗ったメルは、モフモフの毛に顔をスリスリしていた。だけど、クッキーはそれに対して何も怒らず、むしろ微笑んでいる感じすらある。二人の様子に僕と父上は少し安堵していた。しかし、メルはクッキーにさらなる『お願い』をする。

「ね、クッキー。もっと大きくなれるの？」

「……グゥウ!!」

「メル!?　それは、ちょっ……!!」

彼女とクッキーの会話にハッとして止めようとしたが遅かった。その瞬間、クッキーの周りでまた風が巻き起こる。先程より激しい風で、僕は思わず目を瞑ってしまう。

それから間もなく、恐る恐る目を開けるとクッキーは馬車よりもでかくなっていた……デカすぎる猫である。前世で言う所の象か、それ以上の大きさだ。メルの隣にいたダナエは「あわわ……」とその場で尻もちをついて震えている。

「うわぁ、すごーい。にーちゃまとちちうえよりおおきいよ。みてみて、ちちうえ!!」

「メルディ!!　そのままじっとしていなさい!!」

メルはクッキーの背中から顔を出して、父上に手を振っている。その様子に父上が、顔を真っ青にしながら慌てていた。馬車の荷卸しをしていた皆は、目を丸くしてその場で慄いているみたい。

その時、僕は彼に向かって咄嗟に叫んだ。

「クッキー!!　もういい、君の凄さはわかったから、小さくなってメルを降ろして」

「えぇ!?　やだ、このままがいい!!」

僕と父上の表情を見たクッキーは、流石にやり過ぎたと思ったらしくシュルシュルと小さくなった。やがて彼は、メルの肩に乗っていたぐらいの大きさまで戻っていく。背中に乗っていたメルはそのまま、地面に降ろされた。

「……ンニャ」

「もう終わりなの……つまんな～い」

クッキーが小さくなりメルが無事に地面に降り立つと、父上は安堵の表情を浮かべる。そして、すぐに表情が変わり烈火の如く叫んだ。

「クッキー、馬車よりでかくなるのは禁止だ。もう二度としてはならん。次やったら……毛を剃るぞ!!」

「えぇ!? ちちうえさいてい!!」

「……んにゃぁあ」

今、クッキーがなんて言ったのか分かった気がする。多分「そんなぁ」だ。その時、白い子猫姿のビスケットが、彼の頭を前脚でポンポンとしている。可愛らしい。やがて父上は、額に手を添えながら僕を睨んで問い掛ける。

「……ビスケットも同じ事が出来るのか」

「え、それはどうでしょう。彼女はスライムがクッキーの姿を真似ているようですからね。あそこまで大きくは成れないと思いますよ」

「ビスケットが『スライム』……だと」

父上は信じられないという表情をしている。その言葉と表情にビスケットが少し怒ったらしく、子猫状態の変身を解いた。すると、水色で透き通った球体状のスライムがその場に現れる。

「なっ……!?」

一連の出来事を目の当たりにした父上は、驚愕している。そういえば僕も最初見た時は父上同様、驚愕したなぁ。そんなことを考えていると、メルがまた嬉しそうな声を響かせる。

「すごい!!　ビスケットはへんしんできるのね!!　それに、つめたくてきもちいい!!」

メルは話しかけながら、スライム状態のビスケットを抱きしめる。そして……問い掛けた。

「ね、ひょっとしてわたしにもへんしんできちゃう?」

「メル、さすがにそれはビスケットでも無理だと思うよ」

「!?!?　……!!!!!!」

あ、地雷を踏んだかもしれない。そう感じた理由は、スライム状態のビスケットに表情はないけど、何故か『黒いオーラ』を感じたからだ。間もなく、ビスケットはメルの腕の中から飛び出した。そしてクッキー同様に、ビスケットを中心に風が吹き荒れる。

みるみるビスケットの形が光りながら、人の形に変わっていく。なんだろう、前世の記憶で見たことがあるような変身シーンだ。

やがて光が落ち着くと、ビスケットはメルとまったく同じ姿になっている。おまけに背丈や着ている服まで同じだ。ビスケットはメルの姿で勝ち誇った様子でこちらを見ると『どうだ、思い知ったか!!』と腰に手を当てながらドヤ顔をしている。

「ビスケットすごーい!!　わたしがふたりになったね。ちちうえ、みてみて!!」

自身の姿にうり二つとなったビスケットの両手を掴みながら、メルは可愛らしい顔で父上と僕を見つめている。この時、ビスケットは「しまった、やりすぎた……」という表情になっており、先程のドヤ顔はすでに消えていた。

彼女は言葉は話せなくても、人の姿になると感情が顔に出るようだ。クッキーとビスケットが見せた離れ業の凄さに、僕と父上を含めた全員が驚愕して茫然としていた。やがていち早く正気を取り戻した父上が、ハッとすると眉間に皺を寄せながら険しい顔で呟いた。

「……を引くぞ」

「え、すみません、ちちうえ。何と言ったのですか」

「緘口令を引くぞ、と言ったのだ。いいか、ここにいる者は全員、いま見たことは忘れろ。絶対に口外するな」

父上の声で正気に戻った騎士達は、何事も無かったように作業に戻り始める。怒りの表情のまま、父上はビスケットに振り向いた。しかし、彼女はメルの姿のままで「ビクッ」とすると、目に涙を浮かべている。そのまま、父上の片足に抱きつくと上目遣いで父上の顔を見つめた。メル本人も同様の事を父上の片足でしている。

「ちちうえ、ごめんなさい。だから、クッキーとビスケットをこれいじょうおこっちゃやだぁ……」

「……!? わ、わかったから二人とも離れなさい……」

「……んにゃにゃあ」

二人を許した父上の言動を遠巻きに見ていたクッキーが、なにやら呟いた。これも何となくわかる。多分、「チョロいなぁ」じゃないかな。少しずつ、クッキーとビスケットの性格が、僕は分かってきたような気がする。あ、そうだ言い忘れていたことがあった。

「あ、そうそう。クッキーとビスケットは夫婦みたいだよ」

「え？　にーちゃま、このふたりはふうふなの」

「うん、父上や母上と一緒だね」

「そうなんだぁ。ふたりともあらためてよろしくね!!」

メルの言葉に二匹は頷いた。父上は額に手を当てながら深いため息を吐いて項垂れている。そうしている間にも、馬車の荷物はすべて降ろされて、屋敷に運ばれていくのであった。

ナナリーと新しい薬

「おかえりなさいませ。ライナー様、リッド様」

「うむ。ガルン、変わりは無かったか」

屋敷に入るとガルンが会釈をして出迎えてくれる。屋敷内は降ろされた荷物の整理で、メイド達がバタバタしているようだ。僕が横目にその様子を見ている間に、ガルンは頷いて答える。

「はい。特段、何もございませんでした。ナナリー様も体調に変わった所はございませんでした」

「そうか。ひとまず安心できるか……」

母上の体調は落ちついていたと聞いて、父上は少し安堵の表情をしている。二人の会話が落ち着いたのを見計らい、僕はガルンに話しかけた。

「ガルン、ただいま。ところでサンドラは今、母上の所にいるのかな」

「はい。今日はお二人が戻ってくるまで、ナナリー様の体調を見ながら部屋でお待ちしていると伺っております」

さすが、サンドラだ。仕事が早くて助かる。実はレナルーテでニキークから『ルーテ草』をもらった後、すぐサンドラ宛に手紙と薬草を送っていたのだ。ニキークから聞いた情報や、処方の仕方などの助言入りでもある。

彼女ならすぐに対応してくれると思い、父上にも事前に相談して了承をもらった。僕と父上は顔を見合わせて頷くと、母上の部屋向かって父上が足早に進んで行く。この時、後でガルンに話がある旨を僕は伝える。合わせて「メルが連れている魔物は安全だからね」と簡単に説明すると、ディアナとカペラを引き連れて、父上の後を追った。

ガルンは「魔物……ですか？」と首を傾げていた。まぁ、父上に怒られた後の二匹は、手乗りサイズまで小さくなっているから大丈夫だろう。その場を僕達が後にして間もなく、ガルンを含めた屋敷の皆の慌てた声が聞こえた気がした。

母上の部屋の前に辿り着くとノックを行い、返事をもらうとまず父上が入室する。この際、ディアナとカペラの二人には、大事な話があるから悪いけど部屋の外で待機してほしいと伝えた。二人共、「承知しました」と言って会釈してくれる。

その後、僕もすぐに入室すると部屋の中の女性はサンドラと母上の二人だけであり、どうやら談笑していたらしい。間もなく母上は、僕達の入室に気付くと優しく声を掛けてくれた。

「リッド。それに、あなたもおかえりなさい」

「ああ、ナナリー、ただいま。体調に変わりは無いと聞いたが、大丈夫か」

「ふふ、あなたがそんなに心配な表情をするのは珍しいですね。はい、大丈夫ですよ」

母上はそう言うと父上に向けて微笑んだ。早々に二人は自分達の世界を作り始めている。その様子を見たサンドラが、「コホン」と咳払いをしながらこの場にいる僕達に向けて言った。

「ライナー様、リッド様、おかえりなさいませ」

「うん……サンドラも変わりなかった？」

サンドラに答えたのは僕だ。彼女は頷くと、そのまま話を続ける。

「はい。私も変わったことはありませんでした。しかし、リッド様から先日頂いた情報と薬草から、本日はナナリー様に新しい薬を作ってきております。お二人にご説明の上、ナナリー様に服用していただきたく存じますがよろしいでしょうか？」

僕と父上は頷くと、サンドラの説明に耳を傾ける。すでに母上は、彼女からの説明を聞いて納得しているらしい。錠剤型の薬として作ったが、現時点で効果があるかはまだ不明。レナルーテ国内において、ニキークが調べた状況証拠的な情報しか頼れるものはない。

「基本的に、人体に影響が出るような薬草ではないので問題はないと思います。それでも、万が一ということもあります。心していただければ幸いです」

「わかった。では、まず私が飲もう」

そう言うと父上は、サンドラが手に持っていた錠剤を素早く自身の手に取ると、すぐさま口の中に入れてしまう。当然、その行動に僕達は目を丸くした。

「父上!?」

「何故、あなたが飲むのですか!?」

「毒見は必要だろう。それに、サンドラの作った薬なら大丈夫だ。それより、水をくれないか」

「ラ、ライナー様……」

僕や母上の心配をよそに、水をサンドラからもらった父上は特に何もない様子で話を続ける。

「ふむ……特に問題はなさそうだ。ナナリー、君に何かあっても一人ではないから、安心して飲みなさい」

「もう、あなたという人は……」

少し照れた様子を見せながら、母上は錠剤をサンドラから受け取り、飲み込んだ。しかし、これといった変化は起きない。サンドラは母上の様子を見ながら話しかける。

「どうでしょう。何か変化を感じますか」

「いえ、特にこれといった変化はありませんね」

「うーん。まだわからないけど、持続的に飲まないと効果がないのかもしれないね」

この場に居る三人は、僕の言葉に同意するように頷いた。ゲームであれば、飲んですぐ治るだろうけど、この世界は現実だ。そんな簡単に病は治らないと思う。それでも、確実に一歩ずつ前に進んでいるはずだ。母上は周りを見渡すと、優しく微笑んだ。

「皆のおかげで、ここまで頑張って来られたのだからきっと大丈夫。私もまだまだ、頑張るわ」

「私も、君を今度は一人にしない。一緒に頑張らせてくれ」

母上の前になると、父上はいつもの厳格な雰囲気が薄くなっている気がするなぁ。その後、話し合いの結果、母上はこの新しい薬を飲み続けることになった。サンドラが経過を観察して、回復するかどうかを見極めていくそうだ。新しい治験薬の打ち合わせがある程度まとまると、僕は改めて母上に話しかけた。

「母上、話は変わるのですが、レナルーテのリーゼル王妃、エルティア様、ファラ王女の三名より、母上宛のお手紙を預かってきております。こちらはお時間があるときにお読みください」

「あら、すごいわ。王族の方達からこんなにもらえるなんて……」

手紙の数に母上は驚きながら受けとると、思い出したようにハッとする。そして、目を爛々と輝かせた。

「そうだわ、リッド。あなた婚姻予定の相手方に挨拶に行ってきたのでしょう。お話を聞かせてもらえるかしら」

「はい。少し恥ずかしいですけど……」

質問に照れながらも、僕はレナルーテで起きた出来事を説明していく。母上は驚いたり、喜んだり、少し怒ったりと喜怒哀楽、様々な表情を見せてくれた。サンドラと父上も、その様子を微笑ましく見てくれていたようだ。こんな時間がずっと続いてほしい……そう思いながら母上と談笑を僕はしばらく続けていた。

◇

「母上、僕はそろそろお暇致しますね」

「わかりました。また、ファラ王女のお話を聞かせてください。ファラ王女からの手紙も、それまでに読んでおきますね」

僕とファラの話を、母上は終始とても嬉しそうに聞いてくれていた。途中、「早く、ファラ王女にお会いしたいわね」とも言ってくれる。その言葉が嬉しくて、僕は話しながら何度か笑みをこぼしていた。ちなみに母上の部屋の中に今居るのは、僕と父上、ディアナとサンドラの四人だ。治験薬の打ち合わせが終わった時点で、ディアナには部屋に入室してもらっている。ちなみに、彼女もレナルーテでの出来事を根掘り葉掘り母上から質問されて、戸惑っていたのは中々に印象的だった。

カペラに関しては男性ということで、部屋の外に待機してもらっている。母上との話が落ち着くと、その場で父上に振り向いた。

「父上、僕はカペラをガルンに紹介して来ようと思います」

「わかった。それなら私も行こう」

ガルンに紹介するカペラは、レナルーテで僕の従者となり、バルディア領に来てくれたダークエルフだ。彼は元々、レナルーテ国の暗部に所属していたので、すぐには信用出来ない人物だ。だけど、味方に出来ればこれほど頼もしい人はいないと僕は思っている。その時、話を横で聞いていた母上が、不思議そうな顔をして呟いた。

「カペラとは、どなたのことかしら」

「あ……!?　すみません、母上にはまだお伝えしておりませんでした」

カペラの事を、僕は簡単に母上へ説明する。勿論、暗部に所属していたという話はしていない。ファラ王女所縁の華族が紹介してくれた人物がカペラであること。そして、とても優秀な人材だったので僕の従者になってもらったと伝えた。

「そう、そんなことがあったのね」

「はい。これからガルンにカペラの事を伝えて、執事指導してもらおうかと思っております」

少し危険な気もするけど今後の事を考えれば、変に彼と敵対するより友好を築くべきだろう。僕には専任の執事はいないけど、ファラと婚姻をすれば必ず必要になる。それなら、優秀な人材が執事になってくれれば有難いし、カペラなら恐らく適任だろう。

「わかりました。では、いつか紹介してください」

「はい……というか、いま部屋の外で待機していますからご紹介しましょうか」

「あら、そうなの？　それなら、折角だからお願いしても良いかしら」

母上は意外そうな表情をしているけど、カペラには会ってみたいらしい。僕は頷くと部屋のドアを少し開けて廊下を覗いた。すると、ドアの正面にカペラが立っており、彼は僕に気付くとすかさず頭を下げる。

「カペラ、頭を上げて。それよりも、母上が君に会いたいって。紹介するから中に入ってきて」

「承知いたしました」

母上の部屋の中に呼ばれるとは思っていなかったらしく、彼は無表情ながらも少しだけ眉がピクりと動いていた。カペラを部屋の中に入れると、母上の傍にいる父上とディアナが少し警戒するような気配を身に纏う。先導するように、僕が彼の前を歩きながら母上に近づいた。

「母上、ご紹介いたします。彼がカペラです」

「ナナリー・バルディア様、お会い出来て光栄でございます。私、リッド様の従者となりました。カペラ・ディドールと申します。どうか、よろしくお願いいたします」

言い終えると、カペラは母上に丁寧に一礼をする。

「カペラですね。頭を上げてください。こちらこそ、リッドの事を頼みます。それと……」

「母上、どうされましたか」

カペラの頭を上げさせると、母上は少し考える素振りを見せる。気になることでもあったかな。僕が声を掛けると、母上は少し意地悪そうな笑みを浮かべて彼に質問をした。

「カペラ、あなたの目から見て、リッドとファラ王女はお似合いだったかしら」

「……!? ゴホゴホ!! 母上、何を聞いているんですか!?」

「だって、気になるじゃない。母親として、あなたとファラ王女をどんな風に周りが見ていたのか……とても気になります」

母上と僕のやりとりを横で見ていた父上は、少し呆れた表情を浮かべている。サンドラはニヤニヤしているので、どうやら彼女も気になっているらしい。ディアナは特に表情を変えずに佇んでいる。カペラは何を言うべきか、少し思案するとおもむろに答えた。

「僭越ながら申し上げますと、お二人は大変お似合いだと存じます。私はファラ王女とお話ししたことはありません。しかし、バルディア領に帰国する際、ファラ王女がリッド様との会話の中で顔を赤らめ、耳を上下に動かしておられました故……」

「な……⁉　カペラ、それ以上は言ったらダメだよ‼」

「……耳を上下に動かすと何故、お似合いだとわかるのですか」

まさか、ダークエルフのカペラからその話題が出るとは夢にも思わなかった。話を止めようと慌てるが、母上は不思議そうな顔でカペラを見つめている。僕と母上の様子を見たカペラは、何か察したような雰囲気を出しながら話を続けた。

「失礼いたしました。レナルーテでは一般的なことでしたから……」

「一般的なことなら、私が聞いていても構わないでしょう。カペラ、話を聞かせてください」

目を爛々とさせた母上は、興味津々といった様子でカペラに問い掛けている。それを見た僕は、諦めて項垂れると心の中でファラに向けて懺悔した。

（ごめん、ファラ。君の秘密を早々に母上が知ることになってしまった。だけど、断じて僕のせいではないからね……）

カペラは無表情ではあるが、母上の問い掛けに何とも言えない雰囲気を出しながら説明を始めた。

「……ダークエルフの中には感情の高ぶりに合わせて、無意識に耳が動いてしまう者がたまにおります。ファラ王女はその体質をお持ちのようなので、好意的な感情が高ぶると無意識に耳が上下に動いてしまうようです」

「まぁ……とても素敵な体質ね。その動きをしたから、ファラ王女とリッドがお似合いと思ったのね」

彼の話を聞いて、母上の目が爛々と輝きを増している。ここまで満面の笑みを浮かべている母上を見るのは、初めてではないだろうか。母上の勢いに負けたように、カペラは説明を続けた。

「はい。そこから察するに、ファラ王女はリッド様に好意を抱いているのでしょう。リッド様もファラ王女を想っておいでの様子ですから、お二人はお似合いと存じます」

「まぁ……!? そういうことだったのね。実は、リッドがちゃんと女の子と接することが出来るか心配だったから、とても嬉しいわ。ちなみにカペラ……他にも何か良い話はないかしら」

「は、母上、もう止めておきましょう……聞いている僕が恥ずかしいです……」

僕の制止で、母上は少しつまらなそうな顔をしている。いくら何でも目の前で、僕とファラについて話をされる身にもなってほしい。そう思っていると、カペラが母上の質問におもむろに答えた。

「そうですね……それと、余談ではありますが、感情に合わせて耳が動くダークエルフはとても少数です。従いまして、その体質を持っている者と結ばれる者には『招福』が訪れると言われております」

「それは、素敵ね!! 素晴らしい人とリッドはご縁を頂いたということですね。『招福のファラ王女』はきっと、可愛いらしい女の子なのでしょう」

「……母上、すみません。そろそろ、お暇してもよろしいでしょうか？」

母上とカペラの話が終わりそうにないので、僕は無理やり会話に割り込んだ。目の前で語られた、自分に関わる色恋沙汰の会話で、僕は顔が真っ赤になっていた。ちなみに、話を横で聞いていた父上は呆れ、ディアナはため息を吐いて、サンドラは肩を震わせている。

「あ⁉　そうだったわね。引き留めてごめんなさい。また、二人とも話を聞かせてね」

「はい、母上。あ、あとですね。耳の動きについては、ここだけの秘密にしてくださいね」

ファラの耳の動きについて補足するように僕も説明する。耳の動きに関して本人は出来る限り抑制しようとしているが、それでもつい動いてしまっている様子が見受けられること。耳の動きの意味に僕が気付いたことを、ファラはまだ知らない。彼女からの説明を聞くまで、僕は耳の動きについては何も聞くつもりはないと伝えた。僕の説明を聞いた母上は、嬉しそうに微笑んだ。

「わかりました。私もそのことについては、誰にも言わないようにいたします」

話が終わっても、母上はとても楽しそうな表情を浮かべていた。母上のあんなに明るい顔は初めて見たかもしれないな。ただ、話題が僕とファラの色恋沙汰であったことだけは、個人的には悔やまれる。補足説明を含めた話が終わり母上の部屋を出ると、僕はカペラに注意するように言った。

「……ダークエルフの耳の動きについては、今後は秘密にすること。いいね」

「承知いたしました。今後はこのようなことがないよう注意いたします……」

カペラの反省している様子を見た僕は、気持ちを切り替えてガルンの元に向かった。

◇

……この時の母上との話に、実は後日談がある。母上は『ファラの耳の動き』については、約束通り誰にも言わなかった。だけど、『招福のファラ王女』という呼び方はとても気に入ったらしい。部屋を出入りするメイド達と、ファラの話題をする時は必ず使っていたようだ。

結果、屋敷中にその呼び方が広がってしまったのである。バルディア領にさらなる繁栄をもたらす『招福のファラ王女』……気付けば、バルディア家で働く者達の間で、ファラは公には出来ない人気者となっていた。

僕は、悪戯心でファラに送る手紙の中にそのことを記載して郵送した。その後、ファラから筆圧強めの手紙が僕に届いたのである。

「リッド様、お手紙を頂きありがとうございました。早速ではありますが。『招福のファラ王女』とはなんでしょうか……？　何故、そんなことになっているのですか⁉　リッド様の母上が『招福のファラ王女』という呼び方を気に入っているって……私の事をナナリー様になんと説明したのですか‼　詳細を教えてください‼」

手紙に書かれた文字の具合から、ファラの慌てた様子がすぐに目に浮かんだ。僕は微笑みながら返事を書くのだが、それはまた別のお話……。

加わった面々の配置

「私がカペラ殿に執事教育をすればよろしいのですか」

「うん、そうだね。お願いできるかな？」

僕は母上の部屋を出ると、執事であるガルンの元に直行した。父上、ディアナ、カペラも僕と一緒だ。ガルンの居る所に辿り着くと、彼は荷物の片付けの指示を出していた。見る限り大体片付いているようだったので、彼に声を掛けてカペラを紹介。執事教育のお願いを今しているというわけだ。ガルンはカペラを見ると、すぐに微笑んだ。

「承知いたしました。リッド様の執事となる者の教育を任されるのは大変光栄であります」

そう言うと彼は僕達に向かって一礼する。その様子に一安心した僕は、カペラに向かって笑みを浮かべた。

「カペラ、君には僕の執事になってもらうからね。大変だと思うけど、ガルンの所でしっかり勉強してね」

「承知しました。リッド様の執事になれるよう、励みます」

無表情のまま答える彼、畏まった様子で僕に頭を下げる。その様子を横で見ていたガルンが、早速何か気になったようでカペラに優しく声をかけた。

「カペラ殿、失礼ではありますが執事がそのように無表情ではいけません。こういう時は微笑みながら返事をするものです」

「申し訳ありません。微笑みは少し苦手でして……今、練習をしております」

ガルンは「ほう」と小さく頷くと「では、今見せていただいてもよろしいですか」と彼に伝えた。カペラは少し困った様子ではあったが、僕が「大丈夫」と笑みを浮かべて伝えると、ぎこちない笑顔をガルンに披露する。彼は、カペラの笑顔を見ても表情をまったく変えない。そして、カペラに優しく微笑んだ。

「素晴らしい。とても、可能性を秘めた笑顔です。しかし、強いて言うなら『心』が足りておりません。これから、その辺りを私がお伝えいたしましょう」

「……!? よろしくお願い致します」

可能性を秘めた笑顔と言われたのが嬉しかったのか、カペラの表情が少しだけ明るくなった気がする。その時、カペラの笑顔を遠巻きに見ていた女性が声を発した。

「ボ、ボクも、カペラさんは素敵な笑顔だと思います……!!」

「姉さん、今はよそうよ!!」

声が聞こえた場所を振り向くと、そこに居たのはエレンとアレックスだ。そうだった、彼等のこともあった。忘れていたわけではないよ。少し顔を赤らめたエレンは、爛々とした目でカペラを見つめている。アレックスはそんな彼女に呆れている様子だ。

「父上、ここでは何ですからエレン達二人の今後のことも踏まえて、執務室で話し合いませんか」

「そうだな……私も明日、明後日には帝都に向けて出立するつもりだ。話し合いはすぐにしたほうが良いだろう」

そう言うと、父上は執務室に向かった。カペラにガルンに従うように指示をすると、エレン達にも声を掛けて、僕と一緒に執務室に来るように伝えた。二人は、「わかりました!!」と言って僕の後を追って来てくれている。エレン達は、あまり大きな屋敷に入ったことがないらしく、屋敷の造りなどにも目を輝かせていた。執務室の前では丁度、父上がドアを開けている。

「全員、そのまま部屋に入りなさい」

「……!! し、失礼いたします」

「お邪魔します……」

僕はいつも通りにスッと部屋に入るが、エレン達は緊張した面持ちで執務室に入室する。二人は執務室の作りにも感激しているようで、「うわぁ……」と感嘆の声を漏らしているみたい。

「屋敷の内装が珍しいかな？」

問いかけると、エレンが慌てて僕に振り向いた。

「え!? あ、すみません!! ボク達、帝国の立派なお屋敷に入ることもありませんから、この機会に造りとか覚えておきたいと思いまして……」

彼女が言い終えると、アレックスが同意するように頷いている。二人の様子を横で見ていた父上は、ニヤリと笑みを浮かべた。

「二人にはこれから色々とお願いすることも多いだろう。屋敷内の造りなどが気になるなら、好きなだけ見てくれて構わんぞ。屋敷の者達にそう伝えておこう」

「え!? 本当ですか!! いやぁ、ライナー様は、さすがリッド様のお父様ですね。話が分かる人で助かります」

「ちょっと、姉さん。言い方が失礼だよ!!」

エレンはとてもサバサバしており、職人気質な感じだ。それを、フォローするような言動のアレックス……とても良いバランスの姉弟だと思う。それに、話していても不思議と嫌な感じはない。きっとそれが、エレンの良い所なのだろう。父上もエレンの言葉遣いを気にする様子はない。

「ふふふ、構わんよ。それより、改めて自己紹介をさせてもらう。バルディア領、領主、ライナー・バルディア辺境伯だ。以後、よろしく頼む」

二人に対して名乗ると、父上はこちらをチラッと見た。名乗れということだろう。

「僕も改めて、自己紹介させてもらうね。バルディア領、領主、ライナー・バルディア辺境伯の息子、リッド・バルディアです。これから、よろしくね」

僕達の自己紹介を聞いた二人はハッとすると、姿勢を正して普段よりも礼儀正しい、畏まった様子で言葉を発した。

「ボク、じゃない……私は、エレン・ヴァルターです。この度は、リッド・バルディア様にお仕え出来ること、大変光栄です。よろしくお願いします」

「私は、アレックス・ヴァルターです。エレン・ヴァルターの双子の弟になります。姉同様、リッド・バルディア様にお仕え出来ること、大変光栄です」

言い終えると、二人は揃って頭を下げる。自己紹介も終わったところで、父上がソファーに座るように促した。彼らは頭を上げると緊張した様子でおずおずと腰を下ろす。皆で机を囲むようにソファーに座ると、エレン達の自己紹介で少し疑問に感じた事を僕は質問した。

「早速だけど、エレンとアレックスは貴族だったかな？　苗字を持っているのは知らなかったよ」

「ボク……いえ私達は貴族ではありません。ドワーフでは、一族ごとに継承している技術があります。それがわかるように苗字を持っております。私とアレックスは父が『ヴァルター』の出身なので苗字が『ヴァルター』になんです」

ドワーフの一族にそんな決まりがあるなんて知らなかった。ふと隣に視線を向けると、父上も少し驚いている雰囲気がある。父上も知らなかったのかもしれない。そう思っていると、エレンが少し笑みを浮かべた。

「ふふ、ドワーフに苗字があることは、あまり知られていないと思います。外部の人には、基本的に苗字をお伝えすることはありません。国外であれば尚更です。ボク……じゃない、私もアレックスも、国を出てからは苗字を伝えたことはありませんから」

「なるほど、そうなんだね。あ、言葉は崩してくれて大丈夫だよ。父上はエレンやアレックスの言葉遣いは気になりますか」

「ふむ。私も崩してくれて構わんが、公の場と身内の場で使い分けてくれれば良い。貴族というのは揚げ足取りが多いのでな……」

父上は頷きながら、貴族の下りだけ少し面倒くさそうに話している。その様子に皆で苦笑すると、エレンは「では、お言葉に甘えますね」と微笑んだ。その時、アレックスがエレンに視線を向ける。

「姉さん、バルディア家の方にお世話になる以上、俺達が国を出た理由も伝えるべきだと思う」

「そうだね」

彼女は頷くと、少し雰囲気が変わる。

「わかった。この場でのことは私達だけの胸に秘めよう。リッドもそれでよいな」

「はい。ディアナも一旦、席を外してもらってもいいかな」

「承知しました」

ディアナは僕に一礼すると、そのまま執務室を退室する。エレンとアレックスは少し驚いた顔をしたが、彼女が部屋を出るとおもむろに話し始めた。ドワーフの国、ガルドランドは優れた技術力で武具製造を海外から受託している工業国家だ。彼女達もその受託業務をする傍らに、自作の武具作成を行っていたらしい。

そんな時、国から技術向上を目的に各一族に伝わる技術を集結させるという話が行われた。従わない場合は然るべき処置を下すという。これに関して、国内のドワーフ一族達から様々な意見が出された。勿論、反対する者もいたのだが、反対する者達を国が厳しく弾圧するのを見て、エレン達は国を出る決意をしたのだという。

エレン達に家族はいなかった為、身軽に動けたのが幸いしたらしい。興味深く聞いていた父上はおもむろに口を開いた。

「ガルドランドは技術流出を恐れていると聞いた事はあるが、そのような動きまでしているとはな。この件は、私も調べてみよう。しかし、安心しなさい。君たちはもうバルディア家に仕えることになったのだ。身柄の安全は保証しよう」

「……!! ありがとうございます!!」

エレンとアレックスは感激した様子で深々と頭を下げていた。しかし、彼女の話をまとめると、故郷の国を出て、安定出来ずに流浪となり、流れ着いた先のレナルーテで嵌められて借金まみれ。危うく奴隷として売り飛ばされそうになったということだ。

そう考えると、中々に大変だったのだろうな。そんなことを思いながら、僕はあることに気付いた。

「あ、父上、相談なんですがエレン達の作業場をどうしましょうか。一応、町で空いている作業場を探してみようと思います。それから折を見て、彼等専用の作業場を作って色々とお願いをしようと思うのですが、よろしいでしょうか」

「うむ、二人はリッドが見つけたのだから好きにしなさい。しかし、泊まるところも決まっていないなら、屋敷の客室をとりあえず使えばよかろう」

何気ない僕達の会話を聞いたエレンとアレックスは、驚愕した様子で声を発する。

「え⁉　ボク達用の作業場を作っていただけるんですか‼」

「うん、そのつもりだったけど、何か嫌だったかな。何か不満があったら言ってね」

僕の答えを聞いた二人は、息の合った動きで勢いよく首を横に振る。そして、アレックスが僕に視線を向けた。

「嫌とか不満とかじゃないです。ただ、感激したんです。ドワーフにとって自分の作業場を持てるのは夢ですから……」

「そうなの？　でも、レナルーテでは販売店兼作業場じゃなかったかな」

レナルーテで彼らが管理していた販売店を引き合いにして僕が質問すると、エレンが残念そうに答えた。

「……あのお店は居抜き物件だったので、ボク達が求めていた作業場のレベルに届いていなかったんです。それでも、ボク達の技術でお店を繁盛させて良い作業場にしよう……そうアレックスと話していたのですが、結果はご存じの通りです。あはは……」

「そっか。それなら、作業場は出来る限りエレン達の要望に沿うようにするよ。設計する時に希望を言ってもらえれば良いと思うからさ」

「……!! リッド様、ありがとうございます」

二人は僕の答えをとても喜んでくれた。彼等には、これから色々とお願いしたいことが沢山ある。だからこそ、彼らの要望は可能な限り叶えてあげたい。その分、お願いも色々と聞いてもらおうと思い、僕は微笑んでいた。そんな僕の笑顔を横目で見ていた父上が、そっと呟いた。

「……リッド、お前は『予算』をちゃんと考えているのか。それから、何やら黒い笑みになっているぞ」

「え!? いや、そんなわけないじゃないですか。それに予算も……考えていますよ」

父上は僕の返事に少し呆れた仕草を見せている。こうして、改めてバルディア家にエレン達が仕えたのだった。

ファラからの手紙

カペラ、エレン、アレックスの処遇についての話し合いが終わり、久しぶりの自室に戻って来た僕は、ベッドに仰向けに倒れ込んだ。

「はぁー……疲れたぁ」

レナルーテから戻ってきて休めるかと思ったら、予期せぬクッキーとビスケットとの再会。だけどそういえば、彼らは何故付いて来たのだろうか。その点についても、いつか彼らに尋ねてみたい。カペラについてはあの後、ガルンに少し話を聞いたらとても筋が良いと言っていた。しばらくすれば、執事として問題ない振る舞いが出来るだろうと、太鼓判まで押されている。まぁ、彼は元暗部だから、その辺は得意なのかもしれない。

エレンとアレックスの作業場も探してあげないといけないし、彼らに作ってほしい物もある。することが山積みだなぁ……とその時、ふと思い出した。

「そうだ……ファラから手紙をもらっていたっけ」

ベッドからむくりと起き上がると、ファラの手紙を荷物から手元に持ってくる。そして、ベッドに仰向けで再度寝転んだ。少し行儀が悪いけど、誰も見ていないから大丈夫だろう。

「……なんだか、ドキドキするな」

そう思いながら、僕は封を開けて手紙に目を通していく。

「…………………」

無言で手紙を読みながら、僕は自分の顔がどんどん赤くなっていくのを感じていた。ファラからの手紙には、僕が酔いやすいからと体調を心配してくれていることから始まっている。そして、僕のおかげでとても心が救われたことに加え、エルティアとの和解。何より、帝国との政略結婚ではあるが、今は僕としか結婚したくないという彼女の思いが書き記されていた。

あと、ファラがダークエルフの中で稀な体質が一つあり、その点もいつか僕に伝えたいとも書いてあった。最後に、「本丸御殿でお伝えした事に、嘘偽りは一切ありません。お慕いしております。リッド様」と書いてあった。

「……!!」

手紙を読み終えた僕は顔を真っ赤にしながら、にやけていたと思う。気恥ずかしさに襲われて、一人ベッドの上をゴロゴロと転がっていた。そして、知らない間に眠ってしまう。バルディア領の朝に、僕の部屋に必ず来る来訪者の事を忘れて……。

◇

「う……ん？　あれ？　あのまま、寝ちゃったのかな」

「おはよ～、にーちゃま!!」

目を覚ますと何やらニヤニヤとした笑みを浮かべたメルが、ベッドの横から僕を見ていた。クッキーとビスケットも、彼女の肩に乗っている。

「おはよう、メル。とても楽しそうだけど、何かいいことがあったの？」

「うん!!　ところで、にーちゃまは、ひめねえさまがすきなの」

「へ……？　姫姉さまって、誰かな」

初めてメルから聞く言葉に、思い当たる節がない。多分、起きたばかりということもあるんだろうけど……それから少しすると意識が覚醒してハッとした。寝る前に手元にあった、ファラからの手紙がない。その瞬間、メルがさっき言っていた『ひめねえさま』という言葉に嫌な予感がした。

「メ、メル、ベッドの上に手紙がなかったかな？」

「ベッドのうえにはなかったけど、ゆかにはあったよ」

メルは話しながらニヤニヤすると、手紙を僕に差し出した。

「あ、ありがとう」

「えへへ、どういたしまして」

手紙を受けとりお礼を伝えると、そのままメルに問い掛けた。

「ところで、メルは中身を読んだりしたかな」

「うん、ひめねえさまが、にーちゃまをすごくすきっていうのはわかったよ」

「うぐ!!　メ、メル、その手紙の事は誰にも言ってはダメだからね。さすがに、その内容を誰かに言ったら、僕はメルの事を怒らないといけないよ。わかった」

「はーい!!　わかった。わたしと、にーちゃまのひみつだね」

「あはは……そうだね」

苦笑してメルに答えながら、今回の手紙の件に関しては僕が迂闊だったと思う事にした。それよりも、メルが先程から言っている言葉が気になった僕は思い切って質問する。

「ところで、なんでファラが『ひめねえさま』なんだい」

「だって、おひめさまでわたしのおねえさまになるひとなんでしょ？　それなら、ひめねえさまがいいなって、だめかな」

「駄目っていうことはないと思うけどね。そういえば、ファラからメル宛にも手紙をもらっているよ」

「ほんとう⁉　みせて、みせて‼」

メルは、ファラから手紙が自分にも来ていると思わなかったのだろう。とてもはしゃいで手紙を喜んでくれている。昨日、手紙を取り出した荷物から、僕は封の開いていない手紙を取り出した。その手紙をメルに見せながら、封を開けて中身を取り出す。

「じゃあ、読むね」

「うん‼」

ファラがメルに宛てた手紙には、僕と近々結婚するということ。メルに会えることを、とても楽しみにしていることに加え、家族になれる日を心待ちにしているという内容が書かれていた。手紙を読み終えると、満面の笑みをうかべたメルが瞳を爛々とさせている。

「うわぁ、わたしもはやく、ひめねえさまとおはなしをしてみたいなぁ」

「それなら今度、一緒にファラ宛に手紙を書こうか？」

「うん、わたしもかく‼」

後日、このことがきっかけで僕とメルとファラの三人は文通をするようになる。ちなみに、ファラに手紙を送る時、レイシスから預かった手紙は返送しておいた。二度と彼が『ティア』に手紙を送ってこないようにする為に、封を開けていない手紙の上から『それでも王子ですか、軟弱者』と筆跡を変えて記載する。

人をパシリ扱いした、兄となる人に対しての意趣返しではない。諦めてもらうためである。僕は自分にそう言い聞かせて、心を鬼にするのであった。

リッド、次なる動きの計画を考える

レナルーテから帰って来た翌日、父上は帝都に向けて出発した。外交の報告に加えて、僕とファラの話をしてくるということだ。父上が馬車で出発すると、僕は考えを行動に移し始めた。

まず、ガルンとクリスに相談して作業場がある物件を探してもらっている。同時にエレン達には物件が見つかり次第、あるものを最優先で作ってほしいと伝えた。二人は依頼された『物』について、作成の意図がわからず揃って首を傾げる。そしてエレンが、僕に問い掛けた。

「作れないわけではないですが、調べてわかるようになっても意味ないですよ」

「ふふ、いいからいいから、物は試しで作ってほしいんだ」

二人は終始首を傾げていたけど、僕の依頼であれば何でも精一杯やりますと言ってくれた。エレン達に作製を依頼した物は、今後の動きに大きく関わって来る『鍵』になるものだ。僕は二人に改めて、強くお願いするのであった。

カペラはガルンから執事業務を引き継ぎ中だけど、折を見て彼が所属していた組織と使っている魔法についても教えてもらうつもりだ。そして、今日僕がすることはメモリーとの打ち合わせである。

「メモリー、きこえる？」

「リッド、久しぶり、聞こえているよ」

自室で目を瞑りながら、彼の名前を呼ぶと僕の頭の中で声が響いた。彼は必要に応じて前世の記憶を引っ張り出してくれる、僕にとっての青狸だね。

「何か失礼なことを考えていないかな、リッド。いま、君が考えていることはなんとなくわかるんだよ。僕が青狸なら、君は眼鏡を掛けた少年かな」

「ごめん、ごめん、鋭いツッコミをありがとう。さて、以前、お願いしていた情報はわかったかな」

以前お願いしていた情報というのは、僕が前世でやっていたこの世界に酷似しているゲーム。『ときめくシンデレラ！』略して『ときレラ！』に出て来る登場人物の名前である。

ゲームをした時、僕はおまけ要素を楽しむのが目的だった。その結果、本編はすべて『未読スキップON』ですっ飛ばしている。おかげで、リッド以外のキャラ名をほとんど覚えていないのだ。

まぁ、帝国周辺の王族が大体攻略対象だったはずだから、最悪わからなくてもいいんだけどね。王族で僕と年齢が近いすべての人物を、警戒対象にしておけば良いだけの話だ。

それに、今の僕はバルディア領から離れられないから、わかった所で何も出来ない。やることは、何も変わらないということだ。だけど、情報が得られるならそれに越したことはないから、メモリーに記憶復活作業を頼んでいた。

「はぁ……何とか、国名、キャラクター、種族まではわかったよ。未読スキップONとはいえ、周回で何回も見ているから何とか復活できたよ。でも、一回だけのキャラ個別ルートの詳細は無理だね……」

ため息を吐いたメモリーは、疲れ果てた感じの声を出している。だけど僕は、話を聞いて感激の声を出した。

「おお⁉　それでも、そこまでわかったなら助かるよ。早速、教えてもらってもいい？」

「わかった。じゃあ、リッド、今から伝えるね」

そう言うと、僕の頭の中にメモリーが復活させた記憶が蘇ってくる。

主人公（ヒロイン）
マローネ・ロードピス　種族・人族

マグノリア帝国　悪役令嬢
ヴァレリ・エラセニーザ　種族・人族

攻略対象

マグノリア帝国　第一皇子
デイビッド・マグノリア　種族・人族

マグノリア帝国　第二皇子
キール・マグノリア　種族・人族

レナルーテ王国　第一王子
レイシス・レナルーテ　種族・ダークエルフ

ズベーラ国　第一王子
ヨハン・ベスティア　種族・獣人

ガルドランド王国　第一王子
ロム・ガルドランド　種族・ドワーフ

アストリア王国　第一王子
エルウェン・アストリア　種族・エルフ

トーガ教国　第一王子
エリオット・オラシオン　種族・人族

「まぁ、こんな感じかな。どう、リッド。見覚え、聞き覚えはない？」

「うーん、どうだろう。ヨハンとマローネはよく使っていたから何となく覚えているけど、他の面々はあんまり覚えてないかなぁ……レイシスはもう直接会っているけどね」

メモリーにお願いしたのに悪いけど、やっぱりあんまり覚えていない。『ときレラ！』はダンジョン攻略するときは四人編成でチームを作る。その時に、主人公、ヨハン、リッドで組むと回復役、物理アタッカー、補助とサブ火力が揃う。あとは、攻略に合わせて空いている枠に誰かを入れれば良い感じだった。

主力の三人以外は固定メンバーではなかったから、僕の中ではちょっと記憶に薄い。どんなゲームも突き詰めると使うキャラ、編成はどうしても寄ってしまうのはしょうがないと思う。キャラ愛で時折、色々と挑戦をすることもあるけどね。

「大量の記憶のシュレッダーカスから、記憶を復元させて、その言い方は酷くないかな。ちなみに、この件の記憶の復元に関して、これ以上は難しいと思うからそのつもりでいてね!!」

「わかった。ごめんね、本当に助かったよ。メモリー、ありがとう!!」

不機嫌そうな声を轟かせるメモリーに、謝りながら早速、次のお願いをしていた。すると、メモリーは意外そうな、楽しそうな感じの声を発する。

「……まさか、そんな知識を探せと言われるとは思わなかったよ。わかった。すぐ調べてみるよ」

「うん、お願いね!!」

お願いが終わると、僕は目を開けてメモリーとの通信を終えた。

「うー……ん」と体を伸ばすと、僕は呟いた。

「さて、次はカペラが所属していた組織の件と、魔法について教えてもらおうかな」

今回、レナルーテに行って僕はバルディア家に足りていないものを感じていた。それは、『諜報戦力』だ。父上は『国でないと持てない』という趣旨のことを言っていたけど、要はバレなければ良いと思う。

そもそも、バレたら『諜報機関』の意味がないだろう。それと、もう一つは『魔法』だ。レナルーテの暗部は特殊魔法や攻撃魔法とは、少し違う使い方をしていることを今回知った。その方法を取り入れて、僕は『新たな魔法』も生み出そうと考えている。

「……さぁ、忙しくなるぞ……!!」

次の目標は父上が帝都から帰ってくるまでに、新たな事業計画案を練ることだ。僕は決意を新たに、行動を開始するのであった。

書き下ろし番外編

ファラの新たな努力

「貴方は、然るべき相手といずれ婚姻します。それに向けて、学ばないといけないことは沢山あります。ファラ、わかりますね」

「はい、母上」

「……良い子です」

母上の言う言葉に、私は淡々と静かに頷いた。私の名前は『ファラ・レナルーテ』、レナルーテ王国の第一王女。そして、静かに佇む冷たい光を目に宿している女性は『エルティア・リバートン』、この国の王である『エリアス・レナルーテ』の側室であり、私の母親だ。

私は毎日、母上が作った勉学の予定を淡々とこなしていっている。それが王族の役目であると、教わったからだ。ただ、それでも私はどこかで認めてほしかった。ただ一言、母上からの言葉が欲しかった。『頑張っている』とか『さすが私の娘』とか、何でも良かったけど、母上は一度も褒めてくれたことがない。

そして、父親であり王でもあるエリアス王……父上からも褒められたことがなかった。いや、むしろ父上は母上から言われているのかもしれないけど、私に顔を見せてくれたことはほとんどない。

頑張ればいつか私を見てくれて、認めてもらえる。父上もきっと褒めてくれるだろう。そう思うことで厳しい毎日の勉学をこなしていったのだ。

だけどある時、気が付いてしまった。母上も父上も、私がただ淡々と勉学を学ぶことだけを望んでいる。その時、私はきっと子供ではなく、『王女』という存在としてだけ見られているのだと悟った。認められるとか、褒められたいと思うこと自体が無駄だったのだ。その日から、私は何も言わず、求めず、ひたすら淡々と母上に与えられる課題をこなすことだけを考えるようになっていた。ただそれでも、私はいつも心のどこかでは「いつか、母上と父上に認めてほしいなぁ」と呟いていたのである。そう『あの人』に会うまでは……。あれ、でもあの人って誰だっけ……？　すっごく、とても大切になった人。私のことを王女ではなく、一人の女の子として見てくれたあの人。

必死に思い出そうとしたその時、私を呼ぶ声が聞こえてきた。誰だろう、凄く聞き覚えのある声なんだけど……そう考えていると、やがてその声が段々と大きくなっていく。そして、声が大きくなると比例するように目に見える周りの景色が薄くなっていった。

◇

「……姫様、起きてください。エリアス陛下がお呼びです」

「う……ううん。あ……ごめんなさい、アスナ。少し転寝をしてしまったみたい」

私は目を擦りながら答えると、寝る前にしていた事を思い返してみる。確か、机に向かって宿題をしている途中で休憩を挟んで、ベッドの上に寝転んで……どうやらそのまま寝てしまったようだ。それと、寝ている時に何か夢を見ていたような気がするんだけど……よく思い出せない。やがて、私が照れ隠しのように「あはは……」と苦笑すると、アスナが心配そうに呟いた。

「毎日、根を詰めすぎです。リッド様との婚姻がほぼ決まっているのですから、少し量を減らしてもよいのではありませんか？」

「ふふ、残念ながらそれは駄目ね。政略結婚においては『ほぼ』は決定じゃない。ひっくり返ることなんて歴史を見てもよくあることです。だから、決定と言われるまで安心できないの。それに、何かしている方が気もまぎれますから……」

小さく首を振ってから淡々と答えると、アスナは少し寂しそうな表情を浮かべた。彼女が言う『リッド様』と出会ったのは今から少し前に遡る。

私はどうやら生まれる前か、生まれてすぐに隣国であるマグノリア帝国の皇族か次位に属する貴族に嫁ぐことが、恐らく秘密裏に決まっていたらしい。その為『顔合わせ』という名目で先日、帝国から私の婚姻候補者がやってきた。それが、『リッド・バルディア』様である。彼を初めて見た時、私は驚愕する。何故なら、母上とお忍びで足を運んだ帝国の『バルディア領』で出会った男の子とそっくり……いや、同一人物だったからだ。ちなみに、彼は気付いていないみたい。

リッド様は、顔合わせの場において様々な謀略に巻き込まれたけど、すべて打破してみせた。そして、私と婚姻したいと言ってくれた方であり、初めて私を真っすぐに見つめてくれた人でもある。私はそんなリッド様に心を奪われた。

彼の実力と人柄に、王である父上も感嘆したようで気に入ったらしい。リッド様との婚姻は、私の父親であるエリアス王と、リッド様のお父上であるライナー・バルディア様により口頭で約束された。

だけど様々な歴史を学んでいると政略結婚も、時と場合によっては話が頓挫することも多い。だから私は、『決定』と言われるまで不安でいつも押しつぶされそうになっている。そんなことを私が思い返していると、やがてアスナが静かに頷き呟いた。

「姫様……畏まりました。これ以上は何も言いませんが、お体だけは大切になさってください」

「ありがとう、アスナ。あ、それと父上が私を呼んでいるのよね」

彼女の言葉はいつも真っすぐで、暖かい。お礼を言い終えると、私は先程言われたことを思い出して問い掛けた。

「はい。急ぎ来るようにとのことです」

「わかりました。では、すぐ参りましょう」

そう言うと、私はベッドから降りて立ち上がる。それにしても、父上が私を呼ぶなんて珍しい。何か問題でもあったのだろうか。そんな事を考えながら部屋を出ようとしたその時、アスナに声をかけられた。

「あ、姫様。少しお待ちください」

「……？」

急に呼び止められた私がきょとんとして振り返ると、彼女は咳払いをしてから話を続けた。

「少し寝癖がありますので髪を梳かしてから参りましょう」

「あ……あはは。ありがとうアスナ」

まさか、少しの転寝で寝ぐせが付いているなんて思いもしない。私はアスナの指摘に、恥ずかしさのあまり照れ笑いを浮かべる。その間に、彼女は優しく私の髪を櫛で梳かしてくれた。その後、身嗜みを整えた私は父上が待つ部屋にアスナと共に向かった。

◇

部屋に入ると、そこには父上とザック様の二人が何やら笑みを浮かべていた。何か良い事でもあったのだろうか。そんな事を思いながら、私は彼らの前に立つとスッと一礼してから頭を上げる。

「遅くなり申し訳ございませんでした」

父上は私の顔を見ると、珍しくニコリと笑いながら話を始める。

「よいよい、こちらこそ急に呼び出してすまなかったな。それと、今日呼んだのは他でもない。帝国からお前とリッド殿の件について親書が届いたのだ」

そう言うと、父はザック様に視線を向ける。すると、彼は懐からスッと親書を取り出した。私はその言動に驚き、鼓動がドクンと大きい音がしたのを感じる。だけど、それを表情に出さないように頷いた。

「……!? 左様でございましたか。その、それでどのような内容だったのかお伺いしてもよろしいでしょうか?」

「はは、やはり気になっていたようだな。ではザック、お前から親書の中身を話してやってくれ」

「承知しました」

私の問い掛けに父上は楽しそうに笑うと、親書を手に持っているザック様に視線を向ける。するとザック様は私に向かって会釈した後、親書の内容を教えてくれた。

主な内容は、ライナー・バルディア辺境伯の子息、『リッド・バルディア』と、レナルーテ王国の第一王女『ファラ・レナルーテ』との婚姻を認めるということ。

正式な婚姻はバルディア領に新しく建造される屋敷が完成して、私が移り住んでからということらしい。正し、書類上の手続きは両国における同盟、関係性から先に進めるということだ。つまり、私はリッド様と正式な婚姻を結ぶことが決まったのである。

「……以上ですが何かご質問はございますか。ファラ王女様」

「いえ、ございません」

話を聞き終えた私が静かに頷くと、父上が少し不思議そうに首を傾げた。

「ふむ……もう少し喜ぶかと思ったが……決まったものと安心していたのか？」

「とんでもないことでございます。国同士の政《まつりごと》は何がどうなるか私にはわかりません。それ故、どのようなことを父上に申されても、大丈夫なように心構えをしていただけでございます。しかしこうして決まった以上、王女の役目として帝国とレナルーテ王国の懸け橋になれるよう尽力いたします」

私は問い掛けにただ真っすぐに嘘、偽りなく答えた。父上は、私の言葉を聞くと満足そうにニヤリと笑うと話を続ける。

「その意気やよし。では、マグノリア帝国バルディア領、ライナー辺境伯の子息リッド・バルディアとの婚姻を進めていく故、両国の懸け橋としての役目……よろしく頼むぞ」

「はい、父上。謹んでお受けいたします」

私は父上が言い終えると、丁寧と一礼した。その後、父上から「うむ、では今日の要件は以上だ。

下がって良いぞ」と言われて私は自室に向かってゆっくりと足を進める。その途中、アスナが嬉しそうに私に声を掛けてきた。

「姫様、リッド様との婚姻が決まりおめでとうございます」

「うん、ありがとう。アスナ」

「……？　どうしました姫様。あまり、嬉しそうな感じがしませんが……」

淡々と答える私の言葉に、彼女が少し心配そうな面持ちで言葉を続けた。私はハッとすると、慌てて今の整理できていない気持ちを伝える。

「え、い、いえ。その、凄く嬉しいんだけど……どっちかという驚きの方が大きくて」

「左様でございましたか。確かに、こんなに早く帝国から親書が来ると思いもしませんでしたからね」

アスナの言う通り、まさかこんなに早く帝国から婚姻を認める親書が届くなんて思いもしなかった。きっと、リッド様の御父様であるライナー様がすぐに動いてくれたのだろう。そんなことを考えながら足を進めるうちに、私は自分の部屋の前に辿り着く。そして、おもむろにアスナに振り向いた。

「ねぇ、アスナ。少し、部屋で一人にしてもらってもいいかしら」

「はい、承知しました。では、私は部屋の前で待機しております」

「うん、ありがとう」

私はアスナにお礼を言うと、一人で自室に入った。そして、ベッドの上に仰向けに寝転んで天井を見ながらリッド様の顔を思い浮かべると恐る恐る呟いた。

「リッド様と婚姻が決定かぁ……」

その瞬間、何とも言えない嬉しさと気恥ずかしさが、全身を駆け巡る。私は両手を顔で隠しながら、ベッドの上を右に左に忙しなくゴロゴロと転がり始めた。そして、途中でうつ伏せになり枕をぎゅっと抱きしめると、高鳴る鼓動のままに自身の気持ちを感情に思いっきり込めて小声で口にする。

「やったぁあああ。夢じゃない……リッド様と婚姻が決まったんだよね。ああ、もう、嬉しすぎてどうにかなりそうです……!」

そう言うと、私はうつ伏せで寝転びながら込み上げて来る嬉しさのあまり、無意識に足をバタバタさせてしまっていた。そして、ふとあることに気付いてまた呟く。

「でもそっかぁ……リッド様と婚姻したら私は『ファラ・レナルーテ』から『ファラ・バルディア』になるんだ……」

嫁ぐという事はそういうことになるはず……と思うとより婚姻を意識してしまう。私はまた嬉しさと気恥ずかしさから顔を両手で隠してベッドの上をゴロゴロと右に左に転がり始めた。きっと、耳を上下に動いていると思う。その時、アスナの声が部屋の外から聞こえてきた。

「姫様、レイシス様が来られましたがお通ししてもよろしいでしょうか」

「えぇ、兄上ですか⁉　ちょ、ちょっと待ってください」

「は、はい。承知しました」

私は慌ててベッドから飛び起きると、乱れたシーツや髪を大急ぎで整える。そして、一呼吸してから何事も無かったかのように咳払いをした。

「コ、コホン……アスナ、兄上。どうぞお入りください」

返事をしてから間もなく、少し決まりの悪い表情を浮かべたレイシスお兄様とアスナが部屋に恐る恐る入室してきた。

「すまない。何やら間が悪かったようだな」

「いいえ、少し考え事をしていただけですから……そ、それよりも兄上はどうしてこちらに？」

私の問い掛けに、兄上はハッとすると満面の笑みを浮かべた。

「そうだった。リッド殿とファラの婚姻が正式に決まったとザック殿から聞いたのでな。おめでとうと、一言伝えたかったのだ」

「兄上……ありがとうございます」

嬉しくなり思わず照れ笑いを浮かべた私は、はにかみながら答える。そんな仕草を見ていた兄上は、またニコリと笑う。

「ふふ、リッド殿であればお前を大切にしてくれるだろうから安心だな。アスナ、君もそう思うだろ？」

アスナは頷くと、ニコリと微笑む。そして、私に視線を向けると言葉を続けた。

「はい、勿論でございます。姫様との顔合わせにおいて、お二人の仲睦まじい姿はとても微笑ましいものでした。リッド殿であれば、姫様を必ず幸せにしてくれると存じます。改めて、おめでとうございます、姫様」

「もう、アスナまで……でも、ありがとう」

顔が火照るのを感じながら、私は二人にお礼を伝えた。

それからしばらく私達は三人で談笑していた。そんな中、兄上がふと思い出しように話し始める。

「そういえば、バルディア領は我が国以外にもバルストや獣人国ズベーラとの国境も管理していると聞く。起きない事に越したことはないが、ファラも万が一に備えて体を鍛えて、護身術でも学んで置いた方が良いかもしれんぞ」

「護身術……ですか」

兄上の言葉を聞いた私は、そんな考え方もあるんだとハッとした。そして、口元に手を当てながら思案する。そういえば、今まで私は護身術の類を習ったことがほとんどない。というのも、私には専属護衛のアスナがいるからだ。だけど、バルディア領は『辺境』であり『国境』がある以上、いつ有事が起きるかわからない領地のはず。

確かに兄上の言う通り、私が『護身術』を……いや、いっそのこと『武術』をリッド様と同じぐらい使えたらどうだろうか？　きっと、リッド様はとても喜んでくれる気がするし、何かお役に立てるかもしれない。それどころか、「僕の為にありがとう、ファラ。愛しているよ」とか言ってもらえたりして……とそこまで考えた時、アスナから声を掛けられた。

「私がいる限り、姫様には指一本触れさせません故、ご安心ください。それよりも、姫様はリッド様より屋敷完成の連絡があり次第、すぐに動けるように色々と必要な荷物をまとめておくのがよろしいかと存じます」

「そ、そうね……でも、他にも何か私に出来ることはないでしょうか……」

アスナの言う通り、私が準備をしないといけないものは意外と多いだろう。今から動き始めることに越した事は無い。

(だけど、やっぱり……私はリッド様の横に立ちたい)と思いながら俯いた。それから間もなく、突然ハッとして心躍らせながらアスナの瞳を見つめる。

「アスナ。私、良いことを思いつきました」

「……あまり、『良いこと』の予感はいたしませんが、何を思いついたのでしょうか。姫様」

「私も興味があるな」

戸惑っているアスナと興味深そうにこちらを見つめている兄上に、私は『良いこと』を自信満々に説明する。全容を話し終えるとアスナは、何故か頭を抱えながら首を横に振った。

「姫様、いくら何でもそれはどうかと……」

「いいえ、アスナ。私は本気です」

私は改めて本気である事を、彼女の瞳を真っすぐに見据えて伝える。すると、兄上が楽しそうに話し始めた。

「はは、良いじゃないか。初めてファラが自分からやりたいと言ったんだ。好きなようにやってみるのが良いと思うぞ」

「兄上、ありがとうございます。ね、アスナも応援してくれるよね?」

それからしばらく、私はアスナを力一杯見つめる。やがて彼女は、観念した様子で「はぁ……」とため息を吐くと渋々という感じで呟いた。

「姫様がそこまで仰るなら、これ以上は止めません。私もお手伝いいたしましょう。しかし、まずはエルティア様にご相談して、正式な許可をとるべきかと存じます」

「……そうね、わかったわ。じゃあ早速、母上の所に参りましょう」

私はアスナの言葉に頷くと、善は急げと言わんばかりにさっと立ち上がった。すると二人は、私の言動に驚いたように目を白黒させている。

「え……姫様。まさか、今からエルティア様の所に行かれるのですか」

「勿論です。善は急げと言うではありませんか」

「は、はい、承知いたしました……」

アスナの返事を聞くと、私は兄上に振り向き丁寧に会釈する。

「では、兄上。恐れながら所用が出来ました故、今日はこれにて失礼いたします」

「あ、ああ、わかった。それでは、私も自室に戻ることにしよう」

こうして私は兄上と別れ、アスナと二人で母上の部屋に向かった。

◇

「母上、突然の訪問にもかかわらずご対応いただきありがとうございます」

「構いません。ザックから貴方の婚姻が決まったと聞きました。ひとまず、おめでとうと言っておきましょう。それで……今日はどうしたのですか」

淡々と話す母上は、そう言うとスッと冷たい視線をこちらに向ける。

「はい、実はご相談したいことがございます」

母上を真っすぐに見据えると、私は考えていたことを丁寧に説明していく。やがて話を終えると、母上はピクリと眉間に皺を寄せ、さらに冷たくなった鋭い視線を私に向けた。

「……なんですって。言っていることがよくわかりません。もう一度、聞かせてもらえますか」

「はい、母上。私はリッド様との婚姻が決まりました。そして、バルディア領では隣国との国境が多く争いもあると聞いております故、『武術』を習いたいのです」

決意に満ちた私の言葉を聞いて、母上は額に手を添えて俯くと呆れた様子で首を横に振る。程なくしてゆっくり顔を上げて、アスナに鋭い視線を向けた。

「専属護衛のアスナがいるのに、貴方が『武術』を扱える必要が何故あるのですか」

そう言うと母上は、冷たい視線をこちらに戻す。だけど、ここで私も引き下がるわけにはいかない。私は母上を真っすぐに再度見据えると、力強く答える。

「母上、アスナは確かに強いです。ですが、私は『守られるだけの存在』になりたくはありません。バルディア領に嫁ぐ者としてリッド様の『横に立てる存在』になりたいのです」

母上の言う通り、アスナが傍に居れば私の身はある程度は大丈夫だろう。だけど、私は『リッド様の横に並んで立ちたい』……少しでも同じ目線で彼を支えたい。

それは私が御前試合での彼の姿を思い返す中、心の中で強く感じていた事でもある。リッド様は、魔法や武術に関して『天賦の才』のようなものを持っているのだろう。ただその分、彼は心の弱い部分を人に見せまいと必死な気がする。

リッド様を隣で支える存在として、私自身がもっと強くなりたい……いや、強くなるべきだと考えていた。それから少しの間、母上と私は互いの目をじっと見つめ合う。やがて母上は視線を外すと、諦めたようにため息を吐いた。

「わかりました。あなたがそこまでの決意をしているのであれば良いでしょう。しかし、私は貴方に武術を教える立場ではありません。手紙を書きますから、それを持って迎賓館を管理する『ザック・リバートン』を訪ねなさい。後は彼が教えてくれるでしょう」

「……！　母上、ありがとうございます」

母上の言葉に私は満面の笑みを浮かべる。すると母上は、額に手を添えると「はぁ……」と何故か再度ため息を吐くのであった。

◇

話が終わると、母上はすぐに机に向かい手紙を書き始めてくれた。それから程なくして書き終えた手紙に封をした母上は、椅子からおもむろに立ちあがる。そして、私の前まで進むとその手紙を差し出した。

「……ザックは私ほど優しくはありません。行く時は覚悟して行きなさい」

「はい、母上」

私は手紙を受け取るとニコリと微笑み、一礼すると母上の部屋からアスナと共に退室した。そして、廊下に出た私はアスナを力強く見据える。

「では、ザック様の元に参りましょう」

「え……今すぐでしょうか。恐れながらエルティア様も覚悟してからと仰っておりました故、さすがに一度自室に戻り、考える時間を作っても良いのではありませんか」

「大丈夫、覚悟は最初から出来ています。さぁ、行きましょう、アスナ」

やる気に満ちた私の目を見たアスナは、諦めた様子で額に手を添えると項垂れてため息を吐く。

「はぁ……承知いたしました」

その後、私達はその足ですぐにザック様が管理している迎賓館に向かった。

◇

迎賓館に突然やって来た私達だけど、ザック様は笑みを浮かべて迎え入れてくれた。そして彼は私達をすぐに貴賓室に案内してくれる。部屋に入ると、私とザック様は互いにソファーに腰を下ろした。ちなみにアスナは、私が腰掛けたソファーの後ろで控えている。

「ザック様、この度は急な訪問で申し訳ありません」

会釈しながら言うと、彼はにこやかに答えくれた。

「いえいえ、とんでもございません。私も先程戻ってきたところでした故、行き違いにならずにようございました。それで、本日はどのようなご用件でしょうか」

「はい、実はご相談がありまして……」

私は自身の考えを説明すると、母上から預かった手紙を差し出した。ザック様は母上からの手紙に目を通すと眉を顰《ひそ》めて、渋い面持ちを浮かべた。

「ファラ王女様、今までの話は本気で仰っているのですかな」

「はい、勿論です。私はリッド様の元に嫁ぐことが決まりました。そして、バルディア領は隣国との国境が多い辺境です。いつ何が起きても大丈夫なように私自身が武術を扱えることは、決して無意味なことにはなりません」

決意に満ちた瞳で私は真っすぐにザック様を見つめる。やがて彼は「ふむ……」と頷くと、アスナに視線を移して問い掛ける。

「専属護衛のアスナ殿はどうお考えか……お聞かせ願いますかな」

「……姫様の専属護衛として賊に不覚を取るようなことは決して致しません。しかし、それでも不確定要素はどうしても出てきます故、姫様自身が武術を扱えることが無駄になることはないでしょう」

「なるほど……確かに一理あるお話ですな」

冷静に淡々と答えるアスナの言葉を聞いたザック様は、口元に手を添えて思案する素振りを見せている。

彼は、いつも温厚な雰囲気を纏っているけど、時折見せるその瞳の色からはとても冷たいものを感じる。それは、母上以上に冷たく容赦のないものだと思う。

でも、此処で諦めるわけにはいかない。私がザック様の目を真っすぐに見つめると、程なくして彼は厳しい視線を私に向けて問い掛けた。

「ファラ様が武術を求めるのは、厳しい言い方をすればリッド殿の『足手まとい』になりたくない……ということですかな」

「仰る通り、それもあります。でも、それよりも……」

厳しい指摘に、私は頷くとそのまま考えるように俯いてしまう。私の言動が気になったのか、彼は少し首を傾げながら話を続けた。

「……？　それよりも、とは何ですかな」

彼の問いかけから間もなく、私はゆっくりと顔を上げた。

「リッド様はとても強いお方ですが、それ故に心の弱さを誰にも見せまいとしている気がするんです。だからこそ、私が少しでも彼の支えになりたい……ただ守られる存在ではなく、横に並び立てる存在になりたいんです」

「ふむ……そういうことですか」

ザック様は私の言葉に感心したように頷くと、再度口元に手を当てながらソファーに背中を沈め、瞳に何やら怪しい光を灯している。そして、彼から私をまるで値踏みするような視線を感じて、思わず背筋に寒気を感じた。そんな私の様子に気付いたのか、彼はニコリと微笑んだ。

「いやぁ、ファラ王女様がリッド様のことをそこまでお慕いしているとは存じませんでした。いやはや、恋の力とは偉大ですなぁ」

「え……えぇぇぇぇぇ⁉」

思いがけない彼の言葉に、私は顔が火照り真っ赤になるのを感じた。でも、ザック様は笑みを崩さずに話を続ける。

「ふふ。その心意気で武術を学び、彼の横に立つことが出来たなら……きっとリッド様の心は、ファラ王女様のことで満たされましょう」

「リッド様の心が……私で満たされる？」

そんなことになれば、どんなに素敵だろう。「ファラ……僕の心は君のことで一杯さ」なんてことをリッド様に耳元で言われた時には、私はきっと耳を羽ばたかせて天にも昇る勢いで舞い上がってしまうだろう。

しかしその時、アスナの大きな咳払いが聞こえて私はハッとする。

そして、ゆっくりとアスナとザック様に視線を向けた後、顔が今まで一番火照り、赤くなったことを自覚して項垂れた。すると、今度は彼が咳払いしてから、私に話し始める。

「ゴホン……それよりも、ファラ王女様のお気持ちは理解いたしました。私も可能な限りお手伝いいたしましょう」

「え……本当ですか⁉　ありがとうございます」

満面の笑みで私が喜ぶと、ザック様は釘を刺すように威圧的に言葉を続ける。

「ファラ王女様。お喜びのところ申し訳ありませんが『やる』と決めた以上、私も容赦は致しません。それ故、ご覚悟をお願いいたします」

ザック様は少し威圧的な雰囲気を出しているけど、仰っていることは当然のことだと思い、私は微笑みながら頷いた。

「はい、勿論です。ザック様」

「ほう……」

何故か私の言動に少し驚いた表情を見せたけど、彼はすぐに楽しそうな笑みを浮かべて言葉を続けた。

「そうでした……今後、私のことは気軽に『ザック』とお呼びください」

「ふふ、わかりました。ではザック、改めてよろしくお願いします。私のことも『ファラ』と呼んでください」

「承知しました。ファラ様」

「あ……でも、どうしよう」

その時ふいにある問題に気付いた私は、困って俯いてしまう。すると、ザックが首を傾げて問い掛けてきた。

「どうかされましたかな」

「いえ、実は武術を学ぶ為の時間が少ないかもしれません。こればかりは私の一存では……すみません」

私はそう言うと、その場で項垂れた。マグノリア帝国に嫁ぐ為、私は様々な教育を施されており、毎日の時間にほとんど余裕がない。恐らく武術を学ぶ時間は、そんなには取れないだろう。しかし、心配する私をよそにザックは好々爺らしい笑みを浮かべた。

「なるほど。その件でしたら、私からエリアス陛下とエルティア様に打診しておきましょう」

「え……本当ですか」

思いがけない言葉に私がハッとすると、彼は頷きながら話を続けた。

「はい、ファラ様はすでにリッド殿との婚姻が決まりました。従いましてバルディア領に行くまでの残された時間。出来る限り『武術訓練』に使っても差し支えはないでしょう」

「……!? ザック、ありがとうございます」

「良かったですね、姫様」

「とんでもないことでございます。ファラ王女のお力になれたなら幸いです」

喜ぶ私達の様子に、微笑みながらザックは会釈する。そして、彼はゆっくりと視線をアスナに移した。

「アスナ殿。一応お伝えしておきますが、私は先程もお話した通り……ファラ様と言えど手を抜くことは一切致しません。どのようなことが起きようとも、静かに見守るようお願いいたしますぞ」

「……承知した」

この時、彼の瞳に宿る冷徹な光に気圧されて、アスナは一瞬だけ顔を強張らせた。しかし彼女が頷くと、ザックは暖かい好々爺らしい笑みを浮かべる。こうして、ザックから武術の教えを受けることが決まった。

その日、自室に戻った私はアスナにお願いして再度、一人にしてもらいベッドに仰向けで横たわる。そして、自身を鼓舞するように呟いた。

「リッド様……待っていてください。必ず、名実ともに貴方の隣に並び立って見せます」

◇

私がザックから武術の教えを受けられる事になり、数日後。彼から武術を教える準備が整ったと連絡をもらい、私とアスナは迎賓館近くにある広場に案内された。

ちなみに私の服装も普段とは違う。激しい動きが出来る『道着』に着替えて、長い髪は髪も後ろでまとめている状態だ。

この姿をいつかリッド様にも見てほしいな。そしたらきっと、リッド様は「ファラは道着姿も可愛いね」とか「いつもと違う髪形と雰囲気のファラも素敵だね」とか言ってくれたりするんだろうなぁ。いや、それどころか「ファラの着ている道着を僕も着ようかな。もう夫婦だから、お揃いにしようか」とか気を遣ってくれるかも……あぁ、早くこの姿で会いたいなぁ。大好きなリッド様が話してくれる姿を想像すると、私は自然に顔がにやけてしまい「えへへ……」と頬に手を当てながら笑みを溢してしまう。そんなことを思っていると、気付かぬうちに近寄ってきていたザックがおもむろに「ゴホン」と咳払いをした。

「あ!?　ご、ごめんなさい」

ハッとした私は、慌ててザックに向かって頭を下げる。ちなみにアスナも横目に一瞥すると、彼女は小さく首を横に振っているみたい。だけどザックは特に気にする様子もなく、笑みを浮かべた。

「いえいえ、大丈夫ですよ。では、ファラ様。改めて、正式に武術の教官をさせていただくことになりました故、よろしくお願いします」

照れ隠しも含めて、私は明るく溌剌とした声を張り上げた。

「は、はい、こちらこそよろしくお願いします！」

ザックは、相変わらず笑みを溢している。

「ふふ、元気でよろしいですな。ではまず、基礎体力などを確認する意味も含め、体を様々動かしていただきますぞ」

「はい、わかりました」

「姫様、頑張ってください」

アスナの声が響くと、いよいよ訓練が開始される。まずザックの指示に従い、走り込みなどを行っていく。

武術を習うのは初めてだけど、運動自体は普段の勉学の中にも含まれている。だから、全く動けないということはない。ふとザックの方に視線を向ける何やら楽し気に笑っている。

(どうしたのかな。ひょっとして、ザックが思ったより体が動かせている……とか？　ふふ、だったらいいな)

それから指示された運動を淡々とこなしていった。

「ふぅ……ザック。言われたことは終わりました。次はどうするのですか」

「お疲れ様でございます。ファラ様の動きは確認できました故、いよいよ『武術』の動きに入りましょう」

「本当ですか⁉　では、教えていただけるのはリッド様やアスナのような剣術でしょうか。それとも、兵士の方が持っている槍とか。あ、あと侍女の皆様が扱う薙刀《なぎなた》もありますね」

興味津々に迫ると、ザックは静かに首を横に振る。

「はは、残念ながらファラ様は、そのような『武具』を扱う武術は優先度が低いので後回しですな」

「……どういうことでしょうか」

説明の意図がわからず、私は首を傾げて問い掛けた。少し思案する仕草を見せたザックは、笑みを浮かべて話を続ける。

「ふむ……そうですな。例えばですが、ファラ様は普段どのような服をお召しになるでしょうか」

「え、えっと、状況によりますが、基本は着物やドレスなどだと思います」

「その通りです。ファラ様は立場上、リッド様と婚姻されたとしてもそれ相応の服を着こなさなければなりません。そのような服で武具を持つ事は可能でしょうか」

「あ……いえ、恐らくできません」

この時、ザックの言わんとすることをすぐに理解した。現状も婚姻後も私の立場上、武具を持つ事は許されない。

つまり、剣術を習ったとしても『帯刀』が出来ない以上、使える場はかなり限られてしまう。そのことに今更ながらに気付いて、私は俯く。しかし、ザックは楽し気に説明を続ける。

「そう、残念ながらファラ様は武具を持つことは立場上、許されないでしょう。勿論、武具を扱えることに越したことはありませんが、まず必要な武術は『これ』です」

そう言うと彼は、私の目の前に両手をゆっくりと差し出す。言動の意図がわからずに、私は首を傾げた。そんな私を見たザックは、改めて淡々と話し始める。

「武術においてすべての基本となる『徒手空拳』。そして……」

もったいぶるような言い方をしたその時、彼の服の袖から突然短剣が飛び出る。そして、その刃先が私の鼻先に突き出された。あまりに一瞬の出来事で、驚きのあまり目を丸くする。

「……!? び、びっくりしました」

「私の得意な暗器術ですな。はは、驚かせて申し訳ない」

その時、ザックが短剣を握る右手が、恐ろしい形相をしたアスナによって掴まれた。

「ザック殿、姫様に刃先を向けるなど……悪ふざけは程々にしてください」

「これはこれは、確かに悪ふざけが過ぎましたな。以後、気を付けましょう」

アスナに謝罪をすると、彼はおどけた様子で短剣の刃先を私達に見せ付けてから、短剣を元の場所にしまう。一連の動きを見ていた私は、満面の笑みを浮かべて彼に迫った。

「ザック、すごい武術です。その暗器術と徒手空拳を私に教えてくださるのですか」

「え、ええ。まぁ、そうですな。徒手空拳と暗器術であれば、着物やドレスでも相手と戦うこともできます。また、武器が無いと思わせることで襲撃者の油断を誘うこともできましょう。武器がないと思わせる事も、また武器になるということですな」

説明を聞いた私は、期待に胸を躍らせた。確かに徒手空拳と暗器であれば、ドレス装でも忍ばせることが出来る。それに、確かリッド様の従者であるディアナさんも得意としていた武術のはずだ。レナルーテではザックに習い、バルディア領に行ったらディアナさんに習うことも出来るだろう。

私は頷くと、アスナに期待に満ちた視線を向ける。

「素晴らしいです。徒手空拳と暗器術はまさに、私にピッタリですね。アスナもそう思いませんか」

「は、はい。確かに、ザック殿の仰る通り姫様の普段着を考えれば、とても良いと思います」

アスナの同意に、私はさらに自信を得て言葉を続けた。

「そうですよね。ふふ、アスナにもそう言ってくれるなら、間違いありません。ザック、改めてお願いします。徒手空拳と暗器術をどうか私に教えてください」

「承知しました。お気に召していただき、幸いでございます」

かくして私は、ザックの下で徒手空拳と暗器術を学び始めるのであった。

◇

その日、私は習った徒手空拳を使い、ザックと手合わせを行っていた。

「ファラ様、もう終わりですかな」

「はぁ……はぁ……いえ、行けます……まだ行けます！」

自身を鼓舞するように声を張り上げた私は、笑みを浮かべるザックに向かって行く。そして、彼から習った徒手空拳の形を次々に繰り出しながら、ここ最近の出来事を思い返す。

徒手空拳は、無駄な動きを極力無くしたものらしい。また殺傷能力の高い膝や肘などを中心としたものであり、狙う場所は容赦なく急所である。勿論、拳技、足技、投げ技なども あり複合的でより実践を重視したものだという。

そして、この武術の構想は『接敵した際、最小限の動きで相手を数秒で相手を倒す』ことだそうだ。その為、情け容赦ない性質を持った徒手空拳である。この説明を聞いた時、私とアスナはさすがに驚きを隠せなかったけど、ザックはニコリと笑っていた。

「ほほ、ドレスで長期戦など有り得ません。ファラ様がすべきことは、言ってしまえば『一撃必殺』でしょう」

「なるほど……確かにその通りです」と、私は納得してしまう。ドレス姿で激しい立ち回りなどは難しい。ならば、敵は一撃で倒すべきであり、ますます私にとって素晴らしい武術ということだ。

それから、私は一心不乱にザックの教えを学んでいった。幸いなことに私は飲み込みが早いらしく、ザックとアスナはとても褒めてくれている。組手を行いながら思案していると、ザックがバランスと崩して一瞬の隙を見せ、「ここです！」と私は鋭い一撃を放つ。

「ほほう、素晴らしい反応ですが、見え透いた『隙』に引っ掛かってはいけませんな」

ザックが、私の一撃を軽くいなしてしまう。そしてその勢いを逆に利用する流れで私をその場で一回転させると、背中から地面に優しく仰向けになるように寝かせた。しかし、そうは言っても地面に背中が接すると同時に衝撃が私を襲った。

「あう⁉」

「筋は良いですが……まだまだですな」

仰向けになっている私の顔を覗き込んだザックは、ニヤリと笑いながら声をかけてくる。真上に見えるザックの顔を見て、私は頬を膨らませた。

「むぅ……『隙』をわざと見せるなんて、ザックは性格が悪いですね」

「ははは、それは褒め言葉として受け取っておきましょう」

私達が話していると、傍で見ていたアスナが心配そうに駆け寄って来る。そして、私が起きやすいように手を差し出した。

「姫様、大丈夫ですか」

「ええ、私は大丈夫。アスナ、ありがとう」

お礼を言うと彼女が差し出した手を握り、私はゆっくりと立ち上がる。

「それそうと、アスナ。今のどうだったかしら」

「とても素晴らしい動きでした。この短期間であそこまで動けるようになるなんて、本当に信じられません」

「ふふ、アスナにそう言ってもらえると自信になりますね。では、ザック。もう一度お願いします」

アスナの言葉を自信にして額の汗を拭いザックに振り向くと、私は意気込んで身構える。しかし、彼はチラリとアスナを横目に一瞥すると「ふむ……」と頷いた。

「いえ、ここは折角ですから、アスナ殿にもファラ様の稽古に協力していただきましょう」

「え……アスナですか」

意外な答えに虚を衝かれた私は、視線を彼女に向ける。彼女は突然の指名に呆気に取られるも、すぐにハッとして慌てた様子で首を横に振った。

「いやいや、私が姫様の稽古相手など恐れ多い故、ご容赦ください」

「はは、アスナ殿の実力はよく知っております故、問題はないでしょう。それに稽古は私だけではなく、様々な相手とすることも必要です。その点、アスナ殿であれば実力的にも問題ありません。どうか、ファラ様のためと思いお願いいたします」

「い、いや、しかし……」

にこやかに説明を終えると、ザックはスッとアスナに向けて会釈する。彼の言っていることは理解出来るが、それでもアスナは突然の提案に困惑の表情を浮かべている。そんな彼女に、私は懇願するように畳み掛ける。

「アスナ、私からもお願いします。それに武術を学びたい相談した時、手伝ってくれると言ってくれたではありませんか」

「それは確かにそうですが……」

さも楽しそうに笑みを浮かべるザック。私は目を爛々と輝かせ上目遣いでアスナを見つめる。やがて、私達の視線にアスナは観念した様子で項垂れた。

「はぁ……承知しました。では、私も姫様の相手をさせていただきます」

「ありがとう、アスナ！」

私は満面の笑みで彼女に抱きついた。ザックはそんな私達にゆっくりと近づくと、微笑みながらどこからともなく木刀を取り出した。その動作は一瞬の出来事で、私達は思わずギョッとする。

「アスナ殿。こちらを使い、ファラ王女と対峙してください」

「あ、ああ、承知した。しかし、この木刀は一体どこから……」

「ふふ、それを聞くのは野暮と言うものです」

彼女の驚いた様子を楽しむかのように答えたザックは、ゆっくりと視線を私に向ける。

「ファラ様、アスナ殿には木刀を持って対峙していただきます。無手同士との手合わせとは全く間合いが違います故、下手に飛び込めば木刀の餌食になりましょう。従いまして、闘いの場においてはファラ様も時には性格が悪くならなくてはなりません。先程の私のように、です。その事を、身をもって体験ください」

「……わかりました。それでは、アスナ。改めて、よろしくお願いします」

私は静かに頷きながら、目の前にいるアスナに笑みを見せる。すると、彼女も答えるように微笑んで頷いた。

「はい、姫様」

その後、私達は互いに間合いを取り対峙した。アスナは一本の木刀で静かに正眼に構え、真っ直ぐに私を見つめている。しかし、彼女のその目は普段の優しく穏やかなものではなく、どこか冷徹で冷たいものを感じさせた。私は初めて対峙するアスナの構えと雰囲気に、思わず息を呑んだ。

(すごい……アスナって、対峙するとこんなに印象が変わるんだ)

私の知る彼女は、いつも穏やかで優しく味方となってくれる頼もしい存在。そんなアスナの冷徹な姿を見るのは、彼女の闘いを遠くから見守る時だけだった。だけど、アスナの冷徹な姿と刺すような視線は今、私自身に向けられている。

その時、アスナがこちらの緊張を察してくれたのか、表情を和らげ優しく話しかけてくれた。

「姫様、そう身構えなくても大丈夫です。まずは臆せず飛び込んできてください」

「……！　言いましたね、アスナ。では、貴方の胸を借りるつもりで参ります」

表情を引き締めて、アスナへ向かって駆けだす。対してアスナは、見定めるように私の動きを観察しているようだ。間合いに入ってもあえて木刀を振らずに、体術を受けている。勿論、彼女からすれば私の体術を躱すことは容易いだろう。

（だけど……ただでは負けたくない！）

心の中で呟くと、私はザックに習った形を次々に繰り出していく。やがて彼女も木刀で応戦され、冷や汗も出て来る。アスナと対峙することで、私は改めてリッド様のすごさを体感していた。それと同時に、アスナに近付くことはリッド様の強さに繋がることになることも直感する。

手を緩めずに連撃していくと、彼女が驚きの表情を浮かべて一瞬の隙が出来る。ここしかないと思い、「そこです！」と渾身の一撃を放つ。

しかし、私の一撃はまたも容易く見切られて、いなされてしまう。そしてそのまま、私の喉元にはアスナの持つ木刀の先端がスッと向けられた。

「姫様、ザック様が仰ったでしょう。見え透いた『隙』には引っ掛かってはなりませんと……」

「う、むぅ……アスナも性格悪いです」

ザックの時と同様に淡々と指摘され、私は頬を膨らませながら上目遣いに睨みつけた。すると、手を叩く音が辺りに鳴り始める。音のする場所を振り向くと、ザックが微笑みながらこちら向けて拍手をしていた。

「いやぁ、実に素晴らしい動きでしたぞ。ファラ様は私とアスナ殿と手合わせをすることで、今後もどんどん成長するでしょう。アスナ殿、恐れながら今後も稽古を手伝っていただいてもよろしいですかな」

「あ、それは是非、私からもアスナにお願いしたいです」

私達にお願いされたアスナは、少しの間を置いて静かに頷いた。

「……承知しました。私の力で良ければ今後もお使いください」

彼女の答えを聞いた私は、満面の笑みを浮かべて話を続けた。

「ありがとう、アスナ。じゃあ……早速もう一度稽古を始めましょう」

「え……今すぐですか」

先程の稽古は中々に激しい動きであり、さすがに再開するとは思わなかったらしい。彼女は呆気に取られてしまったけど、私は笑みを浮かべたまま頷いた。

「勿論です。リッド様に再会するまでの時間は限られていますからね。さぁ、お願いします」

そう言うとアスナはやれやれと少し呆れた表情を浮かべる。だけど、すぐに気を取り直した様子で木刀を構えてくれた。

「畏まりました。では姫様、いつでもどうぞ」

「はい、それでは参ります」

こうして私はリッド様の横に並び立つため、ザックとアスナからの猛特訓を開始するのであった。

(待っていてください、リッド様。私は必ず強くなり、名実ともに辺境伯の子息であるリッド様の妻として横に並び立ちます！）

なお、ファラの武術はザックとアスナの指導と猛特訓により、みるみるうちに上達する。その成長速度は指導する二人が驚く程であった。やがてファラはその才能を見込まれて、ザックから魔法も習い始めることになるのだが、それはまた別の機会に……。

あとがき

皆様、こんにちは。作者のMIZUNAです。

この度は『やり込んだ乙女ゲームの悪役モブですが、断罪は嫌なので真っ当に生きます3』を手に取って下さり本当にありがとうございます。また、この場をお借りして作品に関わって下さった皆様へ御礼申し上げます。支えてくれた家族、TOブックス様、担当のH様、素敵な絵を描いて下さったイラストレーターのRuki様、他ネットにて応援して下さっている沢山の方々。そして、本書を手に取ってくれた皆様、本当にありがとうございました。

本作は二〇二二年二月二六日に投稿サイト『小説家になろう』様にて初投稿致しました。そして、この三巻が発売されるのが三月二十日ですから初投稿から約一年と一ヶ月が経過したことになります。しかし、執筆や書籍作業ともに毎日が勉強と反省の日々であり、過ぎ去ればあっと言う間でした。今後も頑張っていきたいと思います。

折角ですから、物語についても少し触れたいと思います。それにしても現代社会で考えれば、リッド君達の年齢において『政略結婚』なんてまずあり得ませんよね。しかし人類の歴史を見ていくと、リッド君ぐらいの年齢で『政略結婚』をしている例は結構あります。それが当時の時代背景においては当然のことであり、当たり前の社会が実際にあったということでしょう。

そして今回、リッドとファラの政略結婚も国同士の繋がりであり、レナルーテがマグノリアの属国であることを象徴するものでもありました。だからこそ、二巻に出てきた『ノリス・タムースカ』はその事が許せずに激しく抵抗していたのでしょう。

ですが、二巻から掲載している大陸地図を見るとわかる通り『レナルーテ』は東を魔の森で通れず、北はバルスト。西と南はマグノリアに防がれています。かと言って、マグノリア帝国やバルストと戦えるほどの国力は有していません。そして、レナルーテの軍事力は『虎の子』とも言える存在であり、もし軍事作戦に失敗して軍が崩壊すれば国を守ることが出来なくなってしまうのです。

そうなれば、マグノリアやバルストに国ごと飲み込まれてしまいかねません。今まで、そんな状況にならなかったのはレナルーテの周りが深い森林に覆われており、他国の軍が下手に踏み込めばレナルーテ側が行う遊撃戦や闇討ちで返り討ちになるからです。しかし、レナルーテ側の動きを研究したバルストが仕掛けた計略により、その状況は一変してしまいました。

言い方を変えれば、今までは『専守防衛』で国を守れていたわけですが、その方法がもう他国に通用しなくなったということです。結果、国として滅亡か属国になるのかの二択を迫られてしまい、レナルーテはマグノリアとの表向きは同盟を組みますが、密約により属国の立場なりました。

以上の背景から、物語としてはリッドとファラの政略結婚に繋がったわけですね。何にしてもこれからの二人には幸せになって欲しいものです。ただ、物語は書いている私でも思いがけない方向に進むことが良くありますから、これからも楽しみにして頂ければ幸いです。

さて、ありがたいことに次巻の発売が決定しておりますので、皆様とまた四巻でお会い出来るのを楽しみにしております。最後までご愛読頂きありがとうございました。

コミカライズも
2023年
連載開始
予定です!
漫画:戸張ちょも